EL SOMRIURE DELS DOFINS

FRANCESC SOLER

EL SOMRIURE DELS DOFINS

Columna

COL·LECCIÓ CLÀSSICA
PRIMERA EDICIÓ: GENER DEL 2023

AV. DIAGONAL, 662-664 - 08034 BARCELONA
ISBN: 978-84-664-2994-8
DIPÒSIT LEGAL: B. 23.048-2022
FOTOCOMPOSICIÓ: MOELMO
IMPRÈS A CATALUNYA - *PRINTED IN CATALONIA*

www.columnaedicions.cat

Certificat PEFC
Aquest llibre procedeix de boscos gestionats de forma sostenible i fonts controlades
PEFC/14-38-00305
www.pefc.es

Aquells que amaguen alguna cosa sempre odien els que no ho fan.

Tom Spanbauer
a *L'home que es va enamorar de la lluna*

Madrid, 13 de febrer de 2005. L'escàndol portarà cua. El govern ZP ha indultat la *drag-queen* condemnada per agredir sexualment un jove de divuit anys en una discoteca de Vic, província de Barcelona.

L'acusat, Francesc Soler, va ser sentenciat a dotze anys de presó, i després de complir poc més de mig any de condemna al centre penitenciari de Can Brians va obtenir la llibertat condicional. Ara se li ha concedit l'indult. Fonts penitenciàries han assegurat a aquest diari que la decisió governamental no és «gens habitual en casos d'agressió sexual» i que ha causat «sorpresa i indignació».

Els fets van passar el 1995, quan la *drag-queen* va seduir la víctima i la va conduir als lavabos de la discoteca Roc 34 després de subministrar-li drogues per anullar la seva voluntat. Allà, fent-se passar en tot moment per una dona, és on va perpetrar l'agressió sexual. Quan els companys del jove ho van descobrir, van increpar la *drag-queen*, que va aconseguir fugir. L'endemà, acompanyat del seu pare, el noi va denunciar els fets davant de la Guàrdia Civil.

Col·lectius LGTB de Barcelona i, sobretot, destacades figures del món de l'espectacle pròximes al PSOE haurien pressionat el govern ZP perquè concedís aquest polèmic indult.

Redacció

I

Una casa, una cara i un nom

1977-1981

El principal problema d'escriure la història de la teva pròpia vida és que no està del tot acabada fins que et mors i, per tant, ja no la pots escriure. Sembla un acudit, però no ho és. Per contra, trobar la forma de començar-la és molt més senzill. Em dic Francesc Soler, potser el nom us sonarà, i vaig néixer el 26 d'abril de 1977, el mateix dia que, a Nova York, va inaugurar-se la discoteca Studio 54. El part va anar bé. La mare sempre explica que, quan va trencar aigües, estava sola a casa i que va esperar que el pare arribés del taller per anar cap a Vic, on vaig néixer dues hores després. Ella, de fet, no se'n va ni adonar perquè l'havien adormida. O sigui que quan es va despertar, al cap d'unes hores, em va trobar allà al seu costat.

Tots els del futbol, amb les seves dones, van venir a la Clínica l'Aliança a felicitar el pare. Els homes es van quedar a fora a fumar i elles van pujar fins a la tercera planta, per veure com es trobava la mare. Que es pot passar?, va dir la que anava al davant amb un fil de veu i traient el cap per la porta de l'habitació. Endavant,

endavant, va contestar la mare des del llit, també sense aixecar la veu, encara mig adormida per l'anestèsia. Portaven un ram ben gros i un osset vestit de futbolista. El peluix, l'havien comprat setmanes enrere a Can Palmarola i una que sabia molt de cosir li havia fet l'equip a mida amb els colors del club de futbol del poble. El blanc i el blau. És una cucada, va dir la mare, amb un somriure cansat. Jo dormia dins del bressol de plexiglàs transparent, alliè a tot plegat, fins que aquelles dones em van rodejar i em van destapar amb delicadesa per veure'm bé. És clavat al teu home, eh?, va xiuxiuejar una. El nassarró és ben Soler, va afegir una altra, i així, a poc a poc, com qui busca les set diferències però a l'inrevés, van anar reunint evidències que, efectivament, era fill del meu pare i net del meu avi: els ulls ametllats, les celles ben dibuixades, la forma d'arrufar el front com si estigués capficat... Aquell examen em devia incomodar, perquè vaig començar a somicar i a remoure'm. Mireu quines manetes i quins peuets, te'ls menjaries, va dir una abans que decidissin tornar-me a tapar amb el llençolet i deixar-me dormir. Es van enretirar a l'altre costat de llit i aleshores van centrar l'atenció en la mare. Quant ha pesat? Et fan mal els punts? Ja se t'agafa al pit? Ella contestava d'esma, potser aclaparada per una maternitat que li havia arribat mentre dormia. Les que ja tenien fills es van posar a parlar dels seus parts, que si fòrceps que si cesària, i una que estava embarassada de poc es va marejar una mica i es va haver d'asseure i demanar un got d'aigua. Van preguntar a la mare si faria llista al Tic-Tac o que els digués què necessitava i ella va dir que ja ho tenia pràcticament tot perquè una cosina que ja tenia dos fills i no en volia cap més li havia deixat un llitet, una banyereta, un cotxet i una trona que pràcticament eren nous. Les noies del despatx li havien regalat una canastreta molt completa, i de robeta per a les primeres setmanes també en tenia molta perquè n'havia anat comprant quan els dissabtes baixava a Vic. Si us fa gràcia, potser algun conjuntet per més de cara al bon temps, va suggerir, i totes van estar-hi d'acord, perquè per a nens de tres o quatre mesets ja hi havia cosetes molt divertides: un peto que semblava de texà, samarretes amb estampats molt fàcils de posar i treure i, fins i tot, uns polos amb un escut al pit que eren com de grans.

Llavors va semblar que ja s'ho començaven a tenir tot dit i una de les noies va sortir a demanar un gerro per posar les flors. Una altra es va fixar que a l'habitació hi havia una cadira abatible i, de cop, va caure que l'àvia era morta de feia anys i que la mare tampoc tenia germanes i una mica per compromís es va oferir a quedar-s'hi a dormir a les nits, però la mare li va dir que gràcies i que ja s'hi quedarien les cunyades, la Pilar i la Isabel, una nit l'una i l'altra nit l'altra. També van comentar que quina diferència anar per la privada i poder tenir una habitació com aquella per a ella tota sola.

Després van trucar a la porta i era l'amo del taller on treballava el pare, que venia amb la dona. El pare havia deixat els homes a fora per acompanyar-lo a l'habitació. Portava un montecristo a la butxaca de la camisa i se'l veia orgullós i incòmode a parts iguals.

Les dones dels del futbol van aprofitar per acomiadar-se. L'amo del taller va dir no heu pas de marxar que només hem vingut a treure el cap, però elles van dir que ja se n'anaven perquè mare i fill havien de reposar. Que, si de cas, ja tornarien un dia de la setmana entrant quan fóssim a casa.

Un cop sols, l'amo del taller i la seva dona es van acostar al bressol i també van enretirar una mica el llençol per veure'm bé. Fa la mateixa carona que el seu pare quan era petit, va dir ella, i ell va contestar en to burleta només faltaria que cardés la mateixa cara que el veí. Ella es va fer l'escandalitzada i va dir-li papa ets de por i tots van riure. La mare va explicar que jo havia pesat tres quilos vuit-cents, que ella es trobava una mica aixafada però bé i que encara no li havia fet la pujada de la llet. Quan ho va haver dit, això darrer, l'amo del taller no va poder evitar que els ulls se n'hi anessin cap als pits de la mare i ràpidament, per canviar de tema, va dir al pare que l'endemà no el volia veure pel taller en tot el dia. El pare va dir que gràcies però que hi aniria una estona al matí perquè havia d'acabar un 127 que corria pressa i van encaixar aquelles mans que sempre feien una mica d'olor d'oli de cotxe, amb el voral de les ungles ennegrides encara que les raspallessin fins a fer-se sang.

La dona de l'amo del taller va fer dos petons a la mare i li va deixar una marca de pintallavis vermell a la galta. Li va dir que li faria portar unes escarrutxes de les més bones que ja tenia encarregades a Can Gargamel. Un cop van ser fora, van coincidir que s'havien portat molt bé i es van quedar una estona en silenci. El pare mirava per la finestra i la mare enlloc.

Què fa en Francesc petit?, va dir llavors el pare, per dir alguna cosa. La mare va dir està tranquil, surt a fumar si vols.

El pare es va passar la tarda fumant a les portes de la clínica, on anaven arribant parents, els de la feina i el veïnat, sobretot cap al tard, quan els tallers, les fàbriques i les botigues tancaven. El felicitaven i li feien broma: ja et planyo, noi, se t'ha acabat dormir d'una tirada o d'aquí quaranta dies ja podeu buscar la parelleta. Els homes solien quedar-se amb ell a parlar de futbol o de feina. La majoria encara portaven els cabells molls perquè s'acabaven de dutxar i s'havien posat camisa. Elles es notava que s'havien arreglat i totes portaven una planta o un detallet embolicat amb una llaçada.

Costa de creure que Clínica l'Aliança de Vic només estigui a 6.137 quilòmetres de distància en línia recta del 273 Oest del carrer Cinquanta-quatre de Manhattan, perquè el que hi va passar aquella mateixa nit sembla que hagués tingut lloc en una altra galàxia.

Celebritats d'arreu del món —actors de somriure enlluernador i una sexualitat voraç; escriptors habituals de les festes més sofisticades de l'Upper East Side; cantants extravagants i de sexualitat premeditadament ambigua; artistes plàstics provocadors, més o menys torturats i cotitzadíssims; magnats del petroli amb fortunes indecents que a mesura que envellien cada cop tenien dones més joves i espatarrants; models d'ambdós sexes de faccions perfectes, cossos esculturals i elegància felina...—, la crème de la crème mundial, feien cua per entrar a la festa d'inauguració de l'Studio 54, mentre jo passava les primeres hores de vida dormint plàcidament al meu bressol, al costat de la mare.

Els pares d'aquella criatura eren Ian Schrager i Steve Rubell, dos nois joves i ambiciosos de Brooklyn. S'havien conegut a la universitat, un estudiant Dret i l'altre Finances, i tenien poc més de trenta anys quan es van convertir en els reis de la nit de Nova York amb un club nocturn situat en un vell estudi del carrer Cinquanta-quatre que havia acollit els platós de la CBS: l'Studio 54.

Carmen D'Alessio va ser, en bona part, responsable que l'Studio 54 es convertís en un club llegendari la mateixa nit de la inauguració, aquell 26 d'abril de 1977. D'Alessio era amiga de Schrager i Rubell, i també relacions públiques de Valentino, amb la qual cosa tenia la tira de contactes entre la jet-set europea i americana. Per a la festa d'obertura de l'Studio 54 va fer, com se sol dir, algunes trucades —concretament, diuen que va enviar cinc mil invitacions entre els VIPs que coneixia—, i aquella nit molts d'ells van fer cap al nou temple novaiorquès de l'hedonisme. Woody Allen, Warren Beatty o Frank Sinatra sembla que ni tan sols van poder arribar a les portes d'entrada de tanta gent que hi havia. Salvador Dalí, Mick Jagger i la seva dona Bianca, Liza Minnelli, Brooke Shields o Donald Trump i la seva flamant esposa Ivana van tenir més sort.

Després d'aquella primera nit en van venir moltes més d'igualment llegendàries i plenes de glamur, perquè la flor i nata mundial va convertir l'Studio 54 en el seu club preferit. La diversió no semblava tenir-hi límits: sexe desenfrenadament festiu a les antigues llotges i, de fet, a qualsevol racó; drogues a mansalva, i, és clar, música disco, llums de colors, purpurina i espectacles dignes d'un teatre de Broadway que omplien de màgia la pista de ball, on tothom, tingués l'edat que tingués, se sentia eternament jove.

En algun lloc he llegit que Rubell es passejava amb un ostentós abric amb les butxaques carregades de drogues i feixos de bitllets i que era ell qui decidia a caprici qui podia entrar al local i qui no. A l'afortunat, perquè era dolorosament guapo, extravagant o sexy, se li obrien les portes del cel i podia ballar sota una pluja de confeti amb John Travolta, Donna Summer, Elton John, Al Pacino, Liz Taylor o Cher, veure Bianca Jagger sobre un cavall blanc o compartir barra amb velles glòries de Hollywood com Bette Davis o Gloria Swanson. Andy Warhol podia decidir retratar-lo i emportar-se'l a The Factory; Truman Capote, explicar-li algun rumor verinós de l'Upper East Side; Yves Saint-Laurent o Karl Lagerfeld, convertir-lo en model de fama internacional.

Era com si sota els llums de neó de l'Studio 54 tothom pogués ser qui volia ser o qui era realment. Homosexuals i trans no calia que s'amaguessin per por de ser insultats o apallissats, com sovint encara els succeïa també als carrers de Nova York, malgrat que ja havien passat gairebé deu anys de Stonewall.

Per a mi, l'Studio 54 és com una d'aquelles estrelles que els astrònoms descobreixen quan ja s'han extingit, perquè la llum que feien segueix viatjant per l'espai malgrat que faci milers d'anys que s'han apagat. Una estrella que t'il·lumina encara que ja faci temps que és morta.

Jo vaig descobrir l'Studio 54 a través del cinema, gràcies a la pel·lícula homònima de Mark Christopher estrenada el 1998, quan feia poc més de vint anys d'aquella mítica inauguració —també del meu propi naixement, és clar— i aquelles nits divinament salvatges ja eren llegenda. El film va tenir molt males crítiques i va ser un fracàs de taquilla, però a mi, que aleshores vivia a Granollers, em va fascinar tant que el vaig anar a veure al cine tres vegades en una mateixa setmana.

La música, els llums de colors, la bola de mirallets, el confeti, els cambrers de cossos esculturals vestits únicament amb uns shorts minúsculs, la gent sofisticada, transgressora i interessant... Recordo que, assegut a la butaca tot sol, no tenia la sensació d'estar veient una pel·lícula sinó d'estar-la vivint. M'envaïa la nostàlgia. Sí, nostàlgia. Com podia ser que sentís nostàlgia d'unes nits que, evidentment, no havia viscut? Potser és que l'Studio 54 tenia tot el que jo li demanava a la vida i la vida encara no m'havia començat a donar. Per començar, un home guapo com Shane O'Shea (Ryan Phillippe). Em posava tan calent amb aquells llavis carnosos, els cabells rossos i rinxolats i, sobretot, aquell cos fibrat i ple de purpurina... Em passava tota la pel·lícula excitat i, després, durant dies protagonitzava les meves fantasies eròtiques. I això que a la versió que va arribar a les sales de cinema s'havia eliminat una escena en què Shane fa un petó a Greg Randazzo (Breckin Meyer). El productor, Harvey Weinstein, aleshores a Miramax, va fer molt més que això. Sense dir-l'hi al director, va encarregar a un grup de guionistes que reescrivissin la trama per fer-la, diguem-ne, més heterosexual. D'aquesta manera, Shane va passar de fer-se un petó amb Greg a enamorar-se de Julie Black (Neve Campbell), que és molt mona però, és clar, per a mi no hi ha comparació. Tinc entès que Christopher va negar-se a rodar les noves escenes que hi volia incloure Weinstein, però com que aquest l'amenaçava amb acomiadar-lo va acabar abaixant el cap. Malgrat tot, no se li va permetre entrar a la sala de muntatge, on finalment es van eliminar, per massa marietes, trenta-sis minuts de pel·lícula que figuraven en la primera versió del film i se n'hi van afegir vint-i-cinc de nous i perfectament heterosexuals. El resultat, com sol passar amb les històries censurades i, per tant, mancades d'autenticitat, va ser un desastre. Amb les vides passa exactament el mateix.

Però el desig, ai el desig. No se sap com, en els anys següents l'escena del petó gai entre Shane i Greg es va filtrar a Internet, i tot i que Miramax va fer-la desaparèixer, o potser precisament per aquesta raó, va acabar convertint-se en una mena de llegenda per als amants del cinema gai. Espereu, que encara queda un darrer gir argumental. El 2008, Christopher va assistir a un festival de cinema LGTB on en honor seu es projectava *Studio 54*. Havien passat deu anys des de l'estrena de la pel·lícula, i després de tornar a veure en pantalla gran aquella història adulterada i mutilada va decidir fer-li justícia i intentar recuperar-ne el muntatge original. Aquest cop va aconseguir el permís de Miramax, ja sense Weinstein, així com dels actors del repartiment. El 2015 aquesta nova versió de *Studio 54* es va projectar a la Berlinale, i sense ser un gran èxit —encara avui en dia poques pel·lícules de temàtica homosexual ho són—, va obtenir molt més bones crítiques.

Holguín era per a mi —ja en aquells dies un adolescent— el tedi absolut. Poble xato, comercial, quadrat, absolutament mancat de misteri i de personalitat; poble xafogós i sense cap racó on es pogués prendre una mica d'ombra ni cap lloc on un pogués deixar lliure la imaginació. El poble s'aixeca enmig d'una esplanada desoladora, coronat a la fi per una lloma pelada, la Loma de la Cruz, anomenada així perquè al capdamunt s'hi alçava una enorme creu de formigó armat; la lloma té nombroses escales, també d'aquest formigó, que condueixen a la creu. Holguín, dominat per aquella creu, a mi em semblava un cementiri; una vegada en aquella creu va aparèixer un home penjat. Jo veia Holguín com una immensa tomba; les seves cases baixes semblaven panteons castigats pel sol.

El meu era un poble sense gràcia ni llums de neó ni purpurina. Un poble on tampoc hi havia petons entre dos homes, o si n'hi havia eren clandestins. On Déu ja no pintava gran cosa, és cert, i tampoc es podien invocar les lleis de la dictadura per frenar els esperits lliures. Franco era mort i l'Església principalment cosa de velles, però al poble la dictadura del tothom era la que governava les nostres vides. Ho fa tothom. Tothom ho sap. Tothom ho diu. Tothom en va ple. Has de fer com tothom. No ho facis o tothom se'n riurà de tu. Però qui collons és tothom? Tothom és tothom i no és ningú. Sigues tothom i no siguis ningú. Però jo no era com tothom i sempre he volgut ser algú, i això, abans de saber ben bé per què, vaig intuir que seria un problema.

Per als meus pares, la vida era com una d'aquelles velles cançons que sempre has sentit cantar a casa i has après sense voler. Fins i tot encara que n'odiessis la melodia. Una cançó d'aquelles que se't fiquen al cap i acabes cantant de cor, sense parar-te a pensar què diu la lletra exactament. A casa, fèiem moltes coses d'una determinada manera perquè ho feia tothom, o, com a mínim, perquè els avis ja les havien fet així, i segurament també els besavis, i fins i tot més enrere, sense parar-nos a pensar que potser, i dic potser, a la meva família feia dècades o segles que reiteràvem els mateixos errors. Per exemple: ens obligàvem a viure en aquell poble, en aquell carrer, en aquella casa. Sí, la casa era molt important per a la meva família.

Un casalot del 1718, segons el que hi ha gravat a la llinda de pedra de l'entrada. A la planta principal, té quatre dormitoris i dos banys. Una cuina massa petita i un rebost massa gran. Un menjador per als dies de cada dia a la part del darrere i un de gran per als dies de festa, comptadíssims, a la part del davant. Encara que és una casa antiga, un cop a dins no t'ho sembla. Fa l'efecte d'una casa passada de moda, però no antiga. Als anys setanta es van tapar els sostres originals amb plaques de guix perquè deien que així hi feia menys fred i les pesades portes de roure van ser substituïdes per unes de fullola i vidre groguenc sense cap personalitat. El mobiliari original també va ser progressivament reemplaçat: quan es van casar els avis, per fòrmica; vint anys després, quan ho van fer els pares, per uns mobles contraxapats de fusta lacada i fúnebre que als setanta eren moderns.

A peu de carrer, on jo sempre hi vaig veure el garatge i el taller del pare, antigament hi havia hagut les corts del bestiar. Primer, de vaques lleteres, i més tard, de porcs. Per la part del darrere, se surt a un pati enllosat amb un pou al mig on quan era petit tenia prohibit acostar-me, i d'on el pare treu l'aigua per regar l'hort amb una bomba. Els avis també hi tenien un conillar i un galliner, però quan jo vaig néixer feia temps que havien anat a terra. Penjada a la paret hi ha una cistella de bàsquet que un any em van portar els Reis i que no vaig fer servir mai. El pati està tancat amb una tela metàl·lica, suposo que per evitar que s'escapés el bestiar quan n'hi havia. Una porta, també de tela metàl·lica, dona accés a l'hort.

La casa ha passat d'hereu a hereu i cadascun l'ha adaptada als seus temps i a les seves necessitats. Com si la casa s'adaptés als seus somnis i il·lusions, quan, en realitat, a mi em fa l'efecte que era a l'inrevés i que els límits de qualsevol aspiració de les persones que hi vivien eren per força aquelles quatre parets.

Del pis de sobre en dèiem «dalt més alt» i eren les golfes. De petit, també tenia prohibit pujar-hi amb l'excusa que era ple de pols i de trastos i m'embrutaria i em podia fer mal, però a mi m'agradava escapar-m'hi d'amagat i tafanejar entre armaris plens de roba passada de moda, calaixeres a rebentar de quaderns escolars del meu pare o del seu pare... A dalt més alt, també hi havien anat a parar tots els mobles vells: calaixeres de noguera plenes de pols, armaris de tres cossos atapeïts de roba de llit arnada, capses plenes de llibretes de la caixa d'estalvis amb imports que ja havien estat gastats, resultats d'analítiques i radiografies de persones que feia anys que eren mortes... Era com si, a casa, no es llencés mai res, no es fes foc nou. Tota aquella roba, tot aquell paper i tota aquella fusta constituïen el pes de la tradició, i de vegades, quan estava estirat al llit amb els ulls clavats al sostre, pensava que un dia s'ensorraria i ens esclafaria a tots.

No vaig conèixer l'avi Soler, però la mare em va explicar que va morir feliç, sabent que jo existia. L'avi va morir quan la mare estava embarassada de set mesos, convençut que jo seria un nen i que, per tant, la casa tindria un hereu. De fet, es veu que quan era petit l'àvia sempre em deia «l'hereuet». De vegades és com si me'n recordés d'ella, i em sembla veure-la fent-me jerseis o presumint de mi entre el veïnat, encara que també va morir quan jo tenia tres anys i suposo que m'ho imagino perquè m'ho han explicat mil vegades.

Les velles del veïnat, quan era petit, també em deien que era clavat a l'avi Soler. De vegades deien que tenia els seus ulls i d'altres el nas o la manera de riure, i a mi m'horroritzava pensar que feia cara de vell. Un dia l'hi vaig explicar a la mare i ella va treure uns àlbums de fotos en blanc i negre que jo no havia vist mai i em va ensenyar una imatge esgrogueïda d'un jove guapo vestit de soldat. Després una altra d'ell mateix però una mica més gran, mudat i agafat de bracet d'una noia vestida de negre i amb un ram a la mà. Eren de l'avi, de quan feia el servei i de quan es va casar. Llavors no m'ho semblava, però certament, a mesura que m'he anat fent gran, cada cop m'hi he anat assemblant més. Físicament, vull dir. Com també m'assemblo al pare, per descomptat. En una foto feta a la platja, ell deu tenir poc més de vint anys, som clavats. De fet, és com si aquell jove de mirada seductora i que endevino ple d'il·lusions i ganes de menjar-se el món s'assemblés més a mi que a ell mateix pocs anys després. O, dit d'una altra manera, m'agrada pensar que soc el que hauria pogut ser el pare si no hagués deixat que el pes de l'herència l'anés derrotant. Però al poble, ja se sap, sempre era millor perdre com tothom que guanyar en solitari.

La semblança amb el pare i amb l'avi en alguns moments m'ha arribat a obsessionar. Encara ara, quan em miro al mirall, de vegades em fa l'efecte que aquesta cara que hi veig no és del tot meva. O, en tot cas, que és una cara que també va ser del pare, que abans havia pertanyut a l'avi, i possiblement, si recullés una mica més, també a l'avi d'aquest. Una cara que m'hi ancorarà per sempre més, perquè, encara que m'hagi allunyat d'aquella casa, mai em podré deslliurar d'aquesta cara. Una cara que comporta un seguit d'obligacions i que no es pot fer servir a la babalà.

De tant en tant, per exemple l'endemà d'una nit de sexe amb un, dos o tres desconeguts, quan arribo a casa, em dutxo i em miro al mirall, per un instant no puc evitar sentir-me avergonyit. Em miro directament als ulls i penso que estic traint aquesta cara. Com si no fos digne de tenir-la. És absurd, ja ho sé, però és així.

Una casa, una cara i un nom, sobretot un nom. Porto el mateix nom que el pare i que el seu pare, i segurament si tiréssim enrere hi ha hagut altres homes de la família que també s'han dit Francesc Soler. Per tant, tampoc es pot dir que sigui del tot meu, aquest nom. O només meu o meu en exclusiva. És més aviat com si fos un nom compartit, perquè pel fet que sigui meu no ha deixat de ser seu. Enteneu-me: quan jo vaig néixer i em van posar Francesc Soler no em vaig apropiar completament d'aquest nom ni els qui el portaven en van ser desposseïts. No el vaig heretar. Senzillament, vaig passar a formar part de tot un grup d'homes que ens diem Francesc Soler: el meu avi, el meu pare i altres homes de la família, però també molts més del passat, present i futur que ni tan sols conec.

Per exemple, el doctor Francesc Soler i Romagosa, a qui el portal Top Doctors descriu com un reputat especialista en traumatologia, expert en el tractament de la patologia articular de genoll i espatlla. A *El Miragall*, que és el butlletí municipal de Vilanova de Castelló, llegeixo que «el xiquet castelloner Francesc Soler López ha quedat en segon lloc en la classificació general de ciclisme 2019 de la província de València en la categoria principiant de segon any». La notícia va acompanyada d'una sèrie de fotografies d'aquesta jove promesa del ciclisme, i qui la signa no es pot estar d'acabar el text dient: «Sols ens queda felicitar Francesc i encoratjar-lo perquè seguisca amb aquest esport que l'apassiona; de segur que són els primers premis d'una llarga llista que l'espera. Enhorabona, Francesc!». Navegant per la xarxa he trobat també un parell de pintors que es diuen Francesc Soler. Un, Francesc Soler Claveras, pintor i gravador barceloní. L'altre, Francesc Soler Bagué, empordanès, nascut a Begur i resident a Torroella de Montgrí. A Ràdio Manresa, l'11 d'octubre de 1955, Francesc Soler i Mas va iniciar les emissions d'*Aires de Catalunya*, un programa sobre el món sardanista. A Mataró, Francesc Soler i Canon va ser president fundador i president d'honor de l'Associació de Veïns Les Santes-Escorxador.

Si reculo una mica més en el temps, Francesc Soler també és un dels grans noms de l'escenografia. El web del Museu d'Art de Sabadell parla de Francesc Soler Rovirosa en aquests termes: «És considerat el màxim representant de l'escenografia realista a Catalunya. Va iniciar la seva formació a la Llotja i als tallers dels escenògrafs Josep Planella, Fèlix Cagé, Lluís Rigalt i Marià Carreras. Dues estades a París, el 1857 i el 1862, li van servir per perfeccionar els seus dots artístics [...] sens dubte allò que va marcar profundament les seves realitzacions fou l'estada al taller parisenc de Cambon i Thierry (1862-1869). Aquest taller, el més important i cèlebre, treballava per a l'Òpera de París. La gran destresa de Soler i Rovirosa el portà a encarregar-se de la secció de dibuix i perspectiva. Precisament el seu encertat ús de la perspectiva i del *trompe-l'oeil* caracteritzen la seva obra, que entronca clarament amb el naturalisme francès. En retornar a Barcelona el 1869, s'associà amb Francesc Pla i Vilà (1830-1887) per crear la raó social Soler i Pla, que obrí taller al Circ Barcelonès. D'aquí en endavant la seva trajectòria fou imparable: treballà per al Circ Barcelonès, per al teatre Principal, per al teatre de Reus, per al teatre Principal de Saragossa, per al Liceu... Aquesta abundància de produccions responia, com molt bé explica Lluís Labarta, a la seva gran categoria com a artista i a la seva capacitat de treball. Soler i Rovirosa no només pintava decorats sinó que també es feia càrrec del disseny del vestuari dels personatges».

L'il·lustre Francesc Soler i Rovirosa té, fins i tot, un monument dedicat a l'espai públic, i no pas en un carreró qualsevol d'un poble de mala mort sinó a la Gran Via de les Corts Catalanes de Barcelona, entre rambla Catalunya i passeig de Gràcia. Al web Pobles de Catalunya expliquen que «l'escultura va ser realitzada per Frederic Marès l'any 1930. Consta d'un pedestal on hi ha un medalló amb l'efígie de l'artista, damunt del qual reposa una figura femenina nua, amb una simbòlica rosa a la mà, feta en marbre blanc. És la típica imatge noucentista, de formes suaus i d'una serenitat clàssica, i es considera l'obra de consagració de l'escultor gironí».

A Barcelona també hi ha una casa Francesc Soler, concretament al número 10 del carrer Gravina, entre Pelai i Tallers, a tocar de la plaça Universitat. «Edifici dels anys 1896-1897. Consta de planta baixa i cinc pisos. La façana es veu flanquejada pels eixos verticals que formen les galeries laterals, tancades amb ferro i vidre, que es contraposen amb l'horitzontalitat definida pels balcons correguts. Les obertures s'emmarquen amb pilastres alineades amb les mènsules que suporten les llosanes, excepte les del pis superior, coronades amb frontons», llegeixo al mateix web. Es tracta del típic edifici residencial de l'Eixample barceloní que es defineix com a eclèctic i es fa notar: «Si observem el projecte original, de l'arquitecte Ubaldo Iranzo (Barcelona, 1854-1923), podem veure que el coronament es va alterar en el projecte final». Dic que a Barcelona hi ha una casa Francesc Soler i no és del tot exacte perquè, de fet, n'hi ha dues. Tot mirant de saber per què l'edifici d'Iranzo del carrer Gravina es coneix com a casa Francesc Soler descobreixo al web de Barcelona Modernista un segon edifici conegut amb el mateix nom. Es tracta d'un immoble més modest, podríem dir que humil, ubicat al carrer Olivera número 8, en ple barri del Poble-sec, una construcció de façana estreta i una alçada de cinc pisos. Està datada al 1912 i Josep Graner i Prat hi figura com a mestre d'obres.

També hi va haver un Francesc Soler polític i empresari força rellevant. «Francesc Soler i Puigdollers fou un industrial filador i tintorer i polític nascut a Terrassa el 1866. Va formar part de l'empresa familiar Filats i Tints Soler juntament amb els seus germans Maurici i Santiago Soler i Puigdollers», llegeixo al web que recull la memòria de la Mancomunitat de Catalunya, on s'explica que com a president de la Cambra d'Oficis de Comerç i Indústria de Terrassa «va haver de fer front a la crisi provocada per la Primera Guerra Mundial i va sol·licitar al president del Consell de Ministres el manteniment de la neutralitat». També que «estigué vinculat al Partit Liberal» i va fer el salt a la política fent de regidor a l'Ajuntament de Terrassa i de diputat a la Diputació de Barcelona.

Tres-cents anys abans del meu naixement, un Francesc Soler ja excel·lia en el camp de la música sacra. Llegeixo a enciclopèdia.cat que aquest Francesc Soler del qual no sabem el segon cognom «actuà com a mestre de capella de l'església parroquial de Reus. El 1675 competí amb Pasqual Fuentes per la plaça de mestre de capella de la catedral de València, però perdé. El 1682 guanyà la de la catedral de Girona, que exercí fins a la mort».

Per tant, comparteixo nom amb dues cases, un traumatòleg, un ciclista, dos pintors, un sardanista, un periodista, un escenògraf, un polític i empresari, un músic missaire i imagino que un munt d'altres homes més o menys anònims. Tanmateix, pel que sembla, no hi ha cap Francesc Soler que hagi deshonrat aquest nom nostre com se suposa que he fet jo. No he trobat cap web que parli de cap Francesc Soler delinqüent, estafador, lladre de bancs, traficant de drogues, assassí en sèrie o violador. Bé, tret de mi, és clar.

Francesc Soler. Aquest nom *jo l'havia deshonrat eternament. L'havia convertit en moneda corrent entre gent baixa. L'havia arrossegat pel fang. L'havia lliurat a unes bèsties perquè el convertissin en una cosa brutal, i als imbècils perquè el transformessin en sinònim de follia. El que vaig patir llavors, i encara pateixo, no hi ha ploma que ho pugui escriure ni paper que ho pugui registrar.*

En aquella època, finals dels setanta i principis dels vuitanta, tots els pares eren iguals. Feien la mili, es casaven, treballaven molt i jugaven a futbol fins que el menisc o el mal d'esquena els deia prou i després el miraven a la tele. Feien el cafè amb un raig de conyac al bar i fumaven Marlboro, Winston o Ducados i, quan es feien grans, alguna fària.

Els pares eren els amos del garatge, del taller que tota casa tenia i de l'hort, en cas que n'hi hagués, i es despreocupaven completament de la resta, especialment de la cuina, que no solien trepitjar mai —a les mares no els hauria agradat que hi entressin perquè aquell era l'espai més sagrat del seu regne domèstic—. Els pares, de fet, no hi eren gairebé mai, a casa. Físicament, vull dir. Una mica com el Déu que t'ensenyaven a la catequesi. Però encara que no el veiessis en notaves la presència —la roba de treballar estesa, les burilles de les cigarretes al cendrer, els *Mundo Deportivo* apilats al revister—, li podies adreçar peticions i, sobretot, n'havies de témer la ira.

Els pares només feien de pares els diumenges a la tarda i si et ficaves en un bon merder. Per a la resta, hi havia les mares. Elles sí que hi eren sempre i s'ocupaven pràcticament de tot, encara que feien veure que aquells pares invisibles n'estaven al corrent i que si no sabien ni quin curs feies era perquè tenien molta feina, però si no estudiaves i suspenies «ja t'arreglarà ton pare». Bé, n'hi havia de pitjors. Els mantes, els alcohòlics i els maltractadors. De fet, no ser un manta, un alcohòlic o un maltractador els convertia ja, automàticament, en bons pares i, per tant, en bons marits. Era una qüestió de mínims i una cosa anava lligada a l'altra.

Mentiria si digués que el pare va intentar inculcar-me la seva manera d'entendre la vida o, com tants altres, em va voler convertir en una projecció d'ell mateix, en una segona oportunitat que li permetés assolir els seus somnis, ja fos ser futbolista de primera o advocat. Tot el contrari. Un cop plantada la llavor, el pare es va limitar a deixar que la natura fes el seu curs i que jo cresqués i sabés arrelar en aquell pam de terra que un dia seria meva sense que ningú me n'ensenyés, suposo que per pur instint de supervivència. M'imagino que va pensar que només li calia regar i esperar que la planta es fes gran i donés fruits. Malgrat que era un horticultor experimentat, ni tan sols va pensar que em calgués un aspre per arrepenjar-m'hi quan encara era massa tendre per enlairar-me sol, i així evitar que una ventada em vinclés.

Per la banda del darrere, totes les cases del nostre carrer tenien un hort, un rectangle de terra de poc més de setanta metres de llarg per set d'ample. Entre els horts no hi havia cap paret ni tanca. Cadascun tenia un caminet de terra a la banda dreta que discorria paral·lel a l'hort, des dels patis i fins al capdavall, i que servia de separació. A còpia de trepitjar-lo, era dur com una pedra i tothom sabia on començava el seu tros i on acabava. Al capdavall dels horts hi havia un espès canyissar que no era de ningú, d'on tot el veïnat tallava canyes per fer els aspres i que quan era petit marcava el final del poble. Més enllà només hi havia camps, però al cap dels anys, jo ja no vivia al poble, hi van construir una urbanització de cases unifamiliars i una residència de vells.

A casa, els menjars depenien de l'hort. L'hort era el que manava, de fet. A l'època dels enciams, vinga menjar amanides. Cada dia n'arrencàvem un. La mare hi posava pastanaga, ceba i tomàquet, tot acabat de collir. De pèsols, mongeta tendra i faves n'hi havia per donar i per vendre. Quan era petit m'agradava ajudar a collir-ne i després treure els pèsols i les faves de les tavelles. N'omplíem bosses i ho congelàvem per a l'hivern. El rebost també era ple de pots de tomàquet confitat i de coliflor en vinagre. Les patates, les cebes i els alls els guardàvem a baix, on abans hi havia les corts, perquè era el lloc més fresc de la casa i així no es grillaven.

El pare es passava moltes hores a baix a l'hort. Cada tarda, menys a l'hivern, que el dia s'escurça massa, quan tornava del taller baixava a l'hort i s'hi estava fins a l'hora de sopar. Fangava, plantava, adobava, regava, ensulfatava, collia. Sempre hi ha feina, a l'hort, deia. No sé si realment li agradava tenir l'hort o senzillament és que era incapaç d'imaginar-se què faria amb aquell espai i aquell temps que eren casa seva i la seva vida si no n'hagués tingut. Era una mica com ser pare.

Les obligacions que implicava l'hort eren només una petita part de tota una sèrie d'horaris, normes i rutines que sense saber ben bé per què calia complir al peu de la lletra. Suposo que, per als meus pares, eren com un esquelet que els mantenia drets. O, ben pensat, com una cuirassa o una closca endurida que els protegia de la resta, però que al mateix temps també els n'allunyava. Els penso durant aquells anys i els veig com si fossin cargols, arrossegant sempre la casa i replegant-se davant el mínim indici de perill o d'emoció. I jo els tenia reservades altes dosis de perill i d'emoció. *Sempre he cregut que la meva família, incloent-hi la meva mare, em considerava un ésser estrany, inútil, atabalat, sonat o embogit, fora de context de les seves vides. Segurament tenien raó.*

L'única casa del veïnat que no tenia hort era la de la Flora, just a la nostra esquerra, paret per paret. Ella hi tenia un jardí exuberant que a mi em semblava màgic i ple de misteri. La Flora era nascuda al poble, però com que havia marxat a viure a fora durant més de vint anys la tractaven com a una forastera o, encara pitjor, com a una traïdora.

Els qui marxen del poble sempre són mal vistos. Com si quedar-s'hi fos una mena d'acte de responsabilitat col·lectiva i fugir-ne i perseguir els somnis, un acte egoista que perjudiqués el veïnat. Paradoxalment, tampoc s'accepten les tornades, especialment de les dones. Les poques de l'edat de la mare que van marxar a Barcelona a estudiar i van fer-hi carrera sempre van ser assenyalades quan van tornar al poble. El veïnat mai els perdonaria aquells anys de disbauxa universitària a la ciutat, real o imaginada, a recer de les mirades indiscretes des de darrere les cortines. Els qui havien fet les maletes i s'havien endut la família lluny per començar de zero amb la promesa d'una bona feina i a qui els plans no havien sortit com esperaven, i havien hagut de tornar arruïnats i desil·lusionats i refugiar-se a casa el sogre o el germà gran, eren acollits pel poble amb una satisfacció mal dissimulada. Ja es veia a venir. Els pocs que havien viscut dècades a l'estranger i havien fet fortuna i un cop grans i malalts, per aquell enyor de la pàtria petita que senten els moribunds, decidien tornar a morir al poble tampoc s'escapaven de les crítiques a bars i perruqueries. Com si haguessin emmalaltit per haver marxat del poble o la vellesa fos un càstig per haver abandonat els seus.

En el cas de la Flora hi havia una mica de tot. De molt jove havia marxat a Barcelona per estudiar per a bibliotecària i ja no havia tornat mai més al poble.

Es va casar amb un professor i poeta molt més gran que ella i no van tenir fills. Quan els pares d'ella van morir, va fer tapiar les finestres i va tancar la casa. De l'hort, se'n va fer càrrec un veí. El temps va anar passant, i quan hi passava per davant tothom deia quina pena aquesta casa tancada i barrada, si ho veiessin els avis... I un bon dia les finestres ja no estaven tapiades i hi havia un camió de mudances aparcat a l'entrada. Quan la Flora va tornar al poble, el seu home ja estava molt malalt i, tot i que es va morir pocs mesos després d'instal·lar-s'hi, encara va tenir temps de passejar per aquell fabulós jardí que va generar tants odis i incomprensió entre el veïnat.

De tot això, és clar, me'n vaig assabentar anys després, perquè jo aleshores era petit, i encara que, de tant en tant, caçava al vol algun comentari entre la mare i les veïnes, no entenia res. El cas és que quan la Flora es va instal·lar al poble va semblar que el veïnat la rebia amb els braços oberts. De seguida es va saber que el seu home estava molt malalt; per tant, calia ser compassiu. També va jugar a favor seu el fet que vingués a treballar a la biblioteca del poble, perquè als veïns, que no haurien tolerat que els mirés per sobre de l'espatlla pel fet d'haver-se casat amb un poeta, els feia l'efecte que en certa manera era la seva empleada. Tu rai, et paguem perquè t'estiguis allà a la biblioteca ben calenta, era una cosa que, mig en broma, s'havia sentit dir més d'una vegada els matins freds i humits d'hivern, i llavors la Flora somreia i pensava que en sou de podrits.

Però aquesta aparent lluna de mel amb els veïns es va acabar el dia que en Quimet, el veí que es feia càrrec de l'hort de la Flora sense pagar-ne ni cinc per l'ús de la terra, es va presentar a casa seva per confirmar que, encara que hagués tornat al poble ja feia unes setmanes, ell podria seguir fent i desfent a l'hort.

Ni tu ni el teu home hi enteneu res oi?, li va dir en Quimet, tot fent-se el simpàtic però en aquell to de suficiència que de vegades gasten cap als estudiosos els qui tot ho han après a la universitat de la vida. La Flora el va fer seure, li va servir una copa de conyac i, amb bones paraules, li va dir que no, que un cop hagués collit la verdura i arrencat les patates d'aquell any havia de deixar lliure la terra perquè la il·lusió del seu home i d'ella mateixa era fer-hi un jardí.

—Des d'aquell dia, per a aquest veïnat, soc una estirada, una pocavergonya, una tocada de l'ala o, directament, una mala sort —em va explicar un dia la Flora, divertida, mentre preníem una llimonada asseguts en una manta estesa sobre aquella gespa suau i mig salvatge, amb clapes de margarides i pixallits, que cobria tota la terra on durant anys en Quimet hi collia patates, mongetes i tomàquets, com si fos seva.

La Flora també hi havia fet plantar arbres que al cap de pocs anys ja feien una bona ombra. Hi havia una noguera que de seguida es va fer molt grossa, un cirerer que no va donar mai cireres però feia unes flors molt boniques, una prunera i un parell de roures. Just al mig del jardí, un roserar de forma circular que a la primavera es tenyia tot de colors, i aquí i allà, parterres de flors que variaven depenent de l'època de l'any: pensaments, prímules, petúnies, flor de seda... També hi havia plantes aromàtiques: menta, romaní, espígol, farigola, tarongina, marduix, sajolida i marialluïsa, i un espai per a les tulipes, els gladiols i les dàlies, que, com un miracle, cada primavera tornaven a sortir. El que menys m'agradaven eren els crisantems que hi havia plantats just a l'entrada del jardí, perquè encara que omplien de color la tardor són una planta de cementiri i em feien basarda.

A tocar del canyissar, a l'ombra de la noguera, la Flora també hi tenia un joc de taula i cadires de bambú on moltes tardes s'asseia a llegir i, algunes nits d'estiu, hi feia sopars amb convidats de fora, a la llum de les espelmes, que intrigaven tot el veïnat.

Només ens separava un caminet de dos pams de terra d'aquell espai propici per al desig i la poesia, ple de colors i perfums incitants, ombres i equívocs. Per als meus pares aquella terra pensada únicament per al joc i el gaudi era una terra malbaratada. Potser també intuïen, sense ser-ne del tot conscients, la temptació i el perill que conté tot jardí... El jardí del Paradís, el jardí prohibit, el jardí d'Eros i Afrodita.

Ja han nascut les tulipes que vaig ajudar a plantar a la Flora abans de l'hivern! Aquest matí, m'ha cridat i m'ha ensenyat les fulles, que tot just acaben de sortir de terra, i m'ha explicat que d'aquí una setmana estaran florides! A mi, les tulipes m'agraden més que els gladiols i els clavells. Crec que després de les dàlies, que són les meves flors preferides, ja venen les tulipes, encara que les roses, sobretot les grogues, també les trobo molt maques quan són només poncelles.

M'ho passo molt bé parlant de flors i de plantes amb la Flora, i m'agrada ajudar-la a fer rams. Ella baixa un gerro i em va dient talla sis roses, vermelles i blanques, ara una mica d'heura o un parell d'espigues del camp que hi ha al capdavall del jardí, i ella va tallant els troncs perquè li quedin a la mida que vol i va fent el ram.

La mare diu que no entén per què fa tants rams la Flora si viu sola i no té mai ningú a casa per lluir-los. En canvi, cada any, per Tots Sants li demana un bon ram de crisantems per portar al cementiri, i llavors soc jo qui no entén per què portem flors als avis si són morts. La Flora, per exemple, no porta flors al seu home perquè no està enterrat. Em va explicar que el van cremar i van abocar les cendres allà al jardí, a sota el cirerer, i des d'aquell dia que no m'hi he acostat més.

Sempre m'han agradat les flors, però des de petit sabia que eren una mena de plaer prohibit. Era un secret que no es podia explicar, perquè les flors eren cosa de nenes i a la classe tothom se n'hauria rigut. Una pèrdua de temps i de diners, segons la mare, que només tenia un parell de geranis als ampits de les finestres perquè es veiessin des de fora i alguna planta d'interior regalada per les seves cunyades per l'aniversari o per Nadal. Recordo que a les tardes, quan feia bo, la mare no em volia a casa i em deia ves a escampar la boira fins a l'hora de sopar, segur que trobes nens per jugar per aquests carrers. A mi, només m'agradava jugar amb la Janis, ja us en parlaré més endavant, però fora de classe amb ella només ens vèiem els dissabtes i, a més, els nostres jocs no es podien fer al carrer. Per tant, sortia tot sol a baix el pati, amb una llibreta i un bolígraf, m'asseia sota la cistella de bàsquet, ben arrecerat a la paret, on la mare no em pogués veure des de la finestra de la cuina, i em passava les hores dibuixant flors, escrivint històries...

Tenia nou anys i la sensació que dins meu hi havia cada cop més coses, com l'amor per les flors, que no estava bé que sentís i que, per tant, no podia explicar a ningú. Tot allò que era de nena, que sabia que avergonyiria els meus pares, que faria que els altres nens es riguessin de mi. Necessitava escriure tot allò que no m'atrevia a dir en veu alta. Tot allò que ni jo mateix m'atrevia a admetre que sentia. I, per això, em vaig inventar la Laura. A estones i d'amagat vaig començar a ser la Laura i vaig començar a escriure un diari, «El diari de la Laura».

En Sergi, avui, portava un xandall Kelme nou. Era blanc amb una ratlla verda als costats i una dessuadora amb caputxa dels mateixos colors i estava molt guapo. Li demanaré a la meva mare que pel meu sant també me'n regali un de la mateixa marca però d'un color diferent. Crec que en Sergi és el més guapo de la classe.

«El diari de la Laura», el meu diari, no era únicament un quadern d'anotacions dels meus secrets sinó més aviat un àlbum de retalls de revista, de frases caçades al vol, la majoria a la televisió, de fotografies, flors i fulles premsades, etiquetes i adhesius o sobres de sucre de cafè buits.

Era una mena de collage de fragments d'altres històries que, degudament seleccionats i combinats, adquirien un nou sentit i es podien llegir com una nova història, la meva. La dels meus gustos, somnis i il·lusions. De fet, ¿no és així com s'escriuen els llibres i també com es viuen les vides? Escollint, retallant i enganxant trossos d'altres llibres escrits, d'altres vides viscudes.

La Laura va ser com una mena de vàlvula d'escapament per a mi. Em permetia jugar i experimentar sense sentir-me culpable. Pensar i fer coses que encara no estava preparat per acceptar.

Per exemple, quan els pares marxaven amb cotxe i em quedava sol a casa entrava al seu dormitori i inspeccionava armaris i calaixos amb l'excitació que només ens provoca allò que ens és prohibit. Em posava unes sabates de taló o m'emprovava vestits de la mare. M'asseia al tocador i em posava el collaret de perles al coll o unes arracades de festa grosses que ella no duia mai. Un dia em vaig atrevir a pintar-me els llavis, però vaig prémer massa la barra i se'm va mig trencar i em vaig passar una setmana espantat per si la mare se n'adonava.

En aquella època també estava molt de moda comprar roba per correu, i sobretot a les revistes femenines —*Pronto*, *Lecturas*, *Teleindiscreta* o *Burda*— marques com Damart o Venca prometien fantàstics regals de benvinguda a les lectores que emplenessin una butlleta amb el franqueig pagat per poder-los enviar a casa gratuïtament el seu catàleg de productes. Doncs bé, mentre la resta de nens convertien els carrers en camps de futbol improvisats o circuits de curses de bicicleta o monopatí i fumaven les primeres cigarretes clandestines, jo repassava les revistes velles de la mare buscant aquelles butlletes per emplenar-les i tirar-les a la bústia d'amagat dels meus pares. L'espera de la resposta se'm feia eterna. Em passava el dia baixant l'escala per comprovar si ja havia passat el carter, i quan, efectivament, m'arribava una carta o un sobre gros que gairebé no passava per la bústia, me'l ficava a sota la samarreta i corria a tancar-me a la meva habitació per obrir-lo sense que em veiés ningú. «Querida Laura Soler, le damos la bienvenida a Venca Catálogo y le ofrecemos un descuento del 50% en su primer pedido» o «Señora Laura Soler, le hacemos llegar su regalo de bienvenida junto al catálogo Damart para este invierno», i, dins del sobre, un joc de posavasos de colors fluorescents, una manyopla de cuina o unes arracades de quincalla en forma de margarida embolicades amb plàstic de bombolles perquè no es trenquessin.

Vaig guardar aquelles rampoines durant anys en una capsa de sabates ben amagada dins el meu armari, com si fossin tresors o secrets inconfessables. D'aquells catàlegs ja m'atreien poderosament les pàgines dedicades a la roba interior masculina, tot i que els calçotets tèrmics de Damart de la línia thermolactyl no ressaltessin precisament els atributs dels models, a qui, per altra part, gairebé mai se'ls veia la cara sinó que sortien fotografiats des del melic a mitja cuixa, llevat dels qui portaven calçotets llargs, que en aquest cas eren retratats fins als peus. ¿Frío, yo? ¡Nunca!, era l'eslògan de Damart que es va fer cèlebre als anys vuitanta, i em pregunto si abans feia més fred que ara, perquè no conec ningú que porti samarretes ni encara menys calçotets apelfats.

Potser ara costa de creure, perquè amb Internet tothom té accés a tot, però aquelles imatges púdiques i innocents de membres a penes insinuats sota una capa de teixit tèrmic pensades per a dones preocupades perquè els marits no passessin fred treballant a la intempèrie van alimentar el meu imaginari eròtic quan encara era un nen.

—Una altra carta per a una tal Laura Soler? Quina cosa tan rara. No hi ha viscut mai cap Laura, aquí, hauré de parlar amb el carter...

De vegades no arribava a temps i era la mare qui obria la bústia, i a mi em tocava fer-me el despistat.

Suposo que, en gran manera, aquest desdoblament de la personalitat que representava la Laura em va permetre sobreviure en un entorn manifestament hostil per a algú com jo mateix sense haver d'amputar del tot la meva personalitat. La Laura, per descomptat, només es manifestava privadament, en secret, perquè de portes enfora em vaig haver d'entrenar per parlar, caminar, saludar i riure com em semblava que ho havia de fer perquè no em diguessin nena. Em fixava com ho feien els grans, però també en Curro Jiménez o els exsoldats de l'Equipo A. *Va ser així com vaig començar a fer teatre, mig a desgrat. En aquesta època vaig començar a comprendre el funcionament del mecanisme segons el qual allò que els altres consideraven una actuació meva era l'expressió de la necessitat de tornar a la meva naturalesa veritable i viceversa: allò que els altres consideraven la meva naturalesa veritable era, de fet, una actuació.*

Aquesta actuació a contracor em feia proposar coses com ara que juguéssim a soldats.

Eren homòfobs, els meus pares? No crec que ho fossin especialment. No més que la resta de pares. Com que no eren religiosos, per a ells no era pecat. Més aviat diria que consideraven que l'homosexualitat era un vici o una cosa ridícula. Per tant, els gais i les lesbianes, o sigui els maricons i les tortilleres, els semblaven uns éssers viciosos i ridículs. Però, de tota manera, quan jo era petit no crec que fos un tema que els fes perdre el son, perquè suposo que els semblava que era cosa de Barcelona, del món de la faràndula. Quan a la tele sortien Terenci Moix, Bibi Andersen o fins i tot Dalí, es limitaven a canviar de canal, com quan sopàvem i a les notícies apareixien nens de l'Àfrica esquelètics i carregats de mosques, encara que potser també ho feien perquè intuïen el perill i pensaven que aquells personatges amorals em podien pervertir a través de les ones electromagnètiques, com quan Uri Geller doblegava culleretes de cafè amb el poder de la ment. És curiós perquè, tot i que sexualment jo encara estava a les beceroles, de nen ja em sentia atret secretament per en Terenci, la Bibi i en Dalí i la promesa que per a mi representaven d'un món infinitament més lluminós.

De tant en tant, però, es produïa alguna situació que em donava una pista del que podia passar si els meus pares descobrien que jo no era ni volia ser com tothom. La cançó de Queen «I want to break free» es va posar molt de moda a finals dels vuitanta, sobretot pel cèlebre videoclip en què Freddie Mercury i la resta de la banda surten disfressats de dona parodiant una telenovel·la britànica d'aquella època que es deia *Coronation Street*. A la tele no paraven de posar-lo: Freddie Mercury transvestit es contorneja mentre passa l'aspiradora pel menjador. *I want to break free from your lies*. Porta perruca, un mocador fúcsia al coll, un jersei rosa pàl·lid ajustat i sense mànigues que li marca perfectament els pits i una minifaldilla de cuir negre. *God knows, God knows I want to break free*. Cada cop que sortia a la tele, els meus pares es violentaven, però com que els agradava la cançó es resistien a canviar de canal. *I can't get over the way you love me like you do*. Jo em feia el distret, fullejava un llibre o m'aixecava del sofà amb qualsevol pretext, però no me'n perdia detall. *Oh, how I want to break free*.

Un matí, mentre la mare feia dissabte amb la ràdio engegada, vaig sentir els primers compassos de l'«I want to break free», i com que en aquell moment ella netejava els armaris de la cuina, vaig fer dues boles de paper del *Mundo Deportivo* del pare i me les vaig posar sota la samarreta com si fossin uns pits, vaig agafar l'aspiradora que la mare havia deixat abandonada a la sala d'estar i vaig començar a imitar el Freddie Mercury. Es pot saber què fas?, em va dir quan em va veure. I quina mirada que em va fer. Treu-te això! Em vaig posar vermell i ràpidament em vaig desfer de les dues boles de paper. Li vaig contestar amb un fil de veu que res, que només volia ajudar. Ves a jugar —per què aquell «ves a jugar» sempre sonava com un càstig?—, t'has ben estireganyat la samarreta i ja veuràs el teu pare quan vegi que li has fet malbé el diari, em va respondre. El meu pare, però, no va dir res.

D'aquell episodi no se'n va tornar a parlar, però tampoc es va tornar a escoltar Freddie Mercury a casa, perquè a partir d'aleshores, quan posaven una cançó de Queen a la ràdio, la que fos, la mare canviava a l'acte d'emissora. No se'n salvava ni aquella meravellosa «Barcelona» tan púdica que cantava ja molt malalt amb la Caballé.

Potser em passo de frenada, però diria que la mare va rebre amb una certa complaença la notícia de la mort de Freddie Mercury aquell 24 de novembre de 1991. Tothom sabia la vida que portava, crec que va dir sense ni un bri de tristesa, i en el fons, conscientment o inconscientment, suposo que també m'estava advertint del que em podia passar si gosava seguir el mateix camí.

Diria que ni abans ni després que jo nasqués els meus pares no coneixien cap persona obertament homosexual, encara que algun botiguer del poble fos una mica «amariconat», o sigui, que tingués ploma. Per a tothom era sabut que els homes que tracten gaire amb dones es tornen amanerats encara que estiguin casats i tinguin fills. Per això ningú volia un fill perruquer o *modisto*. Ni tampoc que fes teatre d'aficionats, perquè s'havien de maquillar i disfressar i tothom sap que la major part dels actors perden oli.

Quan era petit m'agradava molt la festa major del poble. Era l'únic dia de l'any que passaven coses interessants a casa i teníem convidats, perquè per Nadal havíem d'anar a casa dels tiets, un any a casa de l'un i el següent a casa de l'altre. Per la festa major, la mare parava taula al menjador gran amb la vaixella bona i l'omplia de cristall amb les copes d'aigua, vi i cava del seu casament. A mi em semblava el súmmum del luxe i la sofisticació. Dues setmanes abans començaven els preparatius i el nerviosisme. Què podria fer aquest any per la festa major?, demanava ella, i el pare, sense aixecar els ulls del *Mundo Deportivo*, li responia que el que volgués, que a ell tot li anava bé, i la mare es queixava que allò no l'ajudava gota. Cada any era el mateix, i cada any feia una platada de gambes, escamarlans i sèpies a la planxa i després una bona cassola de pollastre. Els entrants sí que anaven variant: un any entremesos, un altre còctel de gambes, i fins i tot un cop va atrevir-se amb uns dàtils amb pernil salat que no van agradar a ningú i unes vieires al cava que van sortir dolentes i que la van fer plorar perquè de poc que no ens intoxiquem. Els tiets portaven les postres: braços de gitano de nata o de crema cremada o safates de lioneses de nata, crema i xocolata. Després feien cafès o *carajillos* i la mare treia unes quantes ampolles de licor d'un moble bar que només obria per la festa major i algun aniversari. Els homes baixaven al pati amb la copa de JB o Soberano, perquè a la mare no li agradava que fumessin puros a dins de casa. I vosaltres aneu a escampar la boira però no us embruteu, ens deien a les meves cosines i a mi. Eren bones nenes, un parell d'anys més petites que jo, però terriblement avorrides. La Pilar i la Isabel, les dones dels tiets, ajudaven a desparar i després se servien un anís amb unes copetes que semblaven de joguina i s'encenien un cigarret. Potser perquè havien anat a la perruqueria el dia abans, s'havien maquillat i anaven ben vestides i amb sabates de taló, o potser perquè els començava a fer efecte l'alcohol del dinar, per un dia s'oblidaven de les minúcies quotidianes i parlaven de temes més sofisticats. Em fascinava observar-les mentre fumaven i bevien glopets d'anís i espiar les seves confidències, tant si anaven acompanyades de riures de picardia com si acabaven amb llàgrimes i el rímel se'ls n'anava galtes avall. També ballaven, m'encantava veure-les ballar. De quan eren més joves, els meus pares conservaven discos de Nino Bravo, la banda sonora de *Jesus Christ Superstar* cantada en castellà per Camilo Sesto, els grans èxits d'Abba. La tieta Isabel en portava de Spandau Ballet, Tina Turner i fins i tot Alaska. Va, que farem una mica de guateque, deia, i començava a voltar per la sala d'estar com si fos a la pista de ball.

Quan es començava a pondre el sol, m'envaïa una mena de tristor perquè la música s'aturava i s'obrien els llums. Els homes pujaven i els tiets deien potser que fem un pensament, que demà és sant tornem-hi, i marxaven. La mare es treia els talons, es posava roba còmoda i es tancava a la cuina, malhumorada, a rentar una muntanya de plats i copes. El pare se n'anava a l'hort, sense dir res, i la vida encara em semblava més grisa i avorrida.

Quan era petit també m'agradaven molt els estrangers. De fet, somiava amb ser estranger, perquè em semblaven més guapos, més feliços i més lliures. Per a mi, tots els estrangers eren rossos, anaven a la moda i sempre estaven de vacances.

Heu de pensar que als anys vuitanta, i més en un poble com el meu, on els turistes no hi posaven els peus ni per casualitat, no era gens freqüent creuar-se amb persones d'altres països. Per tant, veure un cotxe amb matrícula francesa d'aquelles amb el fons negre i els números blancs aparcat a la plaça ja era tot un esdeveniment. Qui deuen ser aquests gavatxos? Potser s'han perdut... Calla, que deuen ser parents dels de la farmàcia. Per a mi, aquella matrícula estrangera era com un estel fugaç creuant el cel abans de tornar a la foscor, i dissimuladament m'acostava al cotxe per no perdre-me'n detall. Per contra, tots sabíem que si vèiem un cotxe amb matrícula SS al poble ens n'havíem d'allunyar, perquè els del nord eren perillosos i havien fet esclatar la caserna de la Guàrdia Civil de Vic.

Jo vaig descobrir els estrangers a Platja d'Aro, on tothom semblava que era més feliç. Nosaltres també. A primers de juliol, l'amo del taller on treballava el pare ens llogava l'apartament que hi tenia a un preu regalat i el pare, potser més per compromís que per ganes, cada any acceptava d'anar-hi a passar uns dies. La setmana abans, el pare sempre es queixava que quan tornéssim ho trobaríem tot mort a l'hort encara que l'hi regués un veí i que tenia molta feina al taller, però un cop érem a Platja d'Aro ell i la mare canviaven com un mitjó. Estaven de bon humor i parladors, el pare agafava la mare per la cintura quan sortíem a prendre un gelat i ella es posava uns conjunts escotats que no s'hauria atrevit a dur al poble. No em deien mai que no quan els demanava que em portessin al Magic Park a saltar als llits elàstics o a pujar a les atraccions o que em compressin polseretes a les paradetes del passeig, on em podia encantar durant llargues estones i n'anava acumulant als canells i, fins i tot, al turmell. Una de cuir, una de petits cargols de mar enfilats en un cordó, una de metall amb un bany de plata, un escarabat egipci... L'estiu que es van posar de moda els tatuatges de calcomania vaig fer que me n'estampessin als dos braços. Quan l'any següent les rosses estrangeres es passaven els vespres assegudes durant hores en incòmodes cadiretes de càmping mentre unes negres molt traçudes que portaven uns vestits tradicionals molt llampants i tenien la rialla fàcil els omplien els caps de trenes, vaig aconseguir que a mi també me'n fessin una amb cabells postissos.

A Platja d'Aro no teníem horaris. Ens aixecàvem tard, ens passàvem el matí a la platja, dinàvem quan teníem gana, sortíem a passejar quan el sol començava a afluixar i sopàvem a les terrasses, i ells bevien sangria i reien. Mai els vaig sentir riure tant com a Platja d'Aro. Era com si durant aquella setmana fóssim uns altres o una versió més original, divertida i despreocupada de nosaltres mateixos.

Érem pràcticament els únics estiuejants del país, perquè en aquells anys aquí s'acostumava a fer les vacances a l'agost. Per tant, anar a Platja d'Aro al juliol era una mica com anar a l'estranger i encara et feia més l'efecte que no et coneixia ningú. A les platges, pel passeig i a les terrasses només veies holandesos, alemanys, francesos i anglesos. Eren més atlètics, més rossos i més guapos que nosaltres, i tant ells com elles portaven uns banyadors minúsculs. M'hauria passat hores mirant com aquells nois es tiraven a l'aigua i s'allunyaven amb grans braçades i com després s'estiraven a la sorra a torrar-se sota el sol amb la respiració encara accelerada. Recordo que un any, jo devia tenir onze o dotze anys, vaig veure com a un noi escandalosament atractiu que s'havia quedat totalment adormit a la tovallola se li marcava perfectament una erecció, i no li vaig treure l'ull de sobre fins que es va girar de panxa a terra i es va acabar l'espectacle.

El dia que tocava tornar al poble, els meus pares ja s'aixecaven de mal humor i jo em treia les polseretes, em gratava els braços amb una esponja fins a fer desaparèixer els tatuatges i em tallava la cueta perquè no volia que se me'n riguessin quan haguéssim tornat. Dues hores de cotxe pràcticament en silenci, i un cop a casa tot tornava a ser com abans. També nosaltres. Era com si el poble s'aixequés sobre una gran mina de kriptonita que ens xuclés les forces i la felicitat.

Soc conscient que aquest retrat que faig de la vida al poble als anys vuitanta i noranta pot no coincidir amb els records que en tinguin aquells amb qui vaig compartir els meus primers anys. Per a alguns d'ells, de fet, pot molt ben ser que aquells fossin els millors anys de les seves vides. Hi tenen tot el dret. De la mateixa manera que jo ara em sento lliure de recrear aquell ambient opressiu i castrador només a partir dels meus records i, per descomptat, del meu present. Sí, el present hi té molt a veure, perquè és des d'aquest instant en constant moviment que ens reescrivim una vegada i una altra. I així s'entén, per exemple, que nens dolents i abusadors a qui, en molts casos, la vida ha acabat derrotant recordin amb nostàlgia, des d'un present desolador, quan el poble era el món i ells n'eren els reis.

*Jo he convertit totes les meves experiències vitals en obra literària, i aquesta reconversió fa que el que és real i el que és imaginari es confonguin contínuament. Alexandria és sempre Barcelona, i jo puc ser Fedre o els nois d'*El dia que va morir Marilyn *—no pas un d'ells: tots dos alhora—, i la Núria Espert és Cleopatra i Pòrcia Honòria, i Jordi Pujol és una imitació mediocre de Cèsar August, i en el cos de tots els atletes de l'Olímpia sempre hi apareix l'ombra de l'Steve Reeves i el record de la primera vegada que em vaig masturbar en honor seu en la solitud d'un cinema de barri. De la mateixa manera que en el fons de la meva recerca de la felicitat hi ha el Néstor, l'Enric Majó i el Nen de l'Hivern.*

II

La classe dels dofins

1981-1991

El poble tenia dues escoles: les escoles i les monges, tothom n'hi deia així. Les escoles eren un col·legi públic, i les monges, un de concertat que pertanyia a l'Església. A les escoles hi anàvem els fills dels mecànics, pintors, fusters, electricistes, paletes... També els fills dels treballadors de les fàbriques tèxtils, Can Puignerό i La Blava, i de la foneria que hi havia anant cap a Malars. Entre aquests darrers hi havia molts castellans, en dèiem «castellans» encara que tots havien vingut d'Andalusia. Els castellans parlaven català, però eren diferents dels catalans perquè es deien García, Estrella o Cañada, i a l'estiu bevien gaspatxo en lloc d'orxata i anaven de vacances *al pueblo* en lloc de la Costa Brava. Els fills dels *progres* també venien a les escoles, encara que eren molt pocs. Els seus pares eren mestres o professors d'institut, arquitectes, gestors o funcionaris de l'ajuntament i no votaven en Jordi Pujol perquè era de dretes, ens deien als altres que no en teníem ni idea de política ni de què votaven els nostres pares ni de si ho feien. La majoria dels altres nens els tenien mania, els deien *pijos*, però a mi em feien molta enveja perquè els seus pares *progres* els portaven a veure exposicions i al teatre.

A les monges, hi anaven els fills de les famílies de missa. També hi portaven els fills els pares que sense ser religiosos eren carques, i aquells que sense ser carques pensaven que la bona educació es paga. Els fills dels *progres* ens deien que tots els pares que portaven els nens a les monges votaven en Jordi Pujol, suposo que perquè entenguéssim que eren els dolents de la pel·lícula. A les monges, també hi havia alguns castellans i fills de famílies pobres que, segons la mare, feien més hores que un rellotge a les fàbriques per poder portar els fills a un col·legi de pagament. No cal dir que eren objecte de burles i menyspreu per part dels altres nens. En Roger anava a les monges perquè a casa seva tenien diners i tots els diumenges anaven a missa.

Els de les escoles i els de les monges ens teníem molta tírria, i si coincidíem en algun acte organitzat per l'ajuntament els cantàvem «Les monges taronges tancades amb clau, les puces hi entren pel forat de la clau». Ells ens responien «escoles escaroles!». Tot era molt innocent i no solia passar d'aquí, tot i que si s'organitzava un partit de futbol d'escoles contra monges llavors, a la mínima, hi havia batusses i escopinades.

No sé si les mestres eren totes monges autèntiques, perquè encara que anaven vestides molt clàssiques i sempre semblaven amargades anaven sense hàbit. N'hi havia una que feia molta cara de malparida, tenia els llavis molt prims i portava unes ulleres d'aquelles que amb la llum del sol s'enfosqueixen els vidres i que a mi em semblaven sinistres. Li deien *l'hermana*. Les nostres mestres eren molt diferents. La majoria portaven pantalons, eren una mica hippioses i fumaven a l'hora del pati. Com que jo era molt responsable, quan tenia deu o onze anys em deixaven sortir de l'escola per anar-los a comprar un paquet de Ducados o de Camel a Cal Rabadà quan se'ls acabava el tabac, i a mi m'agradava molt perquè em feien sentir gran.

Cada classe tenia un nom d'animal i el conservava des de primer fins al final de l'EGB. El primer dia de classe de primer, la mestra apuntava uns quants noms d'animal a la pissarra proposats pels nens i els votàvem a mà alçada. S'escollia el més votat i es posava un dibuix de l'animal guanyador a la porta de la classe per identificar-la. Per exemple, hi havia la classe dels conills, la classe dels lleons o la classe dels cavalls. Eren tots animals de granja o que havíem vist al zoo o al circ i que ens agradaven. Ningú hauria gosat proposar la serp, la medusa, el gripau, el camaleó, la hiena o l'escorpí. Jo vaig proposar que fóssim la classe dels dofins perquè, com tothom sap, són uns animals simpàtics i molt intel·ligents, i tots els nens hi van votar a favor.

Els dofins són una mica com els nens o com tothom espera que siguin els nens: enjogassats, innocents, despreocupats i perpètuament feliços i riallers. Potser per això ens agraden tant els dofins, perquè sempre sembla que somriguin, encara que estiguin tristos, pateixin o se sentin sols. Estan condemnats a somriure encara que els tinguin empresonats dins d'una piscina i els obliguin a fer tombarelles tot el sant dia. El somriure dels dofins pot ser un càstig, perquè és com si no es poguessin enfadar mai, i quan els anem a veure al zoo sempre pensem que hi són feliços. Però, ben mirat, aquest somriure etern també pot ser la seva millor arma i la més intel·ligent, perquè fa que ens hi acostem sense por, que ens en refiem, i els acaronem o els donem una sardina, sense pensar que potser són ells els qui estan jugant amb nosaltres i no pas a l'inrevés.

Durant els primers anys d'escola, els dofins érem una bona classe, o potser m'ho sembla a mi perquè tots els nens i nenes valoràvem el qui dibuixava més bé, el qui llegia ràpid i sense entrebancar-se, el que sumava portant-ne sense equivocar-se i el que tenia més imaginació a l'hora d'escriure redaccions de tema lliure, i jo n'era un o el que més, però tot això va durar poc temps.

Devia ser a quart o cinquè que els nens, només els nens, de la classe dels dofins van començar a fer col·lecció de cromos de futbol, i abans de fer la fila per entrar a classe cadascú treia de la maleta el seu feix de cromos *repes*, lligat amb una goma elàstica, i, per parelles i petits grups, els passaven a tota velocitat per poder-los canviar i així anar completant els equips d'aquella temporada. Tingui, tingui, tingui, falti! I llavors calia fer el mateix a la inversa: Tingui, tingui, tingui, tingui, falti! A mi, per descomptat que no m'agradava gens el futbol, i a aquelles altures els jugadors no eren precisament com David Beckham, per tant, no em despertaven cap mena de sentiment morbós. O sigui que no participava en aquella cerimònia. Malgrat tot, em delia per fer com els altres i córrer a l'estanc amb una moneda de cent per comprar quatre sobres de cromos, els que fossin, obrir-los amb la il·lusió de quins em sortirien i anar-los enganxant a un àlbum que seria un dels meus tresors. Quan era més petit havia començat una col·lecció de segells, perquè en cada rajola de xocolata Cémoi n'hi anava un de regal, però com que la mare només em deixava menjar xocolata per berenar els dissabtes vaig pensar que em faria vell abans de tenir-ne una bona col·lecció i me'n vaig acabar cansant.

Una tarda que vaig acompanyar el pare a tirar la *quiñiela* vaig veure que, al costat dels àlbums de futbol i dels de coses de nenes, que a la Laura segurament li haurien fet peça però que jo mai m'hauria atrevit a demanar, n'hi havia un de nou: *Les flors i els arbres de Catalunya.* No m'ho podia creure! Li vaig demanar al pare que, per favor, me'l comprés, i aquell dia, com que estava de bones perquè havia fet un dotze, va accedir-hi. Encara recordo alguns dels primers cromos que em van sortir: l'alzina surera, la flor de neu, la falguera, el faig, el pi negre i l'om. El de la flor de neu el tenia repetit, i com que era tan bonic el vaig enganxar a «El diari de la Laura». Cada setmana acompanyava el pare a l'estanc i em comprava quatre sobres de cromos. De seguida en vaig acumular un bon feix de repetits, i, com havia vist que feien els nens de la classe, jo també els vaig lligar amb una goma elàstica i me'ls vaig ficar a la maleta, però, és clar, ningú feia la col·lecció de *Les flors i els arbres de Catalunya*, o sigui que no tenia ningú amb qui canviar-los.

Una d'aquelles tardes solitàries, assegut sota la cistella de bàsquet, anava passant els cromos com si els canviés amb algú: tingui, tingui, tingui, falti... La Flora, que preparava la terra per plantar-hi tulipes, em va sentir i em va demanar què feia, i encara que em fes vergonya li vaig explicar que no tenia ningú per canviar els cromos repetits. L'endemà va aparèixer amb un feix de cromos, disposada a canviar-los amb mi, i així vam passar moltes tardes, d'amagat dels meus pares, és clar, asseguts sota els arbres del seu jardí, parlant de flors i arbres de Catalunya i acabant les nostres col·leccions.

Crec que els cromos de futbol van ser una de les primeres coses que van partir la classe dels dofins per la meitat: per un costat els nens i per l'altre les nenes. Elles en quedaven excloses, de la mateixa manera que també quedarien excloses de les partides de bales i de tantes coses més, en l'inici d'un allunyament progressiu que per a mi va resultar dramàtic.

Es va produir un trencament, i no pas perquè les nenes fossin unes fleumes i unes presumides i ja no volguessin compartir pupitre ni jugar amb els nens; ben al contrari, a l'hora del pati, sovint eren ells els qui les allunyaven a cops de roc perquè no les hi volien. Per què, doncs, nens i nenes ens vam començar a allunyar, potser, definitivament? Doncs perquè per als nens —per als nens heterosexuals, vull dir—, elles es van convertir en una gran amenaça. El pitjor que et poden dir quan ets un nen és que sembles una nena: que parles com una nena, que et mous com una nena, que t'agraden coses de nena... Per tant, com si ser una nena fos una mena de malaltia contagiosa, els nens se n'havien d'allunyar tant com fos possible, i a partir d'aquest distanciament construir una nova identitat sobre les ruïnes d'una infantesa compartida que negués tant com fos possible la d'elles. Si les nenes eren estudioses i s'esforçaven per treure bones notes, els nens havíem de ser uns dropos i competir per veure qui en suspenia més. I, és clar, com que elles miraven d'arribar a divendres amb la bata neta, nosaltres l'havíem de destrossar tant com poguéssim i donar-la orgullosos a la mare plena de guixarots i taques de pintura, o amb les butxaques mig esparracades i uns quants botons arrencats durant les batusses a l'hora del pati. El més trist de tot és que hi havia mares que en presumien com si fossin ferides de guerra. Eren les mateixes desgraciades que per res del món deixarien que els seus fills es fessin el llit o paressin taula, perquè com tothom sabia allò era cosa de nenes.

Es veu que la higiene personal i l'educació també eren cosa de nenes, per tant, no dutxar-se ni canviar-se de roba cada dia també reforçava la nostra masculinitat. N'apreníem per imitació, veient què feien els grans, com es comportaven a l'hora del pati. Ens havíem de palpar els genitals compulsivament a tota hora encara que no en tinguéssim ganes, com si de tan grossos no sabéssim com posar-nos-els, escurar-nos la gola i llançar un bon gargall a terra, i, si teníem mocs, tapar-nos un dels forats del nas i expulsar-los amb força per l'altre. En aquest món que a poc a poc els nens van anar construint per fugir de les nenes, els més burros i porcs es van convertir en els reis, i jo m'hi vaig haver d'afegir encara que fos de mala gana i que, de fet, tampoc hi fos gaire benvingut, en aquella cort testosterònica, però per res del món em podia permetre anar-me'n al bàndol de les nenes.

En Federico va arribar a la classe dels dofins després de les vacances de Nadal del 1986. Era de Granada i havia vingut al poble perquè els seus pares havien trobat feina a Can Puigneró. Era un nen ros, amb els ulls verds i un rostre antic i angelical. Em sembla que fèiem Naturals quan la directora va interrompre la classe per portar-nos-el. Només de veure'l, amb aquells cabells tan clenxinats i la bata perfectament planxada, van esclatar les primeres rialles, i ell es va posar vermell com un tomàquet. Pobre Federico, tot li era nou i, per postres, no parlava ni mitja paraula de català.

—És un nen o una nena? —va preguntar algú per fer-se el graciós, i alguns, jo també, per descomptat, ens vam posar a riure.

A l'hora del pati, algunes nenes se li van acostar per donar-li una mica de suport. Li parlaven en castellà, encara que nosaltres pràcticament no en sabíem. *De seguida aprenderás el catalán, ya lo verás. Si tienes de hacer deberes y no entiendes algo, me puedes telefonar, ¿vale? Me llamo Roser. ¡Hola! Yo soy la Carme.* A mi també m'hauria agradat anar-li a dir coses a en Federico perquè semblava mig estranger, però sabia que no em convenia gens ara que semblava que els nens de la classe havien trobat algú altre a qui dir nena.

No sé ben bé quan ni tampoc en quines circumstàncies exactes, però un dia la classe dels dofins va trobar un nom concret per a allò que, fins llavors, en dèiem senzillament semblar una nena. Tampoc sé qui va ser, però algú va dir en veu alta aquella paraula i en sentir-la al vol va ser com si em donessin una bufetada. «*Mira, Reinaldo, tu ets pájaro. Tu saps el que és un pájaro? És un home a qui li agraden els altres homes. Pájaro. Això és el que tu ets. Pájaro*», o sigui maricon, marica, marieta, mariquita, homosexual, gai... Per primer cop em vaig trobar, cara a cara, amb una paraula que amb les seves múltiples variants m'acompanyaria la resta de la meva vida i amb la qual no tindria altra sortida que acostumar-me a conviure. Com una ferida a la pell, de vegades sagnaria i em faria patir. També hi hauria moments de treva en què la ferida aniria cicatritzant i gairebé, gairebé no me'n sentiria, però tard o d'hora es tornaria a reobrir i, en els moments més durs, fins i tot a infectar-se, i aquell pus fet d'odi i de menyspreu ho empudegaria tot.

Les paraules fan més mal que les hòsties. De fet, d'hòsties me n'he endut ben poques al llarg de la vida, i recordo amb més dolor les paraules que les acompanyaven que no pas l'ull de vellut, el llavi partit o el cop a l'estómac d'aquells que et fan vomitar. De les paraules no te'n pots defensar a cops. Són com una radiació tòxica i invisible que se't fica sota la pell i et rosega les entranyes dia i nit. Que t'enverina.

Crec que va ser a sisè que els bàrbars van aconseguir definitivament el poder a la classe dels dofins. Els més violents, els més rebels i, sí, també els més mediocres, van imposar-se per mitjà de la por. Quan la mestra feia una pregunta, ningú aixecava el dit per respondre perquè no volia ser assenyalat com un *empollón*. Ni ser el qui dibuixava més bé ni, encara menys, sortir voluntari a cantar davant de la pissarra a la classe de música. Un dia vam arribar a classe i els dos peixos taronja que teníem dins una peixera rodona suraven de panxa enlaire enmig d'un núvol de menjar. Quan la mestra, amb llàgrimes als ulls, va exigir saber qui havia comès aquella gamberrada, els nous amos se n'hi van riure a la cara. L'havien derrotada a ella i, en certa manera, a tots els qui destacàvem en aquell món de plastidecors, punxons, paper maixé i redaccions de tema lliure. Era el principi de la fi de la nostra infantesa.

En el nou règim jo vaig quedar immediatament relegat als darrers llocs de la jerarquia. M'avançaven els més conflictius, autèntics abusadors, i, per descomptat, també els que jugaven més bé a futbol, pertanyessin o no a la categoria dels més violents. Sovint, per una espècie d'injustícia divina, uns i altres també eren els que físicament s'estaven desenvolupant abans. N'hi deien fer el canvi. El seu seria un regnat efímer, perquè tard o d'hora a tots se'ns omplirien les cames de pèl, la veu se'ns tornaria greu i ens creixeria, més o menys, la polla, però fins que la biologia no ens tornés a posar a tots al mateix nivell ells aprofitarien aquell avantatge físic per ferse els amos de la classe dels dofins. N'eren els homes. No els nens, els homes.

Lògicament, ningú s'atrevia a portar-los la contrària ni a respondre les seves burles i bromes pesades, que entomàvem amb una barreja de ràbia i resignació. El millor que et podia passar era que t'ignoressin, per tant, miraves de fer-te invisible, encara que no sempre era possible. Recordo amb terror arribar a classe amb unes sabates noves. Estreno! Estreno! Estreno!, deien aquells energúmens mentre et trepitjaven amb les seves Dr. Martens amb puntera metàl·lica i t'omplien de merda les teves flamants sabates. Resistir-s'hi era molt pitjor, i per no allargar l'agonia et deixaves trepitjar just abans d'entrar a classe i així et deixaven en pau. Sí, et deixaves trepitjar.

La majoria de mares d'aquells homes *avant la lettre* en presumien ufanoses, com si els hagués tocat un premi a la rifa de Nadal. L'Òscar va molt avançat, li vaig veure una mata de pèl ahir quan es posava el pijama... En Santi ha fet el canvi aquest hivern i ja és alt com son pare! El meu Enric es menja dos i tres plats de macarrons. En Raül s'ha fet tant aquest últim any que el seu pare ja l'ha advertit que ha de vigilar amb les noies! I reien i els endreçaven, orgulloses, unes habitacions convertides en lleoneres i els canviaven uns llençols encartronats de tot el semen sec que s'hi anava acumulant quan se la pelaven, amb la mateixa devoció que si es tractés del Sant Sudari.

L'arribada dels pèls, el canvi de veu i uns quants centímetres més entre les cames també els permetien iniciar una nova manera de relacionar-se amb les nenes, que, de fet, ja no consideraven nenes sinó noies. Ja no calia allunyar-les perquè no els infectessin amb la seva feminitat, per altra banda, cada cop més evident. Un cop disposaven d'un membre prou gros per ancorar la seva masculinitat, aquells aprenents d'home no feien altra cosa que reproduir els rols que veien a casa i a les pel·lícules. Aquell curs es van formar les primeres parelles. Tu de qui n'estàs? Per qui vas? Fins i tot tractaven les mestres de forma diferent, perquè ja no les veien com una segona mare, de vegades odiosament autoritària, sinó com a dones a qui seduir però també a qui dominar. Discutien entre ells, però en veu prou alta perquè els altres ho sentíssim, sobre quina tenia les mamelles més grosses, i es magrejaven el paquet perquè deien que tot el dia anaven calents. *Per començar, semblava que la simple paraula «dona» despertava una excitació extraordinària en els altres nois. Es posaven vermells només que el mot els passés pel cap. A mi, en canvi, la paraula «dona» no em produïa pas un efecte sensual més fort que les paraules «llapis», «cotxe» o «escombra».* O sigui que les nenes ja no els feien fàstic ni eren unes empestades, sinó que els revolucionaven les hormones i s'hi volien acostar per festejar-les, no perquè fossin com ells sinó justament perquè eren el seu contrari, el seu complement. Elles eren la bellesa, ells la força. Ells lluitaven, elles consolaven. Ells conquerien, elles eren conquerides. Ells anaven calents, elles es feien pregar fins i tot per un petó... Menys la Mireia, que tots sabíem que, si l'hi demanaves per favor-per favor, t'ensenyava les calces a l'hora del pati, i si li insisties molt, fins i tot la vulva.

Suposo que els marietes, sense ni tan sols proposar-nos-ho, érem els únics que qüestionàvem aquella clara línia divisòria entre nens i nenes. I quan dic marietes em refereixo a mi, perquè, que jo sàpiga, de marieta no n'hi havia cap més a la classe dels dofins. Sobretot perquè no calia que n'hi hagués cap més. Si jo era el marieta de la classe dels dofins volia dir que cap altre no n'era. Era així d'absurd i d'inqüestionable. Per tant, llevat dels mesos en què en Federico va portar, temporalment, aquest estigma, em vaig convertir en el boc expiatori de la seva masculinitat.

Les mares tampoc tenien cap interès a qüestionar aquest món perfectament ordenat que separava d'una forma per a mi dramàtica els nens de les nenes. Per descomptat, cap d'elles hauria volgut que li sortís un fill marieta. Ni tan sols un que, en lloc de jugar a futbol o a hoquei patins, volgués tocar el piano; per no dir, és clar, fer ballet clàssic. Tampoc haurien acceptat de grat que la nineta dels ulls del pare demanés una pilota de futbol per Reis, en lloc d'una cuineta o una nina Barbie. Dius que la Sílvia ja t'ajuda a fer dissabte? I com és que el seu germà, que és dos anys més gran, se'l passa jugant a l'Scalextric, desgraciada?

No sé ben bé per quina raó però, per a alguns d'ells, aquella maduresa física tan precoç va ser com posar una pistola carregada a les mans d'un nen. L'Òscar va morir d'una sobredosi d'heroïna quan a la comarca gairebé no quedaven heroïnòmans, perquè la sida i l'hepatitis se'ls havien emportat per davant als anys vuitanta. En Santi va acabar a la presó per haver calat foc al taller que havia estat del seu pare per cobrar-ne l'assegurança. El van detenir a l'aeroport del Prat, quan intentava fugir al Brasil amb una prostituta de qui s'havia enamorat. L'Enric es va matar amb la moto un diumenge al matí tornant del Nederland, on justament treballava la brasilera d'en Santi abans de tornar-se'n al seu país. És clar que els de la classe dels dofins potser pensen que, de tots ells, jo soc el pitjor. Tancat entre reixes per violador i, a sobre, maricon.

La meva infantesa, realment, hauria estat una merda si no hagués sigut per la Janis. Quan parlava de la Janis, la mare sempre ho feia amb un deix de pena. M'agrada molt que sigueu amics amb la Janis, pobreta. Com si ser-li amic fos un gest de caritat.

En aquella època les nenes es deien Anna, Marta, Eva, Rosa Maria, Núria, Roser, Montserrat, Carme i, les que tenien pares més moderns, Laia, Dúnia, Meritxell, Cristina o Ariadna. Els padrins de bateig, en la majoria dels casos, eren els qui decidien els noms encara, i en el cas dels nens solien imposar el del pare, l'avi o el besavi, que, és clar, moltes vegades era el mateix. En el cas de les nenes, es permetien algun capritx, malgrat que a la classe dels dofins hi havia nenes que encara arrossegaven noms carrinclons en homenatge a una parenta morta feia anys, com la Concepció, a qui dèiem Conxi; la Immaculada, a qui, lògicament, dèiem Imma, o l'Empar, a qui no sé per què dèiem Emparito encara que fos catalana. Tothom es feia el nom una mica a la seva mida si podia, com tots els nens que es deien Josep i es feien dir Pep, i Toni o Tonet per comptes d'Antoni. Per tot plegat, que una nena es digués Janis i no estigués batejada era un petit escàndol i un argument de pes per tenir-li pena. Però és que, a més, la Janis no tenia pare. O, almenys, era el que les mares ens havien fet creure. Des de petita, la consideraven una nena perillosa senzillament perquè era diferent. La Janis posava en dubte aquell món feliç d'annes, miquels, mariadolors, marcs i tonis amb pares treballadors i mares bones cuineres. Per això s'estimaven més que les seves filles s'hi mantinguessin a una certa distància, encara que els encantava referir-s'hi per fer-los veure com n'eren d'afortunades en comparació amb aquella pobra nena sense pare i amb un nom que no tenia santa. Hauria estat inútil fer-los entendre que santa Janis Joplin era venerada a mig món i que la Janis celebrava el seu sant el 4 d'octubre —curiosament el mateix dia del meu sant, de Sant Francesc d'Assís—, justament perquè la cantant havia mort en aquella data als vint-i-set anys d'una sobredosi d'heroïna a Los Angeles. Tampoc aprovaven que portés els cabells tallats curts —com un vailetot, deien—, i es malfiaven del seu posat felí perquè sempre semblava que en portés una de cap, com així era, de fet. El cas és que la Janis era la rara de la classe dels dofins, i des de primer vam saber que estàvem fets l'un per l'altre.

Una de les moltes coses que m'agraden de la Janis és que no ha volgut ser mai com tothom ni tampoc ha volgut que jo ho fos. *Es movia com una grua, feia els sons d'una grua, i tot i que els metges li ensenyaven moltes fotografies de joguines, ell només reaccionava davant de fotografies de grues, només jugava amb grues de joguina. Únicament les grues el feien feliç. Va ser així que se'l va conèixer per «l'infant-grua». I la pregunta que no parava de fer-se Jerene en llegir l'article era aquesta: quin so tenia? Com era? La llengua era de Michael i de ningú més; una llengua perduda per sempre més. Que meravelloses, que importants devien ser aquelles grues per a Michael, comparades amb les criatures insignificants i barroeres que l'envoltaven. Perquè tothom, a la seva manera, així ho creia ella, troba què ha d'estimar, i ho estima; la finestra esdevé mirall; sigui quina sigui la cosa que estimem, això és el que som.* La Janis i jo érem iguals perquè érem diferents.

Com que la mare de la Janis treballava en una botiga de roba de Vic i obrien els dissabtes, ella es quedava a casa la seva àvia, i com que vivia a prop de casa, anant cap a la Talaia, passàvem junts moltes tardes de dissabte. Puc anar a jugar a ca la iaia de la Janis? Ves-hi una estona però no destorbis. O no donis feina. Sempre com si fossis una nosa. Però l'àvia de la Janis estava molt contenta que hi anés. Per berenar ens donava un tros de pa untat amb llet condensada i Nesquik, amb la condició que no ho diguéssim a les nostres mares, que ens feien menjar entrepans de pernil dolç o de paté La Piara, que alimenta i no fa caure les dents.

Encara que jo no tenia àvies per comparar-la, es veia d'una hora lluny que l'àvia de la Janis era diferent de la resta d'àvies del poble. Quan es va quedar vídua, poc després de néixer la Janis, es va treure el carnet de conduir i es va comprar un R5 de segona mà que va fer repintar d'un groc llampant, i dos cops per setmana, fes fred o calor, anava a nedar a la piscina coberta del Club Patí Vic. Portava els cabells curts perquè deia que així se li eixugaven més ràpid quan sortia de l'aigua i li agradava vestir-se amb colors vius i estampats. De més gran, vaig saber que tothom la donava una mica per sonada i consideraven que era culpa seva que el fill li hagués sortit un bala perduda. Ella n'estava orgullosíssima, del seu Àngel, i els dissabtes a la tarda ens llegia les postals que, de tant en tant, li enviava des d'Eivissa i ens feia prometre que no ho explicaríem a ningú, com si aquell món de platges d'aigües turqueses poblat per hippies que es dedicaven a l'artesania fos una espècie de secret.

La Janis i jo teníem prohibit entrar a l'habitació de l'Àngel, però només calia que la seva àvia hagués de sortir un moment a comprar que ens faltava temps per entrar-hi. No semblava una habitació de pare o d'home gran sinó d'adolescent. Hi havia un llit individual, amb una tauleta de nit al costat i un armari. La paret era plena de pòsters. N'hi havia un amb un símbol de la pau molt gran enganxat amb xinxetes, i a un costat, una funda del disc *Pearl* emmarcada que la Janis em va dir que era una peça de col·leccionista. A sobre de la tauleta de nit, un parell de llibres i un elefantet d'una fusta que feia molt bona olor. El llit sempre semblava acabat de fer, i a sobre de la vànova hi havia estès un fulard de color lila ple de símbols i lletres que no enteníem i que la Janis em va dir que era de l'Índia. Era com si l'Àngel hi hagués de dormir aquella mateixa nit. Com si l'habitació l'esperés i li digués vine i marxa quan vulguis, t'accepto com ets i vull que t'hi sentis còmode.

La Janis i jo teníem molts secrets. De fet, gairebé tots els nostres jocs havien de ser secrets. Potser perquè el fet de ser secrets els feia encara més excitants o perquè sabíem que els grans ens renyarien si sabíem què fèiem, i també perquè pensàvem que els nens i les nenes de la classe dels dofins no es mereixien que els compartíssim amb ells perquè no eren especials com nosaltres. Ella solia portar la iniciativa. Deia, per exemple: avui, farem un joc, però no ho pot saber ningú, i a mi aquella promesa d'aventura prohibida em provocava un pessigolleig intens. Per exemple, fèiem excavacions arqueològiques al capdavall de l'hort on la Janis m'havia explicat que, feia molts anys, quan la seva àvia era petita, hi havia hagut una altra casa que durant la guerra civil s'havia cremat. La Janis i jo començàvem a gratar la terra amb un aixadell i si trobàvem, com passava sovint, un tros de ceràmica o, encara més, un fragment d'os, el netejàvem i eixugàvem bé i després el dibuixàvem en una llibreta, on anàvem anotant totes les nostres troballes, que després guardàvem en una vella capsa de galetes metàl·lica. Segur que és un tros de plat dels que feien servir les persones que van viure a la casa, deia la Janis. I si l'os era d'algú que es va morir a l'incendi?, feia jo. Potser no van tenir temps d'emportar-se res i també hi ha enterrades monedes i joies, afegia ella. Seguim excavant? Sí, seguim excavant! I així passàvem moltes tardes.

Entre les nostres activitats secretes, però, el que més m'excitava i m'espantava a parts iguals era fer espiritisme. Ens tancàvem a l'habitació de l'Àngel, apagàvem els llums, ens assèiem a terra, enceníem una espelma que posàvem al mig i ens agafàvem les mans. Esperit, manifesta't, deia llavors la Janis, suposo que perquè ho havia vist en alguna pel·lícula de les que a mi no em deixaven veure o ho havia llegit en algun llibre del seu pare. I després: digues el teu nom. Soc el teu avi, deia la Janis fent veu d'home gran, o posava veu de nena espantada quan es comunicava amb l'esperit de la Núria, una nena que imaginàvem que havia mort cremada a la casa de l'hort. L'avi de la Janis sempre tenia un missatge del seu pare per donar-li. Per exemple, deia: l'Àngel s'ha comunicat amb mi i vol que et digui que pensa molt en tu. És a les platges de Goa recollint cargols de mar per fer-te un collaret. La Núria, per contra, sempre ens deia que estava sola i molt trista perquè no n'havien pogut recuperar les restes d'entre les flames i ens demanava que li portéssim flors, i ja ens tens a la Janis i a mi collint un ram de dàlies de la seva àvia i deixant-lo just on hi havia hagut aquella casa abans de la guerra. De vegades, hi posàvem una creu feta amb dos bastons, però petita, perquè l'àvia de la Janis deia que amb els morts no s'hi juga i no volíem que ens descobrís. L'esperit que ens agradava més convocar era, per descomptat, el de la Janis Joplin, encara que a mi em feia una mica de por perquè quan compareixia no només parlava per boca de la meva amiga, sinó que es ficava dins del seu cos. Tot d'un plegat la Janis començava a respirar més fort, i quan l'esperit de la Janis Joplin teòricament se li ficava dins li provocava una mena d'espasme i se li tensaven tots els músculs. Després, se li dibuixava un somriure beatífic als llavis i es relaxava; es tornava a asseure i començava a balancejar-se com si seguís el ritme d'una cançó o s'hagués fumat un porro, encara que llavors ni tan sols sabíem què era la marihuana. La Janis, en perfecte català, ens parlava dels seus concerts, ens explicava com era la seva vida a San Francisco i, fent anar els braços com si fossin les ales d'un ocell, que el més important de tot era ser lliure.

Un altre dels nostres jocs era fer la discoteca. A l'estiu, com que l'àvia de la Janis no tancava el cotxe a dins perquè li costava maniobrar i sempre hi feia alguna rascada, teníem tot el garatge per a nosaltres i el convertíem en una discoteca. Tapàvem els fluorescents amb paper de xarol de colors, penjàvem unes boles de l'arbre de Nadal que l'àvia de la Janis ens havia donat per jugar amb un cordó que feia servir per estendre la roba quan plovia, posàvem el radiocasset a tota llet i ens passàvem la tarda ballant. A tots dos ja ens encantava la Madonna, i posàvem una vegada i una altra el «You Can Dance», i com que ens fixàvem en els videoclips que feien a la tele per memoritzar-ne les coreografies, que després assajàvem davant del mirall, a la pista semblàvem dos professionals.

Braç dret amunt-braç esquerre amunt-cop de colze a la dreta-cop de colze a l'esquerra i mitja voltaaa!

Els nostres jocs van anar canviant a mesura que ens vam anar fent grans, però van continuar sent secrets. Els jocs, de vegades, tenen conseqüències imprevisibles, però això ja ho explicaré després. Quedem-nos a mitjans dels vuitanta. Un dissabte que la Janis havia vingut a casa perquè la mare considerava que no estava bé que cada setmana anés a passar la tarda a casa la seva àvia i ella no vingués mai a la nostra, quan ens estàvem menjant aquell pa amb pernil dolç que sempre he trobat tan avorrit, la seva àvia va trucar per telèfon per dir que la Janis se n'hi anés de seguida que tenia una sorpresa. Que ha passat res?, vaig sentir que li preguntava la mare, i encara que li digués que no, no va quedar del tot tranquil·la. Com que ja es feia fosc, li vaig demanar a la mare si la podia acompanyar, i ella em va dir que sí però que només fins a la porta i que tornés de seguida. Quan vam ser fora vam arrencar a córrer carrer avall, nerviosos i excitats. No pas perquè penséssim que havia passat res de dolent, sinó perquè intuíem que ell havia tornat.

L'àvia de la Janis ens esperava a la porta amb un somriure radiant als llavis i un mocador de color turquesa al coll impregnat d'una fragància misteriosa i voluptuosa que anys després vaig saber que es deia pàtxuli. La Janis va entrar disparada passadís endins i jo em vaig quedar plantat com un estaquirot a la porta sense saber què fer. Que no entres, Francesc?, em va dir l'àvia de la Janis, i jo li vaig dir que la mare m'havia dit que tornés a casa de seguida, però ella va insistir entra, va, encara que només siguin cinc minuts, que el meu Àngel et vol conèixer.

El pare de la Janis em va fer molta impressió. Anava tot vestit de blanc, portava unes sandàlies de cuir sense mitjons encara que fos hivern i els canells plens de polseres de totes mides i colors. Duia els cabells llargs fins a les espatlles, i tenia la pell ennegrida pel sol. El somriure i la mirada em recordaven les imatges dels sants de les esglésies, i parlava d'una forma estranyament pausada que em va fascinar. O sigui que tu ets en Francesc de can Soler... La Janis l'abraçava per la cintura i ell li esbullava els cabells. Vaig pensar que s'assemblaven molt.

Seieu, que us faré alguna cosa per menjar, va dir l'àvia de la Janis, i encara que acabàvem de berenar a casa no vaig badar boca perquè pensava que així podria allargar una mica més aquell moment.

El pare de la Janis es va asseure a terra amb les cames encreuades i ella i jo ens vam mirar, vam riure i vam fer el mateix. Ens vam quedar una estona en silenci, però no era un silenci incòmode, perquè el pare de la Janis ens mirava sense deixar de somriure i a mi veure'ns a tots tres allà asseguts a terra em semblava divertit.

Llavors la Janis li va començar a preguntar coses d'Eivissa i ell li va explicar que l'endemà agafava un avió cap a l'Índia i que s'estaria mig any en un lloc que es deia Goa i que era molt espiritual, així ho va dir, i jo no volia que aquella tarda s'acabés mai.

L'àvia de la Janis va aparèixer amb una safata amb triangles fets de pa bimbo i untats amb melmelada de préssec. També va portar una gerra plena de Tang de taronja i uns Petit Suisse de maduixa. El pare de la Janis va obrir directament el Petit Suisse, hi va ficar un dit i un cop untat se'l va ficar a la boca i el va xuclar. Ens vam quedar bocabadats. Que no mengeu?, va fer ell, i la Janis i jo vam agafar els Petit Suisse i ens els vam començar a menjar amb el dit, també.

Llavors va trucar la mare per preguntar què feia que trigava tant i a contracor vaig haver de marxar. Quan ens acomiadàvem, el pare de la Janis en lloc de donar-me la mà em va acariciar el cap i em va dir que tenia els cabells molt bonics.

Me'n vaig anar cap a casa pensant que volia un pare que segués a terra i mengés Petit Suisse amb el dit. Un pare que em digués que tenia els cabells bonics. Encara que no hi fos mai.

N'hi dèiem fer gelatina. Els divendres a la tarda, la classe dels dofins fèiem gelatina. Jo esperava aquell moment amb candeletes. Quan entràvem, a les tres, la mestra ens donava un full en blanc i teníem mitja hora per escriure una redacció. Era un text lliure i només podia ocupar una cara. Un cop passats els trenta minuts, i per ordre alfabètic, sortíem a la pissarra, un per un, escrivíem el títol de la nostra redacció i llegíem el text en veu alta davant de tota la classe. Crec que per a tots era un moment molt emocionant, d'aquells rars moments en què la mestra encara era capaç d'implicar-nos en una activitat sense que una part perdés el temps mirant per la finestra i els de la darrera fila es dediquessin a riure's de tot o a llançar grans d'arròs al clatell dels de la primera bufant la carcassa d'un bolígraf sense mina.

Després de la lectura dels textos venien les votacions. De nou, la mestra ens anava cridant i cadascú donava el seu vot al text que li havia agradat més. Per cada vot, un voluntari dibuixava una ratlleta al darrere del títol escollit, de manera que anàvem veient en temps real quins eren els textos que havien agradat més i, finalment, quin era el guanyador de la tarda.

Després, tocava fer la gelatina. Quin moment tan màgic i meravellós! L'autor de la redacció guanyadora s'asseia al seu lloc, la mestra li donava un paper de calcar i un full en blanc perquè els col·loqués a sota del text, i amb molt de compte tornava a resseguir la redacció, lletra a lletra, paraula a paraula, mirant de prémer prou fort perquè el paper carbó fes la seva feina i copiés tot el text al full de sota. La resta de la classe, mentrestant, preparava la gelatina. La mestra treia d'un dels armaris situats al fons de l'aula una safata metàl·lica de la mida d'un foli i de tres o quatre centímetres de fondària, com les que es fan servir per fer coca al forn, que contenia la gelatina, una pasta elaborada a partir d'una mescla de glicerina, gelatina, sucre i aigua.

Es col·locava la safata i una pila de folis en blanc en un pupitre separat de la resta perquè tots ens hi poguéssim situar al voltant. Estàvem nerviosos, fèiem xivarri i hi havia alguna empenta per posar-se al davant i veure-ho millor. Silenci! Feu fila!, cridava la mestra, i impacients per començar el procés ens posàvem l'un darrere l'altre callats i sense protestar. Si el guanyador encara no havia acabat de calcar el text començàvem: Acabes o què? Va, que és per avui! Vas a pas de tortuga! I la mestra ens tornava a demanar que féssim silenci per no fer-lo equivocar.

Ja estic!, cridava quan, finalment, acabava. Aleshores s'havia de separar amb cura el paper carbó i agafar el full de sota, on el text havia quedat escrit d'una mena de color lila. Calia anar amb molt de compte i no passar-hi la mà per sobre perquè la tinta no s'escorregués. Després, el guanyador s'acostava a la taula on hi havia preparada la gelatina i amb molta cura col·locava el full amb el text copiat a sobre d'aquella substància tova i quasi transparent. Hi passava la mà amb suavitat per assegurar-se que hi quedava totalment fixada. Era una sensació estranya, gairebé com si acariciessis el llom d'un animal. Un cop fet això, ja es podia retirar el paper, a poc a poc, començant per una punta i amb compte de no estripar-lo, i comprovar que el text havia quedat perfectament transferit a la gelatina.

L'hectògraf o impremta de Freinet, que nosaltres anomenàvem «gelatina», ja estava a punt per començar a fer còpies de la redacció guanyadora. Cada alumne agafava un full en blanc, el col·locava sobre la gelatina, l'allisava bé amb la mà per assegurar una completa transferència, el retirava amb compte i ja tenia el seu exemplar! Que el paper sortís una mica cargolat i humit perquè cada còpia s'enduia un petit rastre de gelatina i que les lletres tinguessin un to lilós encara ho feia tot més especial.

UNA NIT AL ZOO

Aquell dimarts havia de ser un dia especial per als nens i nenes de la classe dels dofins, i realment ho va ser molt més del que esperàvem. Per començar, en lloc de fer català, matemàtiques i socials, per un dia havíem deixat els llibres i les llibretes aparcats a la classe, havíem pujat a l'autocar i ens n'havíem anat cap a Barcelona per visitar el zoo.

Durant el matí havíem vist els lleons, els tigres, els elefants, les girafes, els hipopòtams, els lloros i guacamais, les zebres i els nyus, els ximpanzés i la resta d'animals. Després havíem menjat un entrepà i, quan va ser l'hora, ens n'havíem anat cap a l'Aquarama per veure el xou dels dofins i l'orca Ulisses, que, per si no ho sabeu, també pertany a la família dels dofins.

Els dofins ens van fascinar perquè són simpàtics i molt intel·ligents i fan uns salts i unes coreografies molt boniques, però el que de veritat ens va impressionar més va ser la Ulisses. Les orques són uns animals molt grans i ferotges, encara que l'orca Ulisses no feia pas cara de dolenta. Quan va saltar i va treure tot el cos de l'aigua per agafar una sardina que semblava minúscula de la boca del seu entrenador, sense fer-li ni una esgarrinxada, ens vam quedar tots bocabadats i després vam aplaudir molt fort i vam cridar d'emoció i de por mentre aquell gegant marí tornava a entrar a l'aigua i ens esquitxava.

Quan vam sortir de l'espectacle, com que era l'hivern ja es començava a fer fosc. La mestra va dir que ens afanyéssim perquè ja era l'hora de marxar cap al poble, però quan va passar llista per comprovar que hi érem tots va resultar que faltaven la Cristina, la Raquel, la Marta, en David, en Sergi i en Marc.

—I ara com ho farem? —va dir la mestra—. El conductor ha dit que havíem de ser molt puntuals...

La Janis i jo li vam dir que no patís, que anés tirant tota sola per avisar-lo que fèiem tard, que nosaltres ens esperaríem allà fins que vinguessin i un cop hi fóssim tots hi aniríem ben de pressa. Però les coses no van sortir com esperàvem.

Un cop la mestra va ser fora, l'Albert i l'Anna van dir que se'n tornaven a l'Aquarama perquè portaven la màquina de retratar de la germana gran d'ella i volien fer una foto a l'orca Ulisses de més a prop. En Juanca, l'Òscar, en Santi, en Raül i l'Enric es van posar a jugar a futbol amb una pilota que havien portat amagada a la motxilla, encara que estava prohibit. La Roser, la Carme i la Maria Rosa van veure un paó reial amb les plomes obertes i el van seguir entre els arbustos per mirar d'arrencar-n'hi una de record i la Reyes i la Maribel van dir que volien tornar a veure les cries de panda vermell i que tornaven de seguida.

L'estona va anar passant, ja era totalment fosc i el zoo anava quedant buit. La Janis i jo anàvem d'un cantó a l'altre demanant als nens i nenes de la classe que no s'allunyessin. Quan finalment van aparèixer tots, havien tocat les vuit del vespre. Ens en vam anar corrents cap a la sortida, però quan vam ser a la porta ens vam adonar que estava tancada amb clau i que no hi havia cap vigilant enlloc.

Hauríem de passar una nit al zoo, envoltats d'animals salvatges i perillosos...

De cop, vam sentir uns crits i ens vam adonar que un ximpanzé havia tret els braços per entre els barrots de la seva gàbia i agafava la Reyes per la motxilla!

CONTINUARÀ

En Saïd va arribar a la classe dels dofins un divendres a la tarda, poc abans de la castanyada. La mestra ens va explicar que la seva família era del Marroc, però que ja parlava català perfectament perquè havia viscut un any a Manlleu. En Saïd va ser el primer marroquí de l'escola i, de fet, la seva va ser la primera família marroquina que s'instal·lava al poble. Després en vindrien moltes més i la seva llengua, les seves tradicions, la seva religió, la seva forma de vestir, les aromes de les espècies que fan servir per cuinar i, sobretot, el seu color de pell deixarien de ser una novetat al poble, però a mitjans dels vuitanta aquell nen musulmà era una raresa, com ho era una nena sense pare ni santa o un nen homosexual. La classe dels dofins de seguida va trobar un nom per a en Saïd: el moro.

En Saïd no era un nen guapo, o, com a mínim, ningú hauria afirmat que ho fos a la manera d'en Sergi o d'en Federico, però tenia un no-sé-què que et magnetitzava. Suposo que avui diria que era molt sexy o, fins i tot, molt sexual. Crec que el primer que em va cridar l'atenció d'en Saïd va ser la mirada. Uns ulls foscos i un esguard desafiant tan distint de la mirada aquosa i infantil dels nens de la classe dels dofins, sense caràcter, però que tampoc tenia res a veure amb la malícia escrita als ulls dels més gamberros. En els ulls d'en Saïd hi havia la sorra del desert, el blau del mar, te calent amb fulles de menta, dàtils amb mel, una promesa d'aventura i exotisme, en Simbad i en Willy Fog, o potser era jo que l'hi volia veure, delerós d'aventures que em portessin ben lluny del poble. En Saïd tenia uns llavis carnosos i de tonalitat morada, i unes dents blanques i ben formades que no havien requerit els ridículs ferros que omplien la boca d'alguns dels meus companys. Era més aviat esprimatxat i no gaire alt, però com que tenia les espatlles amples i una constitució fibrosa hauries dit que n'era molt més.

Com que va arribar que la classe ja estava començada, en Saïd no va haver de fer la redacció aquella primera tarda. La mestra li va explicar com anava allò de la gelatina i que, encara que no hi participés, hauria de votar un dels textos dels seus nous companys. Sempre votàvem per ordre de llista però, com que era el nou, aquella tarda la mestra va dir que votés primer en Saïd. Encara no li havíem sentit la veu i el primer que va dir amb aquell seu català tan perfecte va ser *Una nit al zoo*. M'havia votat a mi.

Per tercera setmana consecutiva, *Una nit al zoo* va ser la redacció més votada i, per tant, se'n van fer còpies per a tota la classe amb la gelatina. Es pot dir que *Una nit al zoo* va ser el meu primer èxit com a escriptor, i que es va convertir en un petit fenomen editorial. Unes setmanes enrere havíem anat d'excursió al Zoo de Barcelona, i, a més, el trimestre anterior havíem llegit *El zoo d'en Pitus*. A banda, a tots els nens els agraden els animals. Per tant, podríem dir que el mercat estava ben predisposat a acollir una història com la que em vaig decidir a escriure. L'argument era molt senzill, però alhora tremendament efectiu: els alumnes de la classe dels dofins anaven d'excursió al Zoo de Barcelona i un cop dins del parc es perdien. S'anava fent fosc, tancaven les instal·lacions i quedaven atrapats a l'interior del recinte, i els passaven tota classe d'aventures enmig dels crits dels lleons, els guacamais i els micos.

Quan vaig escriure la primera entrega d'*Una nit al zoo* em vaig preocupar que hi sortissin tants companys de classe com fos possible, encara que els protagonistes de la història fóssim la Janis i jo, és clar. En aquella primera redacció, es feia fosc i caminàvem entre les gàbies per buscar una sortida. Com que hi vaig haver de fer aparèixer tanta gent se'm va acabar el paper i vaig haver de tancar la redacció amb un «continuarà». Sense saber-ho, havia descobert la gallina dels ous d'or. Durant tota la setmana, els meus companys em preguntaven què passaria en el capítol següent o em demanaven que els donés més protagonisme. A la segona entrega d'*Una nit al zoo*, la Janis aconseguia alliberar la Reyes de les grapes d'un ximpanzé tallant els dos tirants de la motxilla amb una navalla suïssa que sempre portava a la butxaca, i quan semblava que ja havia passat el perill, resultava que la Maribel havia obert la porta de la gàbia dels lleons i les feres campaven pel seu compte. A la tercera entrega, aconseguíem salvar-nos de ser devorats pels lleons enfilant-nos a unes palmeres, i a través dels cables elèctrics grimpàvem fins a la gàbia dels ocells tropicals i ens menjàvem les pipes dels lloros perquè estàvem morts de gana. Per assegurar-me els vots dels nens i nenes de la classe dels dofins havia de fer-los sortir pràcticament a tots a cada capítol, fos com fos, encara que no tinguessin un paper rellevant en la història i fessin, diguem-ne, de figurants. Per exemple, explicava que «un tucà es va posar sobre l'espatlla d'en Tonet mentre l'Olga i la Núria donaven menjar a dos guacamais acabats de néixer». Tres vots més a la butxaca. O «en Carles, la Teresa, en Sergi i en Miquel vigilaven que no vinguessin els lleons mentre els altres sortíem i ens dirigíem a l'Aquarama». Quatre més d'assegurats.

En Saïd crec que no havia anat mai al zoo, i per tant tampoc havia vist lleons, tigres, zebres i dofins. Suposo que per això li va agradar la meva redacció. No pas per vanitat, com a la resta, perquè de fet en aquella primera redacció ell no hi sortia, sinó perquè li parlava de coses que segurament també havia somiat.

Eh tu, «mohamed», és veritat que els moros no podeu menjar porc? Oi que us caseu amb moltes dones? El meu pare diu que els moros sou tots molt traïdors. I uns porcs perquè mengeu amb les mans! Com que us fregueu el cul amb la mà, val més no donar mai la mà a un moro! Si no estàs batejat aniràs a l'infern, ho saps, oi? Els primers dies d'en Saïd a la classe no van ser fàcils per a ell. Els graciosos es van dedicar a torturar-lo, i la resta podem dir que ens ho miràvem. Les nenes li feien el buit. Crec que veure'l tan home els feia por. Potser les seves mares les havien previngut i tenien por que si li deixaven el típex les violés i les deixés prenyades.

La Janis va ser l'única que va atrevir-se a no fer-li el buit. Un dia, a l'hora del pati, fèiem rotllana asseguts sota una de les moreres del darrere, a cobert de mirades indiscretes de la mestra. Jugàvem al *conejo de la suerte*, una de les rares ocasions en què nens i nenes compartíem esbarjo. Per a qui no ho sàpiga, *el conejo de la suerte* és un d'aquells jocs clàssics en el despertar sexual, com el joc de l'ampolla. Per als gais té poca gràcia perquè mai pots fer un petó a qui t'agradaria, però per als heteros és la manera de fer els primers petons com si els haguessin de fer per obligació, amb l'excusa del joc. Recordo que aquell dia, quan la cançó es va acabar dient allò de «*tú besarás a quien te guste más*», li va tocar a la Janis, i jo em vaig preparar per rebre un petó a la galta. Quan jugàvem a aquest joc, la Janis i jo sempre ens petonejàvem entre nosaltres, encara que la resta protestaven dient que no valia perquè era com si fóssim germans. El cas és que, aquell dia, la Janis es va aixecar i, en lloc de venir cap a mi, va sortir de la rotllana i se'n va anar fins on hi havia en Saïd, que ens mirava recolzat al tronc de l'arbre, i sense dir-li res li va fer un petó que el va agafar totalment desprevingut i el va fer posar vermell. Crec que és l'única vegada que vaig veure que perdia una mica l'aplom.

—Quin fàstic fer un petó a un moro! —va exclamar en Juanca mort de ràbia perquè jo sospitava que a ell, secretament, sempre li havia agradat la Janis.

Llavors en Saïd, amb tota la calma, se li va acostar i, sense dir ni ase ni bèstia, li va clavar un cop de puny a la cara amb tanta força que el va fer caure a terra i li va fer rajar sang del nas.

La directora va fer cridar la seva mare per dir-li que allò no podia ser i van expulsar en Saïd de l'escola dues setmanes. Des d'aquell dia es va convertir en el meu heroi.

UNA NIT AL ZOO
Capítol final

Ens havíem quedat que la Maribel havia obert la gàbia dels lleons sense voler, pensant que era una sortida, i que ens n'havíem hagut d'anar corrents corrents mentre sentíem els crits infernals d'aquells grans felins que ens volien convertir en el seu sopar.

Nosaltres també teníem gana, i molt fred. No sabíem on anar perquè no ens atrapessin. No podíem ficar-nos en cap gàbia perquè hi havia altres animals perillosos, i si, per exemple, entràvem a la dels cangurs o les gaseles els posaríem en perill a ells també i no seria just.

L'Albert i l'Anna van proposar que tornéssim a l'Aquarama perquè es podia tancar per dins i s'hi estava una mica més calent. A més, van dir que, quan hi havien tornat per fer una foto a l'orca Ulisses de més a prop, havien vist que just a l'entrada del recinte hi havia una paradeta on venien bosses de patates, bollycaos, phoskitos, coca-coles i cacaolats.

—Estem salvats! —vam dir tots al mateix temps, i vam arrencar a córrer cap allà. Vam tenir sort que la porta no estava tancada amb clau, o sigui que vam entrar i vam tancar a l'acte.

Estàvem tots molt cansats i ens vam estirar a les grades, però també ens roncaven els budells perquè teníem molta gana. La Cristina, la Raquel, la Marta, en David, en Sergi i en Marc, com que sentien que ens havíem quedat tancats al zoo una mica per culpa seva, es van oferir voluntaris per anar a la paradeta i portar menjar per a tots.

—Però això és robar! —va dir en Federico, i la Maria Rosa va proposar que hi deixéssim un paper dient que érem la classe dels dofins de les escoles, i que, com que ens havíem quedat tancats a dins del zoo, havíem agafat menjar per necessitat, però que segur que després els nostres pares ho pagarien.

Hi vam estar tots d'acord i la Carme es va encarregar d'apuntar-ho perquè era la que tenia més bona lletra.

O sigui que la Cristina, la Raquel, la Marta, en David, en Sergi i en Marc se'n van anar a buscar el menjar. Tot d'un plegat, vam sentir:

—Perill! Perill! Perill! Els lleons han entrat per una altra porta i són aquí dins!

Era en Sergi, que portava el xandall nou esparracat i ple de sang. La Raquel, la Marta, en David i en Marc van arribar poc després plens d'esgarrinxades i ferides. Ens van dir, entre llàgrimes, que els lleons s'estaven menjant la Cristina i que després segur que vindrien a buscar-nos a nosaltres, perquè feien cara de tenir molta gana.

Tothom es va posar a cridar i ningú sabia què fer. Llavors, la Sandra va dir:

—Tirem-nos a l'aigua, segur que els lleons no s'atreviran a ficar-s'hi, i si ho fan, els dofins, que sempre ajuden les persones amb problemes, ens defensaran.

Sense pensar-nos-ho dos cops, vam saltar tots a l'aigua, encara que com que els focus de dins la piscina no estaven encesos ens feia una mica de basarda.

Amb les presses, ningú va caure que aquella piscina no només era la dels dofins, sinó també la de l'orca Ulisses!

No ens en vam adonar fins que vam veure una gran silueta negra que nedava a sota nostre, i després una gran aleta del mateix color que sortia a la superfície.

—Socooooors! Socoooooors! —En Juanca, l'Òscar, en Santi, en Raül i l'Enric cridaven morts de por.

L'Òscar va ser el primer a desaparèixer sota l'aigua, que a l'acte va quedar tenyida de vermell. Després, en Santi, en Raül i l'Enric. En Juanca va aconseguir arribar a una de les escales que fan servir els entrenadors per sortir de l'aigua, però quan hi estava pujant l'orca Ulisses va fer un salt i se'l va cruspir d'una mossegada.

Llavors vam sentir que d'un dels costats de la piscina algú cridava ben fort perquè se'l sentís des de sota l'aigua:

—Vine aquí, monstre de l'oceà!

Era en Saïd! En lloc de tirar-se a l'aigua mort de por com la resta, havia agafat una barra de ferro punxeguda per defensar-se dels lleons i ara l'aguantava com si fos una llança.

Tot plegat, l'orca Ulisses va emergir del fons de la piscina i va sortir a un pam d'on era en Saïd, que, lluny d'espantar-se, li va clavar la barra de ferro a la boca i la va matar allà mateix.

Des de dins d'aquella aigua ensangonada, els supervivents vam aplaudir-lo. En Saïd va obrir la reixa que separava la piscina gran d'una de petita on dormien els dofins, i un grup d'aquests animals tan simpàtics va venir a ajudar-nos a sortir de l'aigua.

Així és com van acabar les aventures de la classe dels dofins la nit que ens vam quedar atrapats al zoo.

FI

Era la meva manera de clavar un cop de puny a aquells indesitjables i de demostrar la meva admiració per en Saïd, que somreia dissimuladament. La resta, però, no feien tan bona cara. Tant me feia, si volien viure aventures que se les escrivissin ells! No pensava seguir-los fent sortir a la meva història a canvi d'una mica de fama, de sentir-me valorat.

Evidentment, aquell gest d'amor propi va tenir conseqüències, i no precisament en el terreny de la ficció. Per començar, la mestra em va desqualificar perquè va dir que, encara que la meva redacció estava ben escrita, l'escola no podia repartir entre els alumnes un text tan ple de violència. Per tant, el capítol final d'*Una nit al zoo* no va ni tan sols participar en la votació d'aquella tarda i, en conseqüència, tampoc es va imprimir amb la gelatina. Només n'hi ha un exemplar, l'original, que va quedar oblidat a dalt més alt, dins una caixa amb la resta dels meus treballs escolars, i l'he recuperat per escriure aquest llibre. El preu que vaig haver de pagar per aquell final sanguinari, però, va ser força més elevat i va arribar just després de classe.

Com cada tarda, a les cinc, quan va sonar la sirena que indicava que les classes s'havien acabat, vaig guardar sense cap pressa les llibretes, els llibres, la carpeta i l'estoig a la maleta, em vaig posar la jaqueta i vaig sortir. Mentre ho feia, sabia que ells m'estarien esperant. És clar que ho sabia. De fet, sabia que allò passaria des del mateix instant en què vaig escriure aquell final per a *Una nit al zoo*.

Hi eren tots cinc, i pel seu posat vaig confirmar les meves pitjors sospites. En Juanca em va ordenar que els acompanyés al pati del darrere, on teníem prohibit anar perquè ningú podia veure què hi passava. No vaig intentar fugir corrent ni dir que m'esperava la mare com a excusa. Sabia que si no era aquella tarda seria l'endemà al matí, però que no m'escaparia de ser castigat. Per tant, tremolant i amb els ulls plorosos els vaig acompanyar en silenci. Sí, em van tirar a terra d'una empenta, em van escopir i em van insultar. Em va semblar que competien entre ells en crueltat i que, de fet, com en la majoria d'agressions en grup, el menys important era la víctima, és a dir, jo. Em van obrir la maleta i m'ho van regirar tot fins que van trobar la redacció. En Juanca la va arrugar fins a fer-ne una bola i me la va ficar a la boca. Maricon. Maricon. Maricon. Un cop es van haver esbravat i van desaparèixer, em vaig posar a plorar. Havia aconseguit aguantar-me'n les ganes fins que fossin fora, però em sentia ferit. Derrotat i humiliat. Em sentia tan sol... Vaig escopir la bola de paper i, amb molt de compte per no estripar-la, vaig anar recuperant el full on havia escrit el darrer capítol d'*Una nit al zoo*. Llavors vaig pensar que per molt que ho volguessin fer oblidar a còpia d'insults i cops de puny, jo havia fet que aquells estúpids morissin devorats per l'orca Ulisses i tota la classe dels dofins ho sabia.

Cada inici de curs començava amb una promesa de novetat —aula nova, mestra nova, llibres nous que calia folrar— i amb el desig que fos millor que l'anterior, però a la classe dels dofins, a mesura que ens acostàvem al final de l'EGB i també a l'adolescència, les coses més aviat empitjoraven. Era com si els qui no tenien cap interès a seguir estudiant —la immensa majoria dels meus companys, per altra banda— cada any odiessin més l'escola i tot el que representava. Per a ells, les classes eren una pèrdua de temps, i l'escola, una mena d'obstacle que els separava de l'única cosa que volien: ser grans i fer coses de grans. Per a això no calia estudiar, perquè la vida ja els ho ensenyaria tot.

Des del primer dia de vuitè, el darrer curs de l'ensenyament obligatori, en Juanca ens va voler demostrar a tots que, per a ell, l'escola ja no era un impediment per fer coses de grans. El vèiem arribar al matí amb les seves samarretes de Kortatu, Sex Pistols i Barricada heretades dels seus germans grans, els pantalons elàstics i les Dr. Martens amb puntera metàl·lica, bevent-se una llauna de cervesa que tirava a la paperera de l'aula un cop buida, just quan la mestra entrava a classe. Era una provocació. Com ho era fumar a l'hora del pati, davant de tothom, o fer un avió de paper amb el full de l'examen, quan l'hi tornaven ple de correccions en vermell, o no fer els deures, arribar tard o aixecar-se a mitja classe i desaparèixer amb un cop de porta sense donar explicacions. Li era igual que el castiguessin, que l'enviessin al despatx de la directora o que amenacessin amb expulsar-lo, perquè era justament el que volia.

Aquell curs, en Federico va arribar el segon dia de classe, perquè tornant del *pueblo* —d'anar a Andalusia en deien anar al *pueblo*, els castellans— se'ls havia avariat el cotxe a l'altura de València i com que era diumenge havien hagut de fer-hi nit, fins que el dilluns havien pogut portar-lo a un taller i un cop reparat seguir el viatge. Ho recordo com si fos avui. En Federico no semblava ell. En poc més de dos mesos havia crescut gairebé mig pam, i es notava que s'acabava d'afaitar. Havia marxat de vacances sent un nen i en tornava fet un home, perquè no tan sols havia crescut sinó que també se li havien eixamplat les espatlles i se li intuïen uns braços musculosos. Fins i tot li havia canviat la forma de moure's, de caminar. Estava molt moreno i em vaig fixar que no tenia ni un gra a la cara. Les faccions se li havien endurit i se li havien tornat més anguloses, però sense perdre la proporció de quan feia cara de nen antic. Com aleshores, anava vestit i pentinat pulcrament.

Les nenes li van dir que estava molt guapo i per torns van anar fent-li dos petons de benvinguda, i els nens li deien, amb una admiració i una enveja gens dissimulades, que estava molt canviat i hi encaixaven en un intent de semblar tan homes com ell.

Durant una estona en Juanca havia deixat de ser el centre d'atenció, i des d'un tros lluny, però prou alt perquè en Federico el sentís perfectament i després d'empassar-se un glop de cervesa, va dir:

—Mireu, ja ha tornat la Federica! —I després va afegir—: Federica-Federica, la que no té tita! —El seu seguici li va riure l'ocurrència i es van posar a imitar-lo: Federica-Federica, la que no té tita! Federica-Federica, la que no té tita! Federica-Federica, la que no té tita!

Ell, en lloc de fer veure que no els sentia i entrar a classe arrossegant aquella cantarella que possiblement ja no l'abandonaria durant setmanes —com sens dubte hauria fet jo, per altra part—, es va descordar els pantalons i es va treure la polla perquè tothom l'hi pogués veure. Un membre majestuós, llarg i gruixut, emergia d'una espessa mata de pèl ros que també li recobria els testicles, igualment voluminosos. Se l'agafava amb la mà i encara li penjava un tros de carn. Era meravellosament grossa. De seguida es va fer un cercle de nens al seu voltant que li demanaven que se la tornés a treure i ell ho va fer entre cohibit i orgullós, com qui ensenya una joguina nova l'endemà del dia de Reis perquè tothom li tingui enveja.

—*Oooh!*

Els sospirs d'admiració dels meus companys es van alçar i van surar feixucs per l'aire. En el fons tots sabien que aquells sospirs no eren causats per la proesa física que acabaven de presenciar. Eren sospirs davant la joventut, davant la vida, davant la superioritat. La visió de l'espessa pelussera que creixia a les aixelles de l'Omi els havia deixat ben sorpresos. Segurament era el primer cop que aquells nois veien una mata de pèl tan abundós, gairebé excessiva, com un embull de plantes estiuenques. De la mateixa manera que les plantes no es conformen d'envair un jardí, sinó que cobreixen fins i tot les escales de pedra que hi menen, els pèls de l'Omi brollaven del clot fondo de les seves aixelles i se li escampaven profusament cap als dos costats del pit. Aquells dos matolls negres brillaven llustrosos amb el sol i feien que la sorprenent blancor de la pell del voltant semblés sorra blanca.

Totes les nenes van fer veure que s'escandalitzaven i es van tapar la cara amb les mans, menys la Janis, que s'hi va apropar un pèl més per no perdre-se'n detall i em va fer una mica de vergonya pensar que, el curs passat, m'havia demanat encuriosida que li ensenyés la meva, i aquella tita infantil que encara havia de créixer no tenia res a veure amb aquell tòtem que en Federico no es cansava de lluir.

Els dissabtes al matí la majoria dels nens jugaven a futbol o a hoquei patins i els seus pares s'escridassaven, s'insultaven i sovint arribaven a les mans des de les graderies de camps de futbol i pavellons de mala mort per tota la comarca. Les nenes feien patinatge artístic o ajudaven les mares a fer dissabte. A mi no m'agradaven el futbol ni l'hoquei patins. A la Laura potser li hauria agradat fer piruetes sobre rodes seguint el ritme de la música i vestir-se amb mallots llampants i ajustats i posar-se purpurina a la cara, però, és clar, jo no m'hi hauria atrevit. Per tant, la mare va decidir apuntar-me a mecanografia. Li encantava explicar que quan va entrar a treballar al despatx de La Blava el director va quedar impressionat quan la va veure teclejar quatre-centes pulsacions per minut. Escriure a màquina t'obre moltes portes, deia la mare, i era cert. Els qui escrivien a màquina no portaven roba de treballar ni s'havien d'embrutar les mans ni feien torn de nit ni passaven fred a l'hivern i calor a l'estiu. Anaven a treballar mudats, seien còmodament a les oficines, podien escoltar la ràdio i fer el cafè o fumar quan en tinguessin ganes. La majoria portaven els fills a les monges. Menys els *progres*, és clar. Però què escriuen tot el dia?, li demanava jo, i ella em contestava que cartes, factures o nòmines. Si escrius bé a màquina pots trobar feina en unes oficines o també a la Caixa, o fins i tot a l'ajuntament.

O sigui que un dissabte al matí, després d'esmorzar, vaig agafar l'Olivetti que m'havien comprat per la comunió i que pesava com un mort i me'n vaig anar cap a la plaça, on ja hi havia aparcada una furgoneta atrotinada on es podia llegir en grans lletres de color negre: STUDIO 2000 – ACADEMIA DE MECANOGRAFÍA, i en vermell, MÉTODO PATENTADO. El curs es feia a les dependències de l'ajuntament. Estava nerviós perquè no sabia qui m'hi trobaria. No coneixia ningú de la classe dels dofins que s'hagués apuntat a màquina, i quan li vaig proposar a la Janis que per què no demanava a la seva mare que l'hi apuntés es va posar a riure i em va dir que escriure a màquina li semblava un avorriment i que ella no treballaria a unes oficines per res del món. O sigui que em vaig imaginar que tots els alumnes del curs de mecanografia serien de les monges.

Quan vaig entrar a l'aula només hi havia una nena asseguda a les taules de la primera fila, davant d'una màquina d'escriure gegantina. Portava un pentinat de dona gran i un mocador lligat al coll bastant ridícul. Més tard, va explicar orgullosa que el seu pare era paleta i que ella des dels dotze anys li passava a màquina totes les factures, encara que només sabia escriure amb dos dits. Havia de teclejar amb tanta força per fer funcionar aquella maquinota que pensava que un dia se li trencarien els dits per la meitat.

A poc a poc, la classe es va anar omplint. Efectivament, la majoria eren de les monges, i llevat de jo i un nen minúscul amb ulleres de cul de got que estudiava a Manlleu als *hermanos* i portava la boca tan plena de ferros que era impossible entendre'l quan parlava, la resta eren nenes, cosa que, per altra banda, em va tranquil·litzar.

La professora es deia Consol, i es dedicava a fer classes de mecanografia pels pobles des de feia un munt d'anys, va dir. Ella i el seu home, en Ramiro, després de molts anys d'estudi i pràctica havien desenvolupat un mètode totalment innovador per aprendre a teclejar que garantia resultats sorprenents en només unes setmanes. La Consol ens va dir molt seriosa que si paràvem atenció i ens hi esforçàvem rebríem un diploma que ens obriria moltes portes. A mi, que com a les garses sempre m'han agradat les coses brillants, la idea de tenir un diploma penjat a la paret em va fer il·lusió, i vaig pensar que, al cap i a la fi, potser tampoc estaria tan malament aquell curs.

La Consol va dir que abans de començar passaria llista, perquè l'assistència era obligatòria si volíem rebre el diploma. Just quan començava a llegir el primer nom, es va obrir la porta i va entrar en Roger.

Avui he conegut en Roger. És el fill de l'alcalde i va a les monges. S'ha assegut al meu costat. És més guapo que en Sergi i molt més simpàtic i divertit. M'ha dit que tampoc li agrada jugar a futbol. Bé! Ell fa natació i li he dit que a mi també m'agrada molt nedar. Vull que siguem molt amics. Em sembla que també m'agradaria que fóssim nòvios.

En Roger i jo de seguida ens vam fer amics. De fet, suposo que volíem pensar que érem amics perquè no ens podíem ni imaginar la possibilitat de ser nòvios. Em passava la setmana desitjant que arribés el dissabte per anar a mecanografia. M'afanyava per arribar dels primers i buscava dos llocs buits de costat per asseure'm. Posava l'anorac a la cadira del costat i mirava com passaven els minuts fins a arribar a les nou en punt, que era quan en Roger arribava. Està ocupat?, deia sempre, com si no sabés que li guardava el lloc, i jo, com si no m'hagués adonat que estava lliure, li deia seu que no hi ha ningú. Em passava la classe rumiant coses enginyoses per dir-li, i si ell reia o les trobava interessants ja em feia feliç. Quan m'acostava la boca a l'orella per explicar-me alguna burrada sobre la professora em tornava boig sentir el seu alè i els seus llavis tan a prop. I quan cap al final de la classe ja no sabíem com posar-nos i, per casualitat, la seva cama fregava la meva, em quedava quiet per evitar que l'enretirés, encara que se m'adormís i em fes un mal de mil dimonis.

En Roger i jo ens hem donat la mà, avui. Jo la tenia a sobre la taula, al costat de la màquina d'escriure, i ell se m'ha acostat per dir-me una cosa a l'orella i ha posat la seva mà sobre la meva. Ha sigut només un moment però he notat que se m'enrampava tot el cos.

Després hem començat a fer les pràctiques i hi ha hagut un moment que m'he despistat perquè només pensava que m'agradaria molt fer-li petons. Quan ell s'ha adonat que no estava teclejant m'ha clavat el dit a les costelles perquè reaccionés i jo he fet un bot! Ens hem posat a riure tots dos i la Consol ens ha renyat.

M'agradaria tant que en Roger fos de la classe dels dofins i no haver d'esperar tota la setmana per veure'l...

En Roger va fer que aquells dissabtes al matí memoritzant les lletres i els números del teclat, que el primer dia havíem tapat amb gomets perquè ens acostuméssim a teclejar sense mirar, fossin el millor de la setmana. Les setmanes, de fet, es feien feixugues, però aquells dissabtes al matí em passaven volant. Suposo que per això, sense adonar-me'n, de seguida va ser principi de juny i el curs va acabar-se.

La Consol i en Ramiro van dir que estaven molt orgullosos perquè tots havíem aprovat, i ens van anar cridant per ordre alfabètic per donar-nos el diploma mentre la resta d'alumnes aplaudia. Quan em va tocar a mi, vaig sortir a recollir el meu títol orgullós com si hagués guanyat un Oscar o el Premi Nobel de Literatura. Em va fer ràbia perquè en lloc de Francesc Soler havien escrit Françes Solé, però com que en Roger, quan l'hi vaig ensenyar, es va petar de riure i va dir que de teclejar en devien saber una estona però d'ortografia un zero, jo vaig fer el mateix. Un cop acabada l'entrega de diplomes ens van fer sortir a tots a davant la pissarra per fer-nos una foto de grup que no ens van enviar mai, encara que vaig fer trucar a la mare per insistir-hi unes quantes vegades. En Roger i jo ens havíem posat de costat i era la nostra primera foto junts. També seria la darrera.

Per celebrar el final de curs, la Consol havia portat una mica de pica-pica. Vam ajudar en Ramiro a enretirar les taules i cadires cap als costats i ella va treure d'un cabàs un parell d'ampolles de Coca-Cola i de Fanta de dos litres, bosses de patates, Fritos i Chetos i un pot de galetes salades en forma de peix que va repartir en plats de plàstic. En Ramiro ens va demanar una mica d'atenció per dir-nos unes paraules que no recordo perquè estava totalment concentrat a estudiar com la llum que entrava per la finestra feia brillar el borrissol ros del braç d'en Roger. Només recordo que, de sobte, tothom aixecava els gots de plàstic i deia «Pel futur». En Roger i jo ens vam mirar als ulls i vam brindar. Els altres alumnes també van venir a brindar amb nosaltres i jo anava xocant els gots amb tothom, però només volia brindar pel futur amb ell.

En Roger tampoc tenia germans. El seu pare era promotor immobiliari, a més d'alcalde del poble pel partit d'en Jordi Pujol. La seva mare tenia una botiga de roba a la plaça major més per distreure's que per guanyar-s'hi la vida, perquè ella rai que ja la té solucionada, deia la mare.

Al principi dels vuitanta, l'ajuntament havia requalificat uns camps que la seva família tenia tirant cap a Manlleu per fer-hi la primera urbanització residencial del poble. N'hi deien la Prada, i a poc a poc es va anar omplint de torres; en aquells anys en dèiem així, de les cases modernes amb jardí construïdes als afores. Un dels passatemps de diumenge a la tarda per als del poble era anar a fer un volt a la Prada per veure com s'anaven construint unes cases de formes capritxoses i rodejades de gespa que, fins llavors, només havíem vist a les pel·lícules americanes.

Fer-se una torre a la Prada era sinònim que les coses t'anaven molt bé, i els qui hi vivien no se n'amagaven. Si eren al jardí i t'enxampaven fent el tafaner des de l'altra banda de la reixa no era estrany que et convidessin a passar, encara que només et coneguessin de vista. Per a mi, aquelles cases eren com mansions de Beverly Hills, perquè tenien dos o tres quartos de bany, els terres folrats de parquet i cuines americanes equipades amb rentavaixelles i microones. A la Prada, a més, les cases no tenien hort, perquè feia pobre, sinó que estaven rodejades de gespa regada amb aspersors, i gairebé totes tenien un desmai que els donava un aire exòtic i melangiós.

La torre dels pares d'en Roger, a més, era l'única que tenia piscina. De fet, era l'única piscina del poble, perquè, fins que anys després no van obrir les piscines municipals, per banyar-te havies d'anar a la piscina del Roquet o a la de l'Sporting. A Vic hi havia piscines cobertes, i en Roger em va explicar que des de petit hi anava a fer natació dos cops per setmana. Jo, és clar, li vaig dir que també m'agradava molt nedar, i no era del tot mentida. Durant el tercer i el quart curs, els dimarts a la tarda un autobús ens portava a tota la classe dels dofins a Vic per seguir un curs de natació, i jo de seguida vaig ser el que nedava més bé. Saltava a l'aigua sense por i m'allunyava a braçades de la resta, que o bé es morien de por i eren incapaços de desenganxar-se del voral o jugaven a ofegar-se els uns als altres. Doncs per què no vens un dia a la piscina de casa?, va preguntar-me en Roger, i jo vaig ser tan fava que només vaig saber dir-li que ho havia de preguntar als meus pares perquè no sabia si m'hi deixarien anar. Segur que sí, si vols li dic a la meva mare que truqui a la teva, va dir ell, despreocupat, i em va demanar que li apuntés el número de telèfon.

Va trucar aquell mateix vespre i les mares de seguida es van entendre. M'hi portaria el meu pare el següent dissabte al matí, quan marxés a treballar, i em recolliria al migdia abans de l'hora de dinar, quan sortís del taller. No sabia que fóssiu amics amb el fill de l'alcalde, em va dir ella, i jo em vaig posar vermell i li vaig dir que només érem companys de mecanografia, encara que la Laura li hauria dit que li agradava molt i que volia que fos el seu nòvio.

Laura ♡ Roger, Laura ♡ Roger, Laura ♡ Roger, Laura ♡ Roger, Laura ♡ Roger, Laura ♡ Roger, Laura ♡ Roger, Laura ♡ Roger, Laura ♡ Roger, Laura ♡ Roger, Laura ♡ Roger, Laura ♡ Roger...

Em vaig passar tota la setmana nerviós. Finalment, va arribar el dissabte i el pare em va deixar a l'entrada de casa d'en Roger. Vaig tocar el timbre i ell es va esperar al cotxe fins que la porta del jardí es va obrir automàticament. Encara que no m'ho digués, crec que s'alegrava que tingués un amic i que quedés amb ell per fer esport.

En Roger portava una samarreta de tirants, un banyador eslip de competició i unes xancletes. Estava molt guapo. No l'havia vist mai amb tan poca roba. De seguida vaig fixar-me que se li intuïa el clàssic cos dels nedadors professionals: prim i lleuger però fibrós, amb les espatlles amples i les cames fortes però esveltes.

—Pugem a la meva habitació perquè et puguis canviar? —va dir-me aleshores, i mentre pujàvem escales amunt el cap m'anava a mil per hora. Em preguntava si m'hauria de despullar davant seu, com devien fer els seus companys de l'equip de natació, o si em deixaria sol a l'habitació i s'esperaria fora. També em preguntava si em trobaria guapo quan em veiés despullat, encara que era evident que jo no tenia un cos atlètic com el seu, i per un moment em vaig sentir una mena de Quasimodo i vaig tenir ganes d'anar-me'n a casa. Però a l'instant em vaig tornar a fixar en aquell culet que pujava els graons davant meu mentre m'explicava detalls de la casa que jo no escoltava, i ara m'imaginava que un cop a l'habitació tancaríem la porta i ens començaríem a fer petons i li trauria la samarreta i li abaixaria el banyador i jo em despullaria i els nostres cossos es tocarien i ens ficaríem al llit.

En Roger tenia una habitació enorme i plena de coses com les que sortien a les pel·lícules americanes. Hi havia un gran aquari amb peixos tropicals, un equip de música amb uns grans altaveus i, fins i tot, un telescopi encarat a la finestra, no sé si per mirar les estrelles o els veïns. En una de les parets, hi havia penjats uns pòsters perfectament emmarcats d'un Ferrari vermell, el cartell de *La guerra de les galàxies* i el d'*ET*. L'altra era plena de fotografies d'en Roger en banyador de petit i de més gran, sol o amb altres nens que també nedaven. En algunes apareixia dalt d'un podi aguantant una copa o mostrant una medalla que li penjava del coll. Algunes d'aquestes medalles també estaven penjades a la paret amb una xinxeta, i en una prestatgeria hi vaig veure uns quants trofeus. En Roger era un triomfador.

—Pots canviar-te al meu lavabo, si vols. —És clar, també tenia un lavabo per a ell sol amb accés directe des de la seva habitació, vaig pensar una mica desil·lusionat. Adeu petons i adeu ficar-nos al llit despullats. En el fons estava alleugerit, perquè m'hauria fet una mica de vergonya despullar-me davant seu, o sigui que em vaig tancar al lavabo per posar-me el banyador i les xancletes. Realment, amb el meu cos esprimatxat i aquell banyador bòxer de color groc fluorescent dues talles grans que havia insistit que em compressin l'estiu passat a Platja d'Aro perquè el portaven tots els estrangers no tenia aspecte de nedador, però també era més fàcil dissimular una potent erecció que es negava a desaparèixer.

La mare d'en Roger era a la cuina. Ens havia preparat uns entrepans per esmorzar, ens va dir que a la nevera hi havia suc de taronja i cacaolats, que se n'anava a fer encàrrecs a Vic i que tornaria a l'hora de dinar. El pare d'en Roger era a l'ajuntament, o sigui que ens quedàvem sols. En Roger i jo i ningú més. Tota la casa per a nosaltres. Recordo que durant aquell matí vaig pensar unes quantes vegades que era el millor dia de la meva vida.

Ens tiràvem de cap, de bomba, fèiem carreres que en Roger sempre guanyava, nedàvem d'esquena i per sota. En Roger no va parar fins que em va ensenyar a tirar-me a l'aigua fent una tombarella. Potser ho vam provar deu vegades. Ell saltava perquè jo veiés com s'havia de fer i després em feia practicar a mi, com si fos el monitor. M'agafava per l'esquena i em corregia la postura, i m'ajudava a col·locar els peus on calia per aconseguir fer la tombarella abans de tocar l'aigua sense obrir-se el cap contra la vora. Durant una bona estona no vam parar, com si volguéssim aprofitar al màxim el temps o omplir-lo de jocs i tombarelles per no caure en la temptació de res més. A poc a poc, però, ens vam anar acostant i els jocs es van tornar més físics. Jugàvem a ofegar-nos i pujàvem a les espatlles de l'altre per saltar a l'aigua, fins que sense acabar-ne de ser conscients ens vam trobar abraçats.

—Tens els llavis ben blaus —va dir aleshores en Roger, mirant-me als ulls. Jo li hauria hagut de dir abraça'm més fort, però el que vaig fer va ser somriure i dirli sortim i estirem-nos una estona a la tovallola.

Ens vam estirar de panxa enlaire, l'un al costat de l'altre, molt a prop. No ens dèiem res. Teníem la respiració accelerada. El sol de seguida ens va començar a escalfar la pell. En el moment en què vaig girar lleugerament el cap per mirar-lo ell també ho va fer, i a poc a poc les nostres cares van començar-se a acostar. Em sentia el cor bategar molt fort, però tot d'un plegat vaig sentir un cotxe que s'aturava a l'altra banda de la reixa, el timbre que sonava i la mare d'en Roger, que, des de dins, cridava Francesc hi ha el teu pare que et ve a buscar. Per un moment vaig pensar que ens havien descobert, perquè no sabia des de quan ella era a casa ni si ens havia vist i em vaig imaginar que ho explicava al meu pare i el meu pare a la mare... En Roger es va aixecar de cop i em va dir t'acompanyo a dalt perquè et canviïs. Vam pujar l'escala sense dir-nos res. Va esperar-se al passadís que jo entrés al lavabo i em tornés a posar la roba de carrer i em va acompanyar a la porta. Em va dir ja ens veurem, secament, com si tingués pressa per tornar a dins.

Jo corria a casa, ja a trenc d'alba, com l'home que, després de llarga permanència a la riba d'una platja, decideix no banyar-se finalment aquest capvespre: l'aigua està més freda del que s'imaginava, el cel sembla advers i el guanya el desànim. Assegut aleshores en el seu escriptori com podria prostrar-se penitent davant el confessionari, s'absorbia en el diari que el seu amor pel jardiner havia mogut a iniciar.

> Avui ha sigut el dia més important de la meva vida. En Roger i jo gairebé ens fem un petó. Hem tingut les cares tan a prop... Estic contenta perquè estic segura que ell també ho volia, però trista perquè em sembla que tots dos ens hem adonat que no pot ser.

El juny del 1991 em vaig asseure per darrera vegada a la classe dels dofins, amb aquells nens i nenes amb qui havia compartit una dècada de la meva vida. Havíem acabat l'educació obligatòria i havia arribat el moment que els nostres camins se separessin. La majoria no tornaria a asseure's mai més en una aula i hauria d'aprendre pel seu compte tot allò que li ensenyés la vida. Aquella darrera tarda, tan bon punt va sonar la sirena de les cinc i vam sortir escopetejats de classe, mentre tothom s'acomiadava amb abraçades i encaixades de mans i algunes noies ploraven, en Juanca va obrir la motxilla i la va girar de cap per avall perquè tots els llibres i llibretes de l'interior caiguessin a terra. Es va treure un encenedor de la butxaca dels pantalons i els va calar foc.

Dels vint-i-set alumnes de la classe dels dofins, només la Janis i jo faríem la secundària. La majoria començava a treballar aquell mateix estiu, d'estranquis perquè no tenia l'edat, com en el seu moment ja havien fet els seus pares. Un parell de noies que ja es maquillaven i portaven metxes estaven molt contentes perquè les havien agafat per rentar caps en una perruqueria, i al setembre començarien un curs en una acadèmia d'estètica. Les que a casa tenien botiga, a despatxar. Els que tenien tallers, a fer d'aprenents. Un grapat de nois s'havia matriculat a FP perquè els seus germans grans els havien explicat que era molt fàcil saltar-se les classes i així tenien excusa per passar-se els matins jugant a futbolí als bars de Vic sense que a casa seva es queixessin. N'hi havia uns quants que ni això. En Federico i el seu gran membre se'n tornaven a Andalusia, i en Saïd, a qui a banda de la Janis i jo semblava que ningú més trobaria a faltar, ens va explicar que ajudaria un tiet que feia de paleta fins que tingués l'edat i l'agafessin en un escorxador per treballar de nits, perquè es guanyaven molts diners. Quan em demanaven que què faria jo i els explicava que aniria a Manlleu, a l'institut, a fer la secundària, perquè després volia anar a la universitat, ningú semblava que se'n sorprengués, perquè era el que feien els marietes *empollons*. Per tant, potser per la il·lusió que a l'institut tots serien com jo, o que almenys no tots serien com ells, no em feia gens de pena acomiadar-me de la classe dels dofins.

III

El desig sempre guanya

1991-1995

El llatí encara era obligatori per a tothom a la secundària, i si estudiaves lletres pures a segon de BUP també tenies l'opció de fer grec. L'objectiu d'aquella assignatura no era que aprenguessis l'idioma en un sol curs, sinó més aviat obrir-te les portes del món clàssic perquè coneguessis l'esplendor de la cultura hel·lènica i fossis conscient de fins a quin punt és a la base de la nostra civilització actual. No cal dir que grec no era l'assignatura més popular del programa d'estudis ni, per tant, la més sol·licitada. Els estudiants de ciències, i fins i tot els de mixtes, consideraven que estudiar grec era una pèrdua de temps i que els que ho fèiem érem uns tarats i uns frikis. Començant pel professor. En Mamella era un homenet diminut i d'aparença excèntrica: era l'únic que vestia americana i corbata i que a l'hivern, fins i tot, portava barret. Tenia fama de vell pervertit. Li dèiem Mamella, però de fet es deia Comella, Joan Comella, encara que ningú li deia pel nom. Ell mateix, el primer dia de classe, quan ja estàvem tots asseguts, tots vull dir la dotzena d'alumnes que ens havíem matriculat a grec —totes noies menys tres nois, comptant-me a mi—, abans d'obrir la boca va agafar un guix i va dibuixar una gran mamella a la pissarra a manera de presentació i, m'imagino, també de provocació.

En Mamella era un boig de les diapositives, i qualsevol pretext era bo per aparcar les declinacions, tancar els llums i les persianes i projectar una llarguíssima successió d'imatges d'estàtues de déus musculosos i deesses d'una sensualitat més pudorosa en marbre i bronze, fragments de frisos que evocaven mites i batalles heroiques, històries explicades a través d'escenes pintades en negre i vermell sobre ceràmica i restes d'edificis de Delfos, Samos, Creta, Delos, Olímpia o l'Acròpolis. El mateix Mamella, que cada estiu des dels seus temps d'estudiant universitari viatjava per Grècia durant setmanes, era l'autor de moltes d'aquelles fotografies.

Per als alumnes d'altres anys, era de domini públic que en Mamella cada curs dedicava una sessió de diapositives a explicar el paper de l'erotisme en les manifestacions artístiques de la Grècia clàssica. Es deia que es projectaven imatges tan explícites que fregaven la pornografia, i que per això mateix alguns pares se n'havien queixat a la direcció del centre. Estic convençut que els altres dos nois de la classe, a qui el primer dia ja es va fer evident que tots aquells mites de l'Antiguitat els importaven un rave, s'hi havien matriculat moguts precisament per la morbositat de comprovar si era veritat que en Mamella s'atrevia a projectar imatges porno, encara que tinguessin més de dos mil anys.

I, efectivament, va arribar el dia que, secretament i per una raó o una altra, tant havíem esperat tots plegats:

—Els grecs, benvolguts alumnes, ens van ensenyar moltes coses, i una de les més importants és la bellesa d'un cos nu —crec que va dir en Mamella per començar, abans de demanar que abaixéssim les persianes i tanquéssim els llums—. Mai, enlloc del món i en cap altre moment de la història, s'havia gosat i aconseguit representar el cos humà d'aquesta manera... —va dir en Mamella, mentre apareixia davant dels nostres ulls el cos excepcional del magnífic Bronze A de Riace i ens explicava l'obsessió dels grecs pel plec inguinal, conegut com a cinturó d'Apol·lo o faixa d'Adonis. Crec que va ser des d'aleshores que jo també vaig desenvolupar una mena d'obsessió eròtica per aquesta part de l'anatomia masculina, perquè va ser davant d'aquella escultura datada gairebé cinc segles abans de Crist que per primer cop vaig poder meravellar-me de la bellesa d'un cos masculí nu.

D'aquella primera imatge vam passar a una successió de guerrers, atletes, déus barbuts i jovenets de faccions suaus i delicades, però igualment torbadores. Tots aquells cossos despullats, perfectes i irreals constituïen una celebració de la bellesa masculina sense pal·liatius.

—I les dones? —va dir aleshores un dels energúmens de la classe, i allò em va trencar tota la màgia del moment.

—El nu femení va trigar molt a aparèixer en l'art grec —va explicar en Mamella, una mica com si s'excusés—. De fet, en molts santuaris i necròpolis del segle VI aC els *kuroi*, com podeu veure —va avançar unes quantes diapositives fins que va trobar la que volia—, apareixen despullats i imponents, però al seu costat, com podeu apreciar en aquesta fotografia que vaig fer el 1985 a l'antic museu de l'Acròpolis d'Atenes, les *korai* van totalment vestides!

—Quina putada! —va respondre-li l'alumne, i la resta de la classe van riure-li l'ocurrència, tot i que sense gaire entusiasme.

Era com si fos el món al revés, perquè des que era petit quan passava per davant d'un taller de cotxes veia que les parets eren plenes de fotografies de dones despullades, moltes tretes de l'*Interviú*; d'home despullat no se'n veia cap enlloc. O sigui que vaig decidir que m'encantaven els grecs antics, i això que en Mamella encara no ens havia il·lustrat sobre l'enorme importància simbòlica que per als grecs tenia el fal·lus, ell n'hi deia «fal·lus»!

—El fal·lus és un element molt present a la vida quotidiana dels grecs antics. Simbolitzava la força germinativa de la natura i era venerat com si fos una deïtat. El trobem representat fins a l'obsessió als carrers i a les cases, però també penjat en forma d'amulet als colls de nens i dones.

Mentre ens explicava això, en Mamella va anar projectant una sèrie d'imatges de grans polles de pedra procedents de les parets d'antics temples, de petits objectes de bronze també en forma de polla dels quals penjaven campanetes, i fins i tot de polles de ceràmica personificades, dotades de cames i braços, que semblaven tenir vida pròpia i que ens van fer riure a tots amb una barreja de vergonya i excitació.

Després, per il·lustrar-nos sobre l'admiració gairebé religiosa que els grecs sentien pels fal·lus de grans dimensions, ens va llegir un dels epigrames més famosos de Marcial: «En qualsevol bany que sentis aplaudiments, Flac, tingues per segur que allà hi ha la polla de Maró», i els riures encara van pujar d'intensitat, i jo vaig pensar en el Federico i en aquella gran polla que, efectivament, vaig venerar en secret.

En Mamella es va ocupar, després, de l'aparició del nu femení al segle IV aC, i la imatge de l'Afrodita de marbre despullada de Praxíteles va ser celebrada pels altres dos nois de la classe amb xiulets, com si fos la Sabrina o la Samantha Fox.

Quan quedaven deu minuts per al final de la classe, va arribar el que secretament tots esperàvem: la representació de l'acte sexual en les manifestacions artístiques de l'antiga Grècia. En Mamella va començar a projectar imatges de copes i àmfores plenes de figures follant; ell en deia «copulant». Homes musculosos, dones exuberants, sàtirs amb grans fal·lus... Fel·lacions, penetracions en postures acrobàtiques... Els riures es van acabar de cop i tots, també les noies pretesament asexuades de la primera fila, ens vam mirar fascinats aquelles coreografies hipnòtiques i excitants per captar-ne fins al darrer detall i gravar-lo a la memòria.

En la penombra, em va semblar veure que el noi que s'havia queixat que les estàtues femenines no estiguessin despullades ara tenia la mà dins els pantalons de xandall i es masturbava sigil·losament.

Després, en Mamella va projectar una imatge eròtica entre dos homes procedent de l'interior d'una copa àtica de principis del segle V aC molt bonica, o a mi m'ho va semblar. Era la clàssica escena de festeig entre l'*erastés* i l'*eromen*. L'home adult, barbut i de cos musculat mostra el seu membre erecte. Entre les cames reté un noi molt jovenet, encara imberbe i de cos atlètic, però d'una musculatura encara per desenvolupar, a qui acaricia el pubis. El jove amant li acarona el clatell.

—Encara que l'erotisme entre homes és molt present a la Grècia clàssica i trobem moltes escenes de flirteig com aquesta, pràcticament no es coneixen representacions de relacions homosexuals. De fet, hem de fer un salt endavant, fins a l'Imperi Romà, per trobar una representació totalment explícita de l'acte sexual entre dos homes: la copa Warren.

No sé si els meus companys de classe van riure ni si les *empollones* de primera fila es van escandalitzar davant d'aquelles imatges de dos homes copulant, però a mi em van deixar violentament trasbalsat. Quan, anys després, vaig veure la copa Warren en directe exposada a la sala dedicada a l'Imperi Romà del Museu Britànic de Londres em va causar el mateix impacte que aquell dia a la classe de grec en què, per primer cop a la vida, vaig veure allò que tantes vegades m'havia preguntat com seria: un home penetrant-ne un altre. Un home fonent-se en un altre.

Per molt que, avui, sembli impossible de creure, amb totes les possibilitats que hi ha per accedir a porno de qualsevol tipus de forma anònima i instantània a través d'Internet, m'heu de creure quan us dic que la primera imatge de dos homes follant que vaig veure en la meva vida tenia gairebé dos mil anys!

Al cap dels anys he sabut que la copa Warren probablement va ser feta per un artesà grec per encàrrec d'un client romà al voltant del segle I dC, durant el regnat de Neró. Es tracta d'un recipient de plata dels que solien fer-se servir als banquets i a les celebracions romanes. Habitualment se'n feien dos d'iguals, de tal manera que els matrimonis o parelles d'amants els compartissin. M'agrada imaginar que fa gairebé dos mil·lennis ja hi havia parelles d'homes celebrant el seu amor, i que ho feien tan obertament que es podien permetre encarregar unes copes tan boniques.

A un dels costats de la copa hi apareix un home barbut de cos musculat que es veu perfectament com en penetra un de més jove que té assegut al damunt. Tots dos estan despullats i tenen una de les mans entrellaçades. De fons, un altre home els espia des de darrere d'una porta entreoberta. A l'altre costat de la copa hi ha una altra escena de sexe entre dos homes. Un d'ells, possiblement un jove esclau, està ajagut de costat mentre l'altre, més gran i musculós, tocat amb una cinta al cap, el penetra.

Per escriure aquest llibre he volgut investigar una mica més sobre la copa Warren i he descobert que té una història d'aquelles que en diem de pel·lícula, excitant però al mateix temps trista, perquè revela fins a quin punt l'homofòbia ho ha impregnat tot al llarg dels segles.

La copa Warren rep aquest nom pel seu primer propietari en l'època moderna, Edward Perry Warren, un col·leccionista i escriptor nord-americà que la va comprar el 1911 per dues mil lliures de l'època a un comerciant de Jerusalem. Sembla que va ser trobada juntament amb unes quantes monedes de l'emperador Claudi a

Bittir, un poble palestí situat a l'oest de la mateixa Jerusalem. Els historiadors creuen que és probable que hi fos amagada en un lloc secret durant la primera guerra judeoromana i que el seu antic propietari mai la recuperés. Evidentment, la meva ment de novel·lista ja s'imagina que la guerra va separar per sempre aquells dos amants que brindaven per l'amor amb les seves copes...

Però deixem-nos de fantasies i tornem a la història de la copa Warren, una peça excepcional que durant molt de temps no rep l'atenció que sens dubte es mereix justament pel fet de representar escenes homosexuals. Durant segles, els grans museus tanquen les portes a aquest tipus de peces, que acaben sent adquirides en mercats clandestins per col·leccionistes privats interessats en la matèria, se suposa que marietes adinerats la major part, quan no destruïdes per considerar-se pecaminoses.

Durant els anys cinquanta, els Estats Units van prohibir, literalment, l'entrada de la copa Warren al país. La van retenir a la duana, com si fos un objecte dotat d'un poder diabòlic que pogués pervertir els seus ciutadans. Així mateix, importants museus com el British van refusar comprar-la quan se'ls va oferir perquè consideraven que després no podrien exhibir-la.

Per tant, durant segles s'ha privat el gran públic d'admirar peces tan meravelloses com la copa Warren pel sol fet que algú considerava que les escenes que reproduïa eren escandaloses, tot i que possiblement són fonamentals per entendre com érem fa milers d'anys. Perquè és evident que ja érem, també, homosexuals.

Doncs bé, fins als anys vuitanta del segle passat molts d'aquests objectes no van veure la llum. Caldrà esperar que la societat vagi acceptant, a poc a poc, l'homosexualitat perquè els museus decideixin exposar-les a les seves venerables sales. Malgrat que no sabrem mai quantes peces de valor incalculable han estat destruïdes al llarg de la història en nom de la moral, molts dels objectes que ara podem veure als museus provenen de col·leccions privades. Han estat preservats durant anys en salons de col·leccionistes adinerats per al seu propi gaudi i el dels seus cercles d'amics. Es dona la circumstància que a partir dels anys vuitanta algunes d'aquestes col·leccions d'art homosexual van sortir a subhasta i van poder ser adquirides pels grans museus perquè els propietaris havien mort de sida.

És en aquest context més procliu a l'art, diguem-ne, eròtic que el propietari de la copa Warren cedeix la peça perquè pugui ser exposada, primer, al Museu d'Art Antic de Basilea, al Brasil, i, després, al Metropolitan de Nova York, als Estats Units. Per primer cop en segles, milers de persones admiren la copa d'aquells dos amants que havíem conegut o imaginat uns paràgrafs enrere.

L'any 1999, l'adquireix el Museu Britànic per un milió vuit-centes mil lliures, el preu més alt pagat per una sola peça des del 1950.

Sovint m'he preguntat per què en Mamella va incloure imatges de la copa Warren al final d'aquella sessió sobre l'art eròtic a l'antiga Grècia; al cap i a la fi, la peça pertanyia a l'Imperi romà. Potser ho va fer perquè, en el fons, li agradava una mica escandalitzar, i el sexe anal, i més entre dos homes, era i m'imagino que encara és un dels grans tabús, o potser perquè, indirectament, volia ajudar-me a obrir els ulls. El cert és que, tot i que encara no m'atrevís a reconèixer-me o acceptar-me com a gai, aquelles classes de grec van tenir un paper fonamental no només en la meva educació humanística sinó també en la forma de veure el cos i també l'homosexualitat.

Tot això, recordem-ho, va tenir lloc en una classe amb els llums apagats i les persianes abaixades. Per tant, un cop va sonar la sirena que indicava que la classe s'havia acabat i en Mamella va apagar el projector i vam encendre els fluorescents i vam obrir les persianes, em vaig tornar a ficar en la pell de l'heterosexual que representava des de petit, encara que cada cop m'havia d'esforçar més per aprendre'm el paper i seguir el guió.

És cert que a l'institut vaig conèixer gent nova, nois i noies de Manlleu i dels pobles del voltant, i que de seguida ens vam caure bé. Quedàvem per fer els treballs en grup, per estudiar a la biblioteca quan s'acostaven els exàmens i sortíem a comprar l'esmorzar a l'hora del pati o a fer cafès, però quan ells feien plans per al cap de setmana jo sempre m'inventava alguna excusa per no anar-hi, i a poc a poc van deixar de comptar amb mi.

Em mantenia a una certa distància de tothom perquè no volia que ningú descobrís el meu secret. Era com si no deixés que ningú entrés a la meva habitació per por que trobés «El diari de la Laura». Per tant, em vaig dedicar a fer el paper de company de classe agradable, fins i tot divertit, però, al cap i a la fi, poc interessant, sense cap atractiu especial.

Tots aquests esforços per no destacar, per no atraure l'atenció de ningú, evidentment, tenien un preu: la solitud. D'acord que tenia la Janis, però a ella també se li havien revolucionat les hormones; s'havia convertit en una noia atractiva i enigmàtica que feia estralls entre els nois de l'institut, i potser per això les noies li tenien molta tírria. Però a ella, com sempre, li era igual i es dedicava a experimentar i a gaudir de la sexualitat com jo també em moria de ganes de fer.

Per sort, em vaig atrevir a apuntar-me al grup de teatre de l'institut i allà hi vaig conèixer persones que, per una raó o una altra, tampoc se sentien representades pel prototipus d'adolescent heteronormatiu que imperava a la secundària: noi esportista que estudia ciències o, com a molt, mixtes, i que el cap de setmana surt amb els de l'equip de futbol o hoquei patins a emborratxar-se i lligar, i noia mona més decantada cap a les ciències socials que el cap de setmana surt amb les amigues a emborratxar-se i lligar.

L'Albert, la Rosa, en Quim, en Jordi, la Carla, la Paula... Tots ells eren heterosexuals, però ho eren d'una forma menys invasiva, menys desafiant. L'Albert sempre portava un fulard al coll, en Quim arracades a les dues orelles, la Rosa i la Carla llegien Maria-Mercè Marçal i explicaven que feia un parell d'anys havien estat mig enrotllades i la Paula es va enamorar de mi.

Era un parell d'anys més gran que jo i força atractiva, encara que jo mai havia pensat en ella com a dona. Em queia bé, com m'hi queien la Rosa i la Carla, i quan fèiem proves de vestuari i les veia en sostenidors per a mi era com si hi veiés la Janis, la mare o una germana que no tenia. Tot i això, la Paula i jo vam començar a quedar tots sols una estona abans dels assajos per fer cafès i parlar de teatre. Em va explicar que el seu ex estudiava a l'Institut del Teatre i que també havia sortit amb un noi quinze anys més gran que ella que estava a La Fura dels Baus.

Pel meu aniversari em va regalar *Digues que m'estimes encara que sigui mentida*, perquè em va dir que li agradava molt la Roig, tot i que no vaig saber com prendre-m'ho. Una setmana després, tota la colla vam anar a sopar al Brindis, després vam beure uns quants vodkes amb llima a Xauxa i ella i jo ens vam escapar al passeig del Ter, on, asseguts a un banc solitari, li vaig dir que l'estimava. Tenia tantes ganes que fos veritat que devia fer la millor actuació de la meva vida, perquè va semblar que s'ho creia. I el que és pitjor, jo també.

Aquella nit li vaig fer els petons que un parell d'estius abans no em vaig atrevir a fer-li a en Roger, amb qui no ens havíem tornat a veure des d'aquell matí a la piscina de casa els seus pares. Havíem estat tan a prop que si no ens havíem fos només ens quedava distanciar-nos, i és el que vam fer, potser per por o per vergonya, segurament per totes dues raons. La mare em va demanar si ens havíem enfadat i jo li vaig dir que no, però que no tenia ganes de quedar-hi més. El pare no va dir res. Setmanes després, ens en vam anar a Platja d'Aro com cada estiu, i encara que ells va semblar que tornaven a ser feliços, a mi encara em costava dissimular una mena de tristesa o mal humor que m'havia envaït des que no veia en Roger. Deixa'l estar, és l'edat. Deu tenir ganes de fer la seva o potser és mal d'amors, vaig sentir que deien una nit que em vaig estimar més quedar-me a l'apartament que anar a fer un gelat amb ells. Va ser el darrer estiu que vam anar de vacances tots tres.

La boca de la Paula tenia gust de tabac, encara que després de fumar mastegava un Trident, i aquella nit també una mica de llima. Fer-li petons no era desagradable, perquè ens els fèiem amb els ulls tancats i jo m'imaginava que era en Roger.

Durant el poc temps que vam sortir junts mirava de fer-li petons tota l'estona, sobretot quan érem a l'institut o en bars plens de gent. Ella suposo que aviat es va adonar que alguna cosa no acabava de funcionar entre nosaltres, perquè en públic em mostrava apassionat i quan sortíem amb els de teatre no li treia les mans de sobre, però quan ens quedàvem sols, les poques vegades que ens hi quedàvem, perquè jo sempre m'estimava més fer coses en grup, reconec que em mostrava esquiu i incòmode.

Quan feia un mes que sortíem em va dir de quedar per sopar només ella i jo per celebrar el nostre primer aniversari. No en tenia gaires ganes, però li vaig haver de dir que sí i vam anar a una pizzeria. Ens van donar lloc a l'entrada, on hi havia un grapat de tauletes petites amb estovalles de quadrets blancs i vermells i una espelma encesa. La Paula, he de reconèixer que estava molt guapa. S'havia tallat els cabells i portava una samarreta negra força escotada amb les espatlles descobertes. Vaig pensar que li hauria d'haver comprat alguna cosa, potser una rosa o unes arracades. Ella sempre tenia detalls de tota classe amb mi, i això feia encara més evident que jo, com a nòvio, era una autèntica calamitat.

El cambrer ens va demanar què volíem beure i vam dir que lambrusco. Encara no havíem començat a menjar que ja havíem buidat l'ampolla i en vam demanar una altra. A poc a poc, em vaig anar relaxant. La Paula era una noia molt ocurrent, havia llegit molt i no tenia idees gens típiques sobre la vida. No volia fills i el seu somni era marxar un temps a Itàlia, a Roma o a Venècia, fer teatre i estudiar pintura. Ens ho estàvem passant de conya, una mica a la manera de dos bons amics que riuen i es fan confidències. Ella també havia fet grec a l'institut i em va dir que estava decebuda perquè en tot el curs en Mamella no li havia mirat ni un sol cop els pits. Jo li vaig contestar que devia estar perdent facultats, perquè tenia els pits més bonics de l'institut. Ella va fer un gest com de posar-se'ls amunt just quan el cambrer ens venia a prendre nota i tots dos vam esclatar a riure. Li vaig agafar la mà i ella em va clavar el genoll a l'entrecuix per sota de la taula. Per uns moments em va semblar que tampoc seria tan difícil, que únicament m'havia de deixar portar i que potser la vida també podia ser això, deixar-se viure.

Ens van portar les pizzes, vam brindar i ens vam dir t'estimo i llavors es va obrir la porta i va entrar en Roger. Feia més de dos anys que no el veia i el vaig trobar més escandalosament guapo que mai. Ja no sentia què deia la Paula. Ni tan sols la veia. Només tenia ulls per a ell. Ell també em va veure, em va saludar amb un cop de cap que em va semblar dolorosament ple d'indiferència i va seguir amb la seva vida. Tenim taula per a deu, va dir al cambrer, i va passar-nos pel costat seguit de nou nois més que es van menjar la Paula amb els ulls. Has vist quina tia? Que bona que està! M'ha posat com les cabres! Calla, que vas més sortit! I tots van riure.

En Roger m'havia enlluernat completament, i quan els ulls se'm van tornar a acostumar a la foscor vaig veure la Paula que em deia si em trobava bé. Li vaig dir que sí, vaig fer un llarg glop de lambrusco i vaig intentar reprendre el sopar i la meva vida on els havia deixat, però ja era impossible. I si marxem?, li vaig dir, perquè no aguantava més estar tan a prop d'en Roger i tan lluny a la vegada, i ella va dir que sí gens molesta, encara que no interpretés correctament el perquè.

Ens en vam anar al passeig del Ter, on hi ha la zona de jocs infantils. En la foscor i amb la boira baixa que pujava del riu tenien un aspecte una mica fantasmagòric. La Paula es va asseure al gronxador i jo la vaig empènyer suaument. Tenint-la d'esquena vaig poder plorar en silenci sense que ella se n'adonés. Vam estar una estona així, sense dir res. Després vam baixar pel tobogan i ella es va ficar dins d'una caseta de fusta com de Hansel i Gretel. Que vens, Francesc?, va dir, i pel to de veu vaig entendre que la Paula m'estava convidant a molt més que a entrar dins d'un conte infantil. Aquest cop, em vaig dir, no tenia escapatòria.

La Paula s'havia tret la samarreta i em va demanar que l'ajudés a descordar-se els sostenidors. Dins d'aquella caseta vaig pensar que érem com dos nens massa grans per jugar a pares i mares. Li vaig tocar els pits i, per un moment, vaig pensar que jo era ella i la Laura al mateix temps i que ella era en Roger i me'ls estava tocant a mi. Tot i l'alcohol i la tristesa, tenia una erecció. La Paula em va descordar els texans i em va abaixar els calçotets. Em va començar a masturbar mentre jo li magrejava els pits i li buscava la llengua amb la meva llengua. Em vaig escórrer de seguida.

Ho vam repetir unes quantes vegades, però mai no vam anar més enllà. Crec que mai érem la Paula i en Francesc, quan ho fèiem. De vegades jo feia de Laura i ella feia de Roger. De vegades jo feia de Roger i ella feia de Francesc. Al final, em va dir que volia que talléssim i ho vam deixar estar.

El desig sempre guanya. Sempre. Podem passar-nos la vida lluitant-hi. Dissimulant-lo. Negant-lo. Però el desig és la nostra veritat i només podem matar-lo matant-nos. El desig neix amb nosaltres. És com un germà siamès amb qui compartim els òrgans vitals i que ens acompanyarà tota la vida. Ens segueix sempre i a tot arreu, encara que durant els primers anys de vida està mig adormit, gairebé com si no hi fos. Però un dia es desperta i ens sorprèn amb una força i un vigor desconeguts i ens fa por que prengui el control i, a partir d'aleshores, sigui ell qui governi la nostra vida i ens faci fer coses que no voldríem i ens posi en perill. Hi ha cops que ens fa patir i ens agradaria escanyar-lo, però sabem que no podem anar per la vida arrossegant un cadàver. O agafar un ganivet ben afilat i tallar tot vincle amb aquest altre jo pervers i perillós, però ni ell ni nosaltres sobreviuríem. No ens queda altre remei que acostumar-nos a conviure i, de fet, a poc a poc som capaços no només de tolerar-nos sinó de passar-nos-ho bé junts. Ens fa riure, fa que la vida sigui més perillosa, però també molt més interessant. El nostre germà siamès ens fa sentir vius com no ens havíem sentit mai, i de sobte ens adonem que no podríem viure sense ell, i quan algú el critica, l'insulta o l'amenaça ja no ens voldríem fondre de vergonya ni ens enfadem amb ell, sinó que sortim a defensar-lo amb tota la fúria, si cal a cops de puny i queixalades, perquè ens hi va la vida.

La Janis va deixar l'institut a segon perquè va dir que s'hi avorria molt i que la vida era massa preciosa per malbaratar-la d'aquella manera. Se'n va anar a viure amb el seu pare a Eivissa i de tant en tant ens escrivíem. Li parlava de la gent de teatre, d'en Mamella, del meu somni de convertir-me en escriptor, però ni mitja paraula de la Paula. Tampoc li havia parlat mai d'en Roger, encara no podia.

Ella treballava en una botiga d'artesania de Santa Gertrudis i m'explicava que estava aprenent a fer ceràmica amb un vell hippy californià conegut del seu pare. Uns mesos després, que l'havien contractada per fer de gogó en una de les principals discoteques de l'illa. No em va sorprendre gens. Recordeu que, des de petits, a la Janis i a mi ens encantava ballar.

La primavera següent, mentre jo preparava la selectivitat tancat a casa, la Janis em va enviar un sobre gros d'aquells que a la Laura Soler li feien tanta il·lusió rebre. Contenia una revista escrita en anglès que parlava de la nit eivissenca. Era plena de fotografies de gogós de cossos esculturals ballant a l'Space, Privilege, DC-10, Sa Trinxa o Amnesia. Per primer cop també vaig descobrir què eren les *drag-queens*, unes criatures fascinants que no sabies si eren homes o dones o marcians, enfilades sobre sabates de plataforma impossibles, que portaven uns vestits fets amb plomes, plàstics i metall de dissenys extravagants. Fins que no vaig repassar amb més deteniment cadascuna de les fotografies no em vaig adonar que una de les gogós que apareixien a la portada era la Janis! Portava una perruca de color platí, els llavis igualment platejats i una espècie de biquini fet de mirallets com els de les boles de les discoteques. Calçava unes sabates del mateix color i anava armada amb una mena de metralleta futurista de la qual sortia un gran raig de confeti blanc. Estava preciosa, poderosa. Vaig pensar que era com una reina de la nit. I jo, mentrestant, encallat amb un poema d'*Els fruits saborosos* que no sabia com interpretar.

IV

La nit més bonica

15-07-1995

Feia unes setmanes que havia acabat els exàmens de la selectivitat, i estava convençut que m'havien anat bé. Com que també tenia un bon expedient de la secundària, confiava a poder entrar sense cap problema a Filologia Catalana. Havia dubtat entre Filo i Periodisme fins al darrer moment, però em vaig acabar decantant per la primera opció perquè, de fet, jo el que volia era ser escriptor i em va semblar que dedicar-me a estudiar llengua i, sobretot, llegir molta literatura m'ajudaria a convertir-me en novel·lista més que no pas haver-me de cenyir a uns fets que, per força, limitarien la meva creativitat.

Un conegut del pare li havia dit que el seu fill estudiava Medicina a la central i que al pis on vivia hi quedava una habitació lliure. Li vaig dir al pare que la setmana següent agafaria el tren i l'aniria a veure, encara que no tingués cap intenció de quedar-m'hi. Jo el que volia era començar una nova vida a la ciutat on ningú em conegués, ni a mi ni a la meva família. Malgrat que els meus pares s'haurien estimat més que estudiés alguna carrera amb més sortida, en deien ells, s'havien compromès a pagar-me els estudis. Tot i això, aquell estiu havia pensat buscar alguna feina, la que fos, per tenir una mica de butxaca i poder fer la meva a Barcelona sense haver de parar la mà per tot ni haver de donar-los més explicacions que les justes i necessàries. Ho tenia tot pensat. A Barcelona, enmig d'aquella gentada, podria començar a ser qui era realment. Encara que sembli una paradoxa, em podria perdre entre la gent per trobar-me a mi mateix. Però no tenia en compte que la vida d'un mateix és un llibre que escriuen diversos autors.

Sorpresa! La Janis em va trucar des de l'aeroport d'Eivissa per anunciar-me que venia a passar el cap de setmana al poble. Des de Nadal que no l'havia vist, encara que parlàvem cada setmana durant hores per telèfon. Vaig agafar l'autobús cap a Vic per anar-la a esperar a l'estació de tren. Francesc! Janis! Tia, on vas tan carregada només per un cap de setmana? Portava dues grans maletes i em va dir que era per feina. Casualitats de la vida: l'amo del Roc 34 l'havia vist ballar a Eivissa i l'havia contractat a ella i a una companya seva per ballar aquella nit a la principal discoteca de Vic i comarca. L'altra gogó era una noia alemanya que s'havia quedat a Barcelona per veure un mig nòvio que hi tenia i pujaria aquella mateixa nit amb l'últim tren. La Janis s'havia endut el vestuari de totes dues perquè em va dir que l'alemanya era una mica desastre. Era un bolo molt ben pagat, segons la Janis, i jo les podria acompanyar fins i tot als camerinos, i després ens posarien una polsera que només donaven als VIPs i tindríem totes les consumicions de la nit pagades. Uau! Per fi posaríem els peus al Roc 34.

El Roc 34 era el nostre Studio 54 o, en tot cas, a la comarca era el més semblant que teníem al llegendari club novaiorquès. En aquell Vic pretensiosament provincià i ensopit dels noranta, les nits del Roc 34 eren el màxim de sofisticació i glamur a què podíem aspirar. Els qui hi anaven per primer cop, l'endemà en parlaven com si haguessin ballat en un privat de Pacha Ibiza o acabessin de tornar de Londres després d'haver cremat la nit al Ministry of Sound, i deien que entre els famosos que s'hi havien deixat veure hi havia Pep Guardiola, Xavier Cugat o Regina Do Santos, com si haguessin alternat entre les estrelles de Hollywood que et podies trobar deixades anar a les millors discoteques del Sunset Strip de Los Angeles. Els diaris comarcals també en parlaven assíduament, i a les cròniques de societat explicaven que s'hi havia sortejat un SEAT Ibiza, que hi havien actuat Marta Sánchez, Loquillo i Bibi Andersen, o que s'hi havia escollit Miss Catalunya entre una representació de les catalanes més guapes del moment.

El Roc 34 o Complex Roc 34, com n'hi deien pomposament, era una macrodiscoteca ubicada al que aleshores eren els afores de la ciutat, just al peu del turó del cementiri, concretament a la confluència del carrer Manlleu amb l'Era d'en Sallés. Tenia diverses sales, cadascuna amb la seva pròpia música i ambientació, però també una bolera de sis pistes i, a la teulada, una terrassa per a les xafogoses nits d'estiu.

El Roc 34 ocupava un gran edifici de tres plantes d'uns mil metres quadrats cadascuna i d'unes formes que ara que m'hi fixo podien recordar l'arquitectura de Sert o, fins i tot, vagament elements de la Bauhaus. Una gran construcció blanca i vidriada de formes arrodonides amb una icònica cantonada tota de vidre deixava entreveure, des de fora, la gran escalinata que connectava les tres plantes, coronada per una espectacular làmpada de llàgrimes de més de deu metres.

De nit, perfectament il·luminat i amb el reflex del làser verd que amenitzava les sessions dels DJ, el Roc 34 era com una gran nau especial a la qual es dirigien centenars de joves i no tan joves que volien ser moderns o almenys semblar-ho.

De tot allò ja no en queda res. El Roc 34 va tancar les portes amb el canvi de mil·lenni. He llegit a Internet que una cadena de supermercats de preus baixos va pintar la façana amb els seus colors corporatius i hi va obrir un gran establiment, i penso que potser en aquell indret, on vaig viure la nit més bonica, hi van col·locar prestatges de conserves, tres pel preu de dues. Al cap d'uns anys, el supermercat també va tancar les portes, i després d'un temps abandonat i que un matí aparegués tot pintat de groc per reclamar la independència de Catalunya hi va haver un petit incendi i l'Ajuntament de Vic va decidir enderrocar l'edifici i destinar l'espai a zona verda. Tot i això, encara queda dempeus el roc de més de cinc metres d'alçada que donava nom a la discoteca, tot i que no pesa trenta-quatre tones, com alguns es pensaven, perquè el 34 corresponia a l'any de naixement del seu impulsor.

M'agrada pensar, o més que pensar imaginar, que aquell roc majestuosament instal·lat a l'entrada del Roc 34 és una mena de símbol fàl·lic com els que ens explicava en Mamella a l'institut, o, per què no, un monòlit erigit en record de la nit més bonica, que és com jo anomeno la successió de fets que em van canviar la vida el 15 de juliol de 1995.

Tot seguit, tractaré d'explicar tan bé com sàpiga tot el que va passar aquella nit, encara que sospito que el que ara llegireu us serà difícil de creure. Segurament caldria un escriptor molt més ben dotat que jo —potser un periodista amb molt d'ofici—, perquè el relat d'uns fets tan al·lucinants, meravellosos i estranys sonés versemblant; és a dir, que, a més de ser veritat, semblés que ho és. L'únic que puc dir és que tractaré de fer-vos entendre de quina manera una successió de casualitats i de decisions innocents van precipitar, primer, la nit més bonica, i després, el dia més trist de la meva vida.

Després de passar a veure la seva àvia, carregats amb aquelles dues maletes, vaig acompanyar la Janis a casa. La seva mare l'esperava just per fer-li un petó, perquè se n'anava a passar el cap de setmana a Calldetenes. Feia temps que sortia amb un home, també separat, i encara que no vivien junts passaven els caps de setmana a casa d'ell. O sigui que la Janis, aquell divendres al vespre, estaria sola a casa. Em va dir que hi anés a sopar, la seva amiga alemanya també hi seria. Després elles s'arreglarien i tots tres ens n'aniríem al Roc 34. Els de l'organització ens vindrien a buscar amb un cotxe i després ens tornarien. Em feia molta il·lusió, perquè mai no havia vist la Janis ballant com a professional i, a més, feia segles que no sortíem junts de marxa. Els del teatre eren més de concerts, recitals de poesia i, és clar, teatre. Amb ells havia sigut impossible trepitjar una discoteca un cap de setmana. Per tant, jo em delia per tornar a la pista de ball.

A la mare no li feia gaire gràcia que dormís fora de casa, però quan li vaig explicar que la Janis hauria de dormir sola perquè la seva mare era a Calldetenes amb la parella hi va estar d'acord. Sempre es va mostrar disposada a ajudar una noia sense pare que, per postres, tenia una mare una mica lleugera, perquè des que sortia amb aquell home de Calldetenes la mare de la Janis ja no li feia cap pena, sinó que pensava que tampoc era tal com s'ha de ser. Així les gastava la mare en aquells anys. No li vaig dir res de l'amiga alemanya perquè vaig pensar que llavors potser em diria que no hi havia de fer res, en aquella casa amb dues noies, i de fet no va ser cap mentida. L'alemanya va trucar a la Janis per dir-li que li sabia molt greu, però que alguna cosa que havia menjat se li havia posat malament i que tota la tarda que vomitava. Es quedava a casa del seu mig nòvio a fer llit.

Quan la Janis m'ho va explicar em va fer l'efecte que no estava gaire preocupada per la salut de la seva amiga: és una llàstima perquè teníem unes coreografies molt ben assajades, però, al cap i a la fi, quan ets dalt del pòdium estàs amb tothom i no estàs amb ningú.

A mi, en el fons, ja m'anava bé no haver de compartir la meva amiga amb aquella noia que no coneixia.

La Janis va cuinar un curri de pollastre boníssim, el primer que tastava en tota la meva vida. Ens vam prendre un parell de cerveses i després, ja instal·lats al sofà de la sala d'estar, va treure una ampolla de licor d'herbes d'Eivissa de dins d'una de les maletes i ens el vam anar prenent amb gel. La Janis també portava cedés amb algunes de les cançons que aquell estiu sonaven a les discoteques de l'illa. Em va dir: aquesta segur que et tornarà boig, i va posar «Be my lover» de La Bouche a tot volum a l'aparell de música de la seva mare, i vam començar a ballar com quan érem petits i convertíem en una discoteca el garatge de casa la seva àvia. La da da dee da da da da... Recordo que vaig pensar que volia que la meva vida, a partir d'ara, fos sempre així.

La nit es va començar a embalar. La Janis va agafar l'estoig de maquillatge i, d'entre les pintures, en va treure un potet amb èxtasi; jo no sabia què era l'MDMA, però ens en vam empassar una píndola cadascú. Llavors va desaparèixer a la seva habitació i al cap d'uns minuts va tornar convertida en una extraterrestre sexy. Portava una perruca de color blau, un top de plomes blanques, una faldilla curta de tires que semblaven de pell de cocodril, també de color blau, i unes botes de taló alt de plàstic blau que la feien un pam més alta. No semblava ella. Fins i tot ballava diferent, com si estigués en trànsit, hipnotitzada o posseïda. Em fascinava.

La Janis em va mirar de dalt a baix i va fer aquell somriure misteriós que posava quan en portava alguna de cap. Com quan érem petits i em va demanar que li ensenyés la tita. Em va acariciar la galta i em va dir que tenia un físic molt androgin —com en David Bowie, va afegir—, i jo vaig dir-li que gràcies, perquè em vaig imaginar que venint d'ella allò devia ser bo, encara que no sabés del cert què volia dir *androgin* ni hagués escoltat mai Bowie. Llavors va suggerir que m'emprovés el vestit de l'alemanya, que, com que era grossa i jo tenia un cos esprimatxat, segur que m'aniria bé. Completament desinhibit, suposo que per l'alcohol i la droga, em vaig treure la roba i em vaig posar aquell top, que vaig haver de reomplir amb dos parells de mitjons. Em vaig recordar de quan era petit i se'm va acudir imitar Freddie Mercury. *I want to break free*. La faldilla també em va entrar sense problemes. Per calçar-me les botes vaig haver de suar però, realment, m'anava perfecte tot. Ens vam fer un fart de riure. La Janis em va posar la perruca, em va maquillar a mi i després es va maquillar ella. Ens vam posar de costat davant del mirall. D'acord que jo era una mica més alt, però, llevat d'això, érem com dues gotes d'aigua. Vam començar a ballar. Primer em costava seguir-la, però de seguida vaig agafar la coreografia i al cap de poca estona semblàvem un parell de professionals que ballen juntes cada nit.

No recordo quanta estona vam estar ballant, però sí que, en un moment determinat, va sonar el timbre i era el xofer del Roc 34 que ens passava a recollir. La nit agafava encara més velocitat. Noies, ja esteu llestes?, va dir-nos sense poder-nos treure els ulls de sobre, i nosaltres, morts de riure, vam dir que sí. Sentia que m'estava allunyant del poble, de la dictadura del tothom, de la classe dels dofins, i era feliç. En algun moment vaig pensar a fer-me enrere? Sincerament, no, o no que jo recordi. Era estiu, havia acabat la selectivitat, estava a punt de començar una nova vida a Barcelona, estava amb la Janis, ens ho estàvem passant bé. La vida s'obria davant nostre amb tota la seva esplendor i volíem viure-la al màxim.

El xofer ens va preguntar com ens dèiem. La Janis va dir que es deia Janis, i jo, mig estrafent la veu, vaig dir que Laura, Laura Soler. Quin nom tan avorrit!, em va dir la Janis a l'orella, morta de riure, i jo vaig pensar que potser era veritat i hauria hagut de dir-li que Samantha o Sabrina, però ja era massa tard. Aquella nit seria la Laura Soler, que s'havia fet gran, tenia un bon parell de pits i estava disposada a ser la reina de la pista de ball perquè tots els homes la despullessin amb la mirada.

Quan vam arribar al Roc 34 i vaig veure aquella cua de gent em vaig posar una mica nerviós, però la Janis em va agafar la mà i em va dir Laura no siguis flasca que tot anirà bé, pensa en les trenta mil pessetes que ens pagaran per ballar una estona per a tots aquests pagesots i posar-los com les cabres, i ens vam posar a riure.

Quan el DJ va presentar-nos com el duet que triomfa a les nits d'Eivissa, vam sortir a l'escenari i el públic ens va començar a aplaudir. La primera cançó era justament la que acabàvem de ballar a casa la Janis, o sigui que serioses i sense mirar a ningú ens vam posar a fer la coreografia amb gestos enèrgics: la da da dee da da da da... El públic va embogir, els llums de colors, el fum, el làser que dibuixava figures geomètriques a l'aire... Tenia una sensació de poder, de formar part d'alguna cosa, tot estava bé.

Cap a les cinc va finalitzar la nostra gran actuació, però vam demanar al xofer que s'esperés una estona per portar-nos a casa perquè encara no volíem donar la nit per acabada, i ens en vam anar cap a la barra agafades de la mà. Tothom ens deia coses i un parell de cops em van tocar el cul, però la Janis i jo ens vam anar obrint pas entre la multitud, elevades pels nostres talons i la idea que érem dues autèntiques reines de la nit. Teníem barra lliure i estàvem disposades a treure-li tot el suc. Recordo que vam començar a demanar rondes de tequiles, i que cada cop que la Janis llepava la llimona feia unes magarrufes que em feien morir de riure. De sobte, em vaig adonar que tenia en Roger just al costat. Ens vam somriure i em va dir que si em podia convidar. Em vaig mirar la Janis amb cara de què faig i ella em va respondre amb cara de deixa't portar. Li vaig ensenyar la polsera volent dir que convidava jo i ens vam prendre un vodka amb llima i després dos xupitos més de tequila mentre ens fèiem petons. Soc incapaç de saber si en Roger feia petons a la Laura o a en Francesc. La Janis, dissimuladament, em va passar un parell de píndoles més. Me'n vaig ficar una a la boca i li vaig ficar l'altra a la d'ell sense que tingués temps de pensar-s'hi, i se la va empassar. Ens vam seguir fent més petons. Li vaig tocar el paquet i vaig notar que la tenia dura. Anem?, li vaig xiuxiuejar a cau d'orella.

Ens vam ficar als lavabos d'homes. Com si ho hagués fet altres vegades, li vaig descordar els pantalons, li vaig posar la mà per dins els calçotets mentre ens menjàvem la boca i li vaig treure la polla. Em vaig ajupir i me la vaig ficar a la boca. Després em vaig tornar a alçar i ens vam mirar als ulls, tenia les pupil·les dilatades i un somriure de felicitat. Ens vam fer un petó. Llavors vaig pensar o ara o mai. Li vaig posar una mica de saliva a la punta, em vaig girar d'esquena, contra la paret, i em vaig treure els calçotets. La polla m'aixecava la faldilla per davant, i em va fer riure pensar que amb aquell titot que ara tenia es feia difícil fer de Laura. Sentia el seu alè al clatell, i de cop, en un esclat de plaer i dolor, vaig notar que m'anava obrint i es ficava a dins meu. No sé com explicar-ho: era com si amb cada envestida em sentís més viu, com si els colors, les olors i els sons fossin més intensos o els percebés per primera vegada. Com si acabés de néixer i respirés per primera vegada. Llavors de seguida vam sentir unes veus que cridaven Roger, ets aquí? Roger, on t'has ficat, cabró? Es va obrir la porta i eren els seus amics de l'equip de natació. La meva polla els saludava des de sota la faldilla d'estampat de cocodril, però ells no ho van interpretar com un gest de benvinguda.

Que poc que va durar aquella mel als llavis. I malgrat tot vaig ser feliç. Des d'aquell precís moment vaig saber que la felicitat seguiria habitant a dins meu, perquè malgrat tot ara sabia que era possible. Perquè, encara que només hagués sigut per un instant, tot va quadrar, tot va tenir sentit. Sobretot, perquè per ser feliç no calia que fos un altre sinó atrevir-me a ser jo mateix. Finalment sabia cap a on havia de caminar, i encara que hi deixés la pell no pensava aturar-me.

Tot havia anat molt de pressa. M'havia hagut de separar abruptament d'en Roger i fugir per cames dels lavabos, mentre em plovien els insults i les amenaces de la seva colla. Jo estava en un núvol, també anava bastant col·locat i borratxo, potser per això tot aquell menyspreu em relliscava. Un cop al cotxe, amb la Janis adormida al meu costat, l'únic que pensava és que hi hauria un abans i un després d'aquella nit, la més bonica de la meva vida, perquè sentia que havia sigut la meva primera nit. No, ja res no seria igual. Era un final i un començament.

Després d'aquesta crisi Maurice es feu home. Fins aleshores, si és que es pot fer una estimació dels éssers humans, no es mereixia l'afecte de ningú, per massa convencional, mesquí i traïdor amb els altres, perquè ho era amb ell mateix. Ara tenia el do més preuat que es pot oferir. L'idealisme i la brutalitat que l'omplien en la joventut a la fi s'havien trobat, i amalgamat en amor. Potser ningú no voldria aquesta mena d'amor, però no podia avergonyir-se'n perquè era «ell», ni el seu cos ni la seva ànima, ni cos ni ànima plegades, sinó «ell», que s'obria pas entre l'un i l'altra. Encara sofria, per bé que un sentit de triomf li arribava d'un altre lloc. El dolor li havia mostrat que hi havia un nínxol on podia replegar-se lluny dels judicis del món.

V

El dia més trist

16-07-1995

L'endemà de la nit més bonica va venir el dia més trist. En Roger, acompanyat del seu pare, és a dir de l'alcalde del poble, va anar a posar una denúncia contra mi per agressió sexual a la Guàrdia Civil de Vic. No me'n vaig assabentar fins que una parella d'agents es va plantar a la porta de casa per detenir-me. Jo feia poca estona que havia arribat de casa la Janis, on havíem dormit fins al migdia.

En un tancar i obrir d'ulls vaig sortir de l'armari, de fet, me'n van fer fora, i lluny de respirar llibertat em van ficar dins d'un cotxe pintat de blanc i verd, davant de tot el veïnat que s'ho mirava des de les finestres, i em van portar a comissaria. Maricon i violador. Bé, presumpte violador, però maricon segur. Per als meus pares va ser massa, no se'n van recuperar mai.

Recordo que durant el trajecte vaig demanar què havia passat, però els agents no em van donar cap explicació. A comissaria em van explicar la versió dels fets d'en Roger. *Allà, ell va dir que jo era marieta, que me li havia llançat a la polla. Jo vaig explicar la realitat i els vaig dir que encara tenia semen seu dins del meu cos. Es va produir un acarament. Potser, com que ell era l'actiu, creia que no havia comès cap delicte. O potser es veia com una jove desvirgada per algun ésser depravat. El cas és que havia gaudit com un veritable cabró i ara em volia ficar a la presó.*

Del que va passar els dies i les setmanes següents en parlaré poc. Us ho podeu imaginar, i si no ho podeu llegir a Internet. Només cal que escriviu «Francesc Soler» en qualsevol cercador i us apareixerà tota una tirallonga de cròniques periodístiques plenes de detalls escabrosos i moltes mentides. Sí, de seguida que va saber-se, el meu cas es va convertir en un caramel per a la premsa; tenia tots els ingredients: sexe, drogues, joventut, transvestisme i música disco. *El 9 Nou*, l'*Ausona*, *La Marxa de Catalunya*, *La Vanguardia*, *El Periódico* i *El País*, però també *El Heraldo de Aragón*, *Las Provincias* de València o l'*ABC* edició Sevilla, i fins i tot un grapat de diaris de Colòmbia, Mèxic o l'Argentina. Cadascú a la seva manera, hi posaven més o menys salsa, però tots donaven per vàlid el mateix relat: una pèrfida *drag-queen* —de cop, em vaig convertir en *drag-queen*, encara que algun mitjà preferia referir-se a mi com a transvestit— havia drogat un noi per poder-lo violar als lavabos d'una discoteca. L'agressor era un ésser repugnant, no només perquè era un marica fastigós, sinó perquè s'havia disfressat de dona per enganyar-lo i l'havia drogat per abusar-ne a traïció. Per contra, la víctima era una suma de virtuts: jove, divuit anys acabats de fer, esportista, una promesa de la natació, i per descomptat heterosexual. Un noi de poble, sa d'esperit i sense malícia, que havia caigut en l'engany d'un pervertit com el mascle que acaba atrapat en la teranyina teixida per una *Mantis religiosa.*

Cap diari explicava que en Roger i jo ens coneixíem, que havíem sigut amics, que tots dos érem nois de poble, de divuit anys acabats de fer, que jo anava amb aquelles pintes per fer un favor a una amiga i que no era res més que un joc divertit sense malícia, que ens havíem pres un parell de pastilles, tant ell com jo, i que suposo que per això ens havíem desinhibit i havíem acabat follant als lavabos del Roc 34. Que si els seus amics no ens haguessin enxampat, l'única conseqüència d'aquella nit boja hauria sigut una ressaca de campionat, res que un parell d'ibuprofens no curessin. Que si no haguéssim hagut de créixer i estimar-nos en un món en què dos nens no podien ser nòvios res de tot allò no hauria anat d'aquella manera. Només ell i jo sabíem què havia passat aquella nit als lavabos del Roc 34, però de sobte tot d'ulls ens espiaven i ens explicaven què era el que havíem fet. A ell i a mi. Els seus amics, els seus pares —sobretot el seu pare—, la Guàrdia Civil, els advocats, el jutge, els periodistes dels diaris i després els seus lectors i les famílies dels lectors, i els amics dels lectors, i els companys de feina dels lectors. I la tele i les ràdios. També els meus pares, els meus tiets i tietes, les meves cosines, els nens i nenes de la classe dels dofins... Una pèrfida *drag-queen*, un travesti, un marica, havia drogat un noi per poder-lo violar als lavabos d'una discoteca. La Janis no s'ho va creure mai. La Flora tampoc. Realment, s'ho creia, en Roger, que les coses havien anat així?

31 d'octubre. Han passat uns mesos des de la nit més bonica i el dia més trist. Visc a Granollers amb la Isabel, l'exdona del meu tiet. Al poble no m'hi podia quedar i els meus pares van acceptar alleugerits que vingués a viure aquí amb el pretext d'ajudar-la a la floristeria. Els diaris ja no parlen de mi i tinc la sensació que el pitjor —el terrabastall familiar, l'escarni públic— ja ha passat, encara que estic a l'espera de judici. La feina a la floristeria m'agrada molt i amb la Isabel ens entenem bé. El tiet la va fer fora de casa quan la va trobar al llit amb el seu aprenent. Deu fer un parell d'anys, i va ser un escàndol. És clar que, comparat amb això meu, ara tot sembla poca cosa, però recordo que la mare durant mesos en va dir pestes després que el tiet vingués a casa plorant per explicar-nos-ho. Que si sempre havia sigut una cap fluixa, que si encara sort que no havien tingut fills, que si ell es mereixia una cosa millor, que si per a ell estava morta i enterrada. El cas és que quan la Isabel es va assabentar d'això meu es va imaginar el drama que hi havia a casa i va pensar que el millor per a mi i, ben mirat, per a tothom era que desaparegués una temporada fins que les coses es calmessin al poble. De fet, des que la Guàrdia Civil m'havia deixat en llibertat amb càrrecs no m'havia atrevit a sortir, pràcticament, ni de la meva habitació. Primer, perquè a casa l'ambient era de funeral, els pares gairebé no em dirigien la paraula, i després perquè sortir al carrer quedava totalment descartat. Per vergonya i perquè pensava que m'insultarien o, encara pitjor, que em podien fotre un gec d'hòsties. Ni tan sols m'atrevia a sortir a baix al pati, quan veia la Flora al jardí, encara que un dia em va veure darrere els vidres

i em va enviar un petó. Per sort, la Janis i jo ens trucàvem cada nit i ens passàvem hores al telèfon. Rèiem i ploràvem. Crec que si no hagués estat per ella m'hauria tornat boig. Els primers dies va deixar que m'esbravés i plorés i cridés i maleís. Ella també se sentia en certa manera responsable del que havia passat per haver-me demanat que l'acompanyés al Roc 34 aquella nit i que actués en lloc de la seva amiga. De tota manera, després de fer unes quantes nits de drap de llàgrimes em va dir Francesc, ja sé que és una putada molt grossa, això que t'ha passat, però has de superar-ho. Ja n'hi ha prou de tanta llagrimeta, em sents? Has de trobar la manera de donar-li la volta. Em vaig posar com una moto. Li vaig penjar el telèfon i em vaig dedicar a plorar amb el cap enterrat al coixí fins que no em van quedar llàgrimes i a odiar-la amb totes les meves forces, però quan tot això em va haver deixat esgotat em vaig adonar que la Janis tenia raó. No podia passar-me el dia llepant-me les ferides. El que havia passat, havia passat, i no s'hi podia fer res. Em podia quedar allà per sempre més o podia anar endavant. Havia de triar. Per tant, em vaig dir, Francesc, aixeca't i planta cara a la vida, i l'endemà la Isabel em va oferir una sortida.

Li vaig dir que sí sense pensar-m'hi dos cops i aquella mateixa tarda, quan va haver tancat la floristeria, em va passar a recollir amb el seu Volkswagen Polo nou de trinca. Era el primer cop que la veia des que s'havia separat i em va semblar molt canviada. S'havia tallat els cabells molt curts i els portava tenyits de ros platí, i anava molt ben maquillada. Portava un jersei ample de color morat i de coll alt que li arribava fins a mitja cuixa, uns leggings blancs i unes botes de canya alta fins a sota el genoll. Li vaig dir que estava molt guapa i ella em va contestar que se sentia més ella.

De camí a Granollers, em va anar explicant coses de la botiga: els horaris, quin tipus de planta s'hi venia, les èpoques més fortes de feina i que jo hauria de quedar-m'hi sol un parell de tardes al mes, perquè s'havia matriculat a un curs d'art floral a Barcelona. Jo li vaig explicar que des de petit em fascinaven les flors, i amb aquella estona parlant de gardènies, geranis, flor de seda, ficus i potus vaig oblidar-me completament dels meus problemes. Els que ja tenia i els que havien de venir.

La Isabel vivia en un apartament petit al costat del mercat municipal de Granollers, al carrer Santa Anna, just a sobre de Flors i Plantes Isabel. Una cuina-menjador-sala d'estar, una habitació i un despatxet amb un sofà llit que seria la meva cambra. Era petit, però es veia espaiós perquè pràcticament no hi havia mobles. Era un pis amb poca història, amb poques càrregues, ben diferent de casa meva. Recordo, això sí, que hi havia tantes plantes a tot arreu que li vaig dir que em feia pensar en un anunci de desodorant Fa que en aquella època feien a la tele.

Un cop vaig estar instal·lat, és a dir, un cop vaig haver deixat la maleta a sobre del sofà llit, la Isabel va preparar el sopar. Va escalfar al microones una pizza precuinada que la mare mai hauria comprat i que, potser per això, em va semblar deliciosa i va obrir una ampolla de vi blanc. La Isabel odiava cuinar i li encantava el vi. Un cop ens n'havíem pres un parell de copes li vaig explicar el que realment va passar aquella nit al Roc 34.

I quan dic realment, és clar, vull dir com ho vaig viure jo.

Ella m'escoltava amb una mena de somriure als llavis. Es va servir una altra copa i es va encendre una cigarreta, però no va dir res fins que vaig haver acabat. No em va tocar l'espatlla per donar-me ànims, ni va dir que injust, pobre Francesc. De fet, em sembla que res del que li deia la va sorprendre ni la va commoure especialment. Era com si escoltés una història que ja conegués d'abans. Quan vaig haver acabat, i ho vaig fer satisfet de no haver-me trencat ni posat a plorar, em va dir:

—Realment, és una putada que t'enxampin cardant amb qui en teoria no hauries de fer-ho. Sé de què parlo, rei. —Me la vaig imaginar al llit amb l'aprenent del tiet i crec que em vaig posar vermell. La Isabel va fer una pausa per fer una pipada i va expulsar el fum d'una forma una mica teatral, després va seguir—. Però vols que et digui una cosa, Francesc? Per volar, de vegades, cal que algú t'empenyi quan ets al llindar del precipici, encara que l'hòstia sigui forta, perquè si no no t'hi acabes atrevint mai.

La primera tarda que em vaig quedar sol a la floristeria va entrar un home d'uns trenta anys molt guapo. Moreno, portava una camisa blanca, uns texans força ajustats i unes vambes igualment blanques. Eren pràcticament les vuit i jo ja estava a punt de tancar. Ho sento, però és que vinc directament de l'aeroport, el vol anava amb retard, és l'aniversari de la dona i no em puc presentar a casa tard i amb les mans buides, em va dir com a disculpa i amb un somriure d'aquells que et desarmen. Li vaig dir que no passava res, que em digués quant s'hi volia gastar i li diria què teníem. No recordo quant em va dir i jo li vaig començar a parlar de kènties, d'orquídies i de cistelles amb tres o quatre plantes tropicals que també el farien quedar molt bé. Ell no s'acabava de decidir, o ho feia veure. El cas és que li vaig dir que si no li feia res tancaria la porta amb clau perquè no m'entrés cap més client. Ho vaig fer amb segones intencions? Crec que no; almenys, no n'era conscient. El cas és que ell ho devia interpretar com una invitació, perquè instants després érem a la rebotiga menjant-nos la boca. Em va treure la samarreta i jo li vaig descordar la camisa. Em va agafar la mà i la va portar al seu paquet. Tenia una polla erecta formidable, jo també estava excitadíssim. L'hi vaig treure, em vaig agenollar i me la vaig ficar a la boca. La vaig començar a mamar mentre també em treia la meva per masturbar-me. Quan vaig sentir que m'inundava la boca jo també em vaig escórrer. Crec que al final es va emportar un tronc del Brasil.

Després d'aquella tarda a la floristeria vaig començar a veure gais a tot arreu. Era com si, de sobte, se m'hagués despertat un sisè sentit. Ja no em sentia sol al món, sinó que al meu voltant hi descobria un món de possibilitats. El madur amb sobrada experiència en aquells afers que, al supermercat, em seguia sense dissimular pels passadissos. El jove nerviós que s'asseia a la butaca del costat al cinema i enganxava la seva cama a la meva tímidament i després me la treia i em començava a masturbar. El cambrer de la cafeteria que sortia de darrere la barra per anar al lavabo i em convidava a seguir-lo amb una mirada gens equívoca. No només vaig aprendre a interpretar aquelles invitacions contingudes en gestos i mirades que ningú més del meu voltant semblava capaç de captar. També vaig aprendre a identificar els espais on, segurament des de feia anys, dècades en alguns casos, els homes passaven una vegada i una altra a la recerca de sexe furtiu. Lavabos apartats en centres comercials o estacions d'autobusos, boscos i platges solitàries a recer de mirades indiscretes, àrees de servei d'autopista, carrerons, cinemes, vestidors de gimnasos.

Fins anys després no vaig saber que n'hi deien *cruising*, d'aquella recerca d'instants fugaços de plaer entre dos o més desconeguts, però de seguida m'hi vaig aficionar i em vaig convertir en un expert. Era una mescla de risc, desig, emoció i sorpresa. Tan important era la descàrrega d'adrenalina com la d'esperma.

VI

Els salvadors imprevistos

1998-2005

La primavera de l'any següent es va celebrar el judici. Em van declarar culpable i vaig anar a la presó; també ho podeu llegir a Internet. Durant tots aquells mesos, a Granollers, m'havia esforçat a no recrear-me en aquella terrible injustícia, tal com m'havia aconsellat sàviament la Janis, però un cop sentenciat em va començar a néixer un sentiment nítid de ràbia cap a en Roger, perquè era un covard, però també cap als meus pares, per no haver-me defensat com creia que em mereixia, i, en general, cap a tothom que podia continuar amb la seva vida mentre jo m'hauria d'estar tancat. Recordo que els dies abans d'entrar a presó em passava les nits escrivint mentalment cartes a en Roger: *Als teus propis ulls, i un dia hauràs de pensar en la teva conducta, no estàs, no pots estar del tot satisfet de com han anat les coses. En secret deus sentir molta vergonya de tu mateix. La cara dura és una cosa fonamental per mostrar al món, però de tant en tant, quan no tens públic i estàs sol, suposo que t'has de treure la màscara per respirar. Si no, t'ofegaries.*

El 10 de maig, els pares em van passar a recollir per casa la Isabel i em van portar a la presó de Can Brians. La mare va plorar tot el camí fins a Sant Esteve Sesrovires, però no ens vam dir res. Quan ens vam haver d'acomiadar, el pare, amb la mirada buida, va fer un esforç per abraçar-me i em va dir que em cuidés. La mare em va dir que m'estimaven, i era evident que m'estimaven encara que no en sabessin gaire, i jo els vaig dir que també, encara que ells pensessin que si els estimés de veritat no els hauria ficat en aquell embolic. En fi, les coses havien anat així entre nosaltres i jo ja no esperava gran cosa d'ells. M'imagino que ells tampoc de mi.

La presó és exactament com surt a les pel·lícules i tot el que hi passa a dins ho has vist mil vegades a la televisió, però, tot i així, fins que no t'hi tanquen és impossible que arribis a fer-te una idea del que significa. Els primers dies i, sobretot, les primeres nits sentia terror. Hauria donat el que fos per poder-me estar tot el dia sol tancat a la cel·la, fora de perill. O per ser invisible. Jo que no volia ser com tothom i ara l'únic que volia era dissoldre'm entre la massa. Ser irrellevant. Algú a qui no paga la pena ni tan sols mirar. Però un noi de divuit anys acabats de fer sempre crida l'atenció a la garjola, i si, a sobre, algú lliga caps i explica que l'han tancat per haver drogat i violat un xaval als lavabos d'una discoteca, té tots els números per convertir-se en l'ase dels cops o la puteta de tot el mòdul, o, és clar, en totes dues coses al mateix temps.

Malgrat que jo seguia fent-me l'estàtua de sal, vaig començar a notar miradetes que de seguida van anar acompanyades de gestos obscens i comentaris més o menys dissimulats que confirmaven els meus pitjors temors.

A les nits, no m'adormia fins que el meu company de cel·la, un home gras de respiració feixuga que superava la seixantena i que fins després no vaig saber que era inofensiu, roncava ostentosament. Però un matí, a les dutxes, va passar el que en el fons sabia que acabaria passant. M'estava esclarint el cap i, de sobte, vaig notar que hi havia algú darrere meu. Em vaig girar i tenia un home d'uns trenta anys despullat amb el cos ple de tatuatges que em somreia amb unes dents grogues i mal posades. Tenia la polla dura. Li vaig dir que em deixés tranquil, però era evident que no tenia cap intenció de marxar. Em va dir que sabia que allò m'agradaria i que si m'hi resistia seria pitjor, però jo no estava disposat a deixar-me follar dòcilment per aquell desgraciat i pels que temia que vindrien després. El vaig empentar per mirar d'escapar-me'n, però em va agafar pel coll per immobilitzar-me i va esclatar a riure. Li vaig clavar un cop de genoll als ous i això ja no li va fer tanta gràcia. M'estrenyia tant el coll que em costava respirar. Els altres presos que voltaven per les dutxes, lluny d'intervenir-hi, s'ho miraven divertits i prenien posicions per no perdre's detall de l'espectacle. Quan semblava que no tenia escapatòria, un noi de pell fosca amb la tovallola enrotllada a la cintura va venir directe cap a nosaltres. Sense badar boca, va clavar un cop de puny sec i terrible a la cara del meu agressor que li va fer rajar sang del nas i, abans que aquest tingués temps de queixar-se, li va dir que si em tornava a tocar el mataria. Ell s'ho va creure.

Estàs bé, Francesc?, va preguntar-me com si fes cinc minuts que ens haguéssim vist per darrera vegada. I jo que no m'ho podia creure. Era en Saïd. El meu antic company de la classe dels dofins em va dir que estigués tranquil, perquè a partir d'aquell moment ningú s'atreviria a tocar-me ni un pèl allà dins, i se'n va anar sense que tingués temps de dir-li gràcies.

En Saïd feia dos anys que complia condemna per tràfic de drogues i agressió amb arma blanca, vaig saber més tard. En Raimon, el meu company de cel·la, que va resultar ser un empresari força conegut a qui havien engarjolat per corrupció, aquella nit em va explicar que formava part d'un dels principals clans del narcotràfic, i que a Can Brians, suposo que com a totes les presons, els senyors de la droga i els seus protegits eren intocables. Ell mateix, gràcies als contactes que tenia pels seus negocis foscos a Bogotà, estava sota la protecció dels colombians, i gràcies a ells des que estava tancat no havia patit ni una esgarrinxada.

En Saïd, doncs, que tants anys abans s'havia convertit en l'heroi que ens salvava de ser devorats per l'orca Ulisses, ara m'havia salvat la vida de debò a la presó. Les poques vegades que vaig tenir ocasió d'observar-lo de prop vaig comprovar que tenia el mateix cos prim i fibrós de quan érem uns marrecs, i aquella mirada noble i dura tan diferent de la resta dels meus companys de la classe dels dofins. Tanmateix, ara tenia una cicatriu al rostre que li travessava el pòmul dret, des de sota l'ull fins a la mandíbula inferior, que testimoniava que la vida no li havia estat gens fàcil.

Durant el temps que vaig estar tancat, en Saïd i jo gairebé no vam parlar. Ell es mantenia sempre a una certa distància, potser perquè en el fons tampoc volia tenir gaire a veure amb algú com jo, un marieta a qui havien tancat per violador. Però de tant en tant veia que em mirava d'un tros lluny, com si em vigilés o em protegís. En certa manera es va convertir en una mena d'àngel de la guarda per a mi.

Els primers dies que vaig ser a la presó el que més desitjava era que no passés res. Em volia estirar al llit, tancar els ulls i esperar que transcorreguessin les setmanes, els mesos i els anys. Però al cap d'un temps no podia més d'aquell malbaratament de vida. Potser podria matricular-me a la universitat a distància, recordo que se'm va acudir, o fer algun curs i preparar-me per a quan sortís, perquè tard o d'hora sortiria i la vida m'estaria esperant.

Un matí pensava en aquestes coses mentre esmorzava sense ganes amb els ulls clavats a la safata, i de sobte vaig notar que algú s'asseia davant meu. Encara que tenia la protecció d'en Saïd i era evident que tot el mòdul ho sabia, procurava mantenir-me tan allunyat com podia dels altres presos, llevat d'en Raimon. I si senzillament era algú que no havia trobat cap més lloc per asseure's? Potser sí, però valia més no temptar la sort. Sense aixecar la vista, vaig fer un esforç per concentrar-me en el menjar i fer veure que no m'havia adonat que tenia algú assegut just a davant meu. No hi havia manera que pogués empassar-me la bola que se m'havia fet a la boca amb aquell pa ressec i el formatge insípid.

Si creus que necessites portar aquesta màscara de tipus dur, *okay, darling*, però per dintre no pots estar eternament enrabiat. Fes-me cas, reietó. L'home que tenia assegut al davant va llençar-me un petó a l'aire i va desaparèixer passadís avall. En Raimon em va dir que es deia Willy i era nord-americà, encara que feia segles que vivia a Sitges. L'havien tancat per haver-li fet una palla a un xapero que va resultar que era menor d'edat, però prou viu per fer-li un xantatge que no va voler pagar. *Cara li va sortir, la palla aquella, a en Cara de Bou, però és que el plaer sexual gairebé sempre es paga molt car; tard o d'hora, per cada minut de plaer que vivim, patim després anys de pena; no és la venjança de Déu, és la del Diable, enemic de tot el que és bell. Però el que és bell sempre ha estat perillós. En Martí deia que tot aquell que porta llum es queda sol; jo diria que tothom que practica certa bellesa és, tard o d'hora, destruït. La gran Humanitat no tolera la bellesa, potser perquè no pot viure sense ella; l'horror de la lletjor avança cada dia a passos accelerats.*

En Willy, a banda de tenir una gran afició pels adolescents —sempre de més de setze anys, subratllava—, era un lector voraç i tenia una biblioteca força impressionant a la seva cel·la. Un cop vam haver trencat el gel i jo em vaig treure la màscara, es va convertir en el meu guia en el món dels llibres. Durant aquells mesos vaig llegir Kafka, Zweig, Tennessee Williams, Capote, també Camilleri, Highsmith, Simenon, Le Carré... Tot el que tenia i em recomanava. Em submergia completament en aquells personatges que em transportaven al seu temps i als seus escenaris i vivia les seves vides amb la mateixa intensitat que si fos la meva. Però, al mateix temps, sentia que tots aquells llibres poc o molt també parlaven de mi.

Quan feia unes setmanes que llegia, de forma regular, cinc o sis hores diàries em va ocórrer una cosa ben curiosa. Les paraules que llegia es van començar a confondre amb les meves paraules. La història que estava llegint, amb la que el meu cap anava confegint. Era una mica com si escoltés una emissora de ràdio i, de sobte, una altra emissora comencés a fer interferència i se solapés el senyal. Preocupat, l'hi vaig explicar a en Willy, perquè aquella altra història que tenia al cap, la meva, feia que em costés seguir el fil de la història que estava llegint.

Darling, pots estar tranquil que no és un tumor al cap. L'únic que et passa és que portes un llibre a dins i et demana a crits que et posis a escriure'l, em va dir, i així és com una tarda d'abril del 1998 em vaig decidir a començar a escriure la meva història. Suposo que perquè, inconscientment, n'estava tip, de les paraules dels altres. Perquè no pensava permetre que em seguissin escrivint la vida. Vaig començar a escriure, sense pensar que un dia algú em llegiria. No pensava en ningú més que no fos jo, perquè jo era alhora escriptor i lector, el meu únic lector. Però, de fet, també era el tema. Perquè el llibre tractava de mi, el llibre era jo.

Els primers dies no va ser gens fàcil. Em posava a escriure d'amagat, no l'hi volia explicar a en Raimon perquè em feia por que em digués que volia llegir-me, i encara que les paraules semblava que em sortissin soles, després, quan rellegia el que havia escrit una estona abans, no em reconeixia en el text. No hi sentia la meva veu. Per què era tan difícil traslladar al paper tot allò que una veueta em xiuxiuejava dins del cap tot el dia?

Escriure volia dir haver de reviure tot allò que, fins llavors, havia tractat no d'oblidar però sí almenys de deixar enrere. Ho havia de tornar a portar al present i aplicar-hi una nova mirada i sotmetre a discussió amb mi mateix tot allò que havia passat, i que podríem anomenar La Veritat o La Meva Veritat. I aquí també se'm van presentar una sèrie de problemes. N'estava del tot convençut, del que m'havia passat? Rotundament no. De nit, sobretot, un pensament em rosegava per dintre: i si el que deien que havia fet era veritat? I si m'entestava a negar-ho per protegir-me, senzillament perquè era incapaç d'acceptar-ho? En les meves nits d'insomni, tornava una vegada i una altra a la nit més bonica. Repassava mentalment tot el que vaig fer, i on els altres hi veien la història d'una violació jo només era capaç de veure-hi una dissortada nit d'amor i l'inici d'una injustícia. I tanmateix, tot aquell edifici que, com he dit, n'hi direm La Veritat o La Meva Veritat només s'aguantava sobre els fonaments de la meva memòria. No tenia cap prova irrefutable que allò hagués anat com jo sabia que havia anat. Com vaig llegir un dia en algun lloc, la memòria està més a prop de l'art que de la ciència. La memòria és plena d'enganys, de jocs, de sorpreses, d'equívocs i de paranys. De grans, recordem un passadís més fosc del que era perquè quan érem petits ens feia una por terrible, o un noi més guapo del que era en realitat perquè en el seu moment en vam estar bojament enamorats. Només recordem el nom o la cara d'un grapat de companys de classe, i dels nadals de la nostra vida, potser només aquell en què ens van regalar la primera bicicleta. En el nostre record, a Platja d'Aro sempre és estiu i hi són vacances, tothom és ros i està moreno i feliç.

Però la memòria a més de selectiva és capriciosa, i per això mateix, poc fiable. De vegades ens sembla recordar coses de quan érem petits que en realitat no hem viscut, però les tenim fixades a la memòria de tantes vegades com ens les han explicat. O, per contra, hi ha episodis traumàtics que esborrem o manipulem inconscientment per poder seguir endavant. Els ha passat a moltes víctimes d'abusos infantils o a persones que arrosseguen traumes de guerra. Era allò el que m'estava passant a mi?

Quan els pares van veure que anaven passant els mesos i jo estava bé es van anar tranquil·litzant; fins i tot puc dir que vam començar a gaudir de passar plegats les estones que em venien a veure. Jo els parlava de les meves lectures, la mare em posava al corrent de les novetats del poble, i el pare, del que havia plantat i collit a l'hort. Era evident que a ells no els interessava que jo, en alguns moments, m'hagués sentit com Gregor Samsa, de la mateixa manera que a mi m'era completament igual que la filla petita de can Serra es casés amb el gran de can Tubau o que aquest any els tomàquets de cor de bou fossin boníssims i que n'hi hagués per dar i per vendre. Tot i això, l'important era tenir alguna cosa a dir-nos i estar disposats a escoltar-nos.

Les visites de la Isabel eren molt més divertides. M'explicava les seves darreres conquistes amb tota mena de detalls i que un home guapo i moreno que semblava tret d'un anunci de colònia sempre demanava per mi quan anava a la floristeria. Em va dir que li havia dit que me n'havia anat d'Erasmus a Anglaterra i ell li havia demanat que si en tenia ocasió em saludés de part seva i em fes saber que el tronc del Brasil ja havia crescut un pam.

La Janis feia tots els possibles per venir un cop al mes, encara que jo li jurés per telèfon que estava bé i que no fos burra i no es gastés tants diners per parlar una estona amb mi a través d'un vidre. Havia de volar d'Eivissa a Barcelona i allà pagar un taxi que la portés a Can Brians. Però no fallava mai, i sempre venia carregada d'històries interessants que jo vivia una mica a través d'ella, encara que quan fos fora m'entristís prendre consciència d'aquelles postes de sol idíl·liques arran de mar, de les festes a la platja i dels sopars amb gent interessant de tot el món que m'estava perdent.

La Flora també em va venir a veure un dia, encara que em va demanar que no ho digués als meus pares perquè no sabia com s'ho agafarien. Em va dir que, un cop passat l'impacte dels primers dies al poble, ja ningú parlava de mi, que era com si no existís i que als pares els veïns els portaven entre cotó fluix, com si se'ls hagués mort un fill de càncer o pitjor. Em vaig atrevir a demanar-li si sabia res d'en Roger i ella em va dir que un dia a la farmàcia havia sentit que estudiava Empresarials a Vic i que sortia amb una noia de Tona. No hi perdis més el temps, amb aquesta genteta, em va dir la Flora, i li vaig demanar per què sent tan diferent havia tornat al poble. Ella, divertida, em va contestar, com si la resposta fos evident, que el poble començava a les portes del seu jardí, però que mai havia deixat que hi entrés.

Des que tenia ús de raó, sempre havia sentit que estava sol. Durant molts anys vaig ser el marieta de la classe dels dofins i no era capaç de pensar que n'hi hagués d'altres. És més, quan va arribar en Federico, en lloc de pensar que ja n'érem dos i que ens podíem fer amics i ajudar-nos, l'únic que vaig pensar va ser a traspassar-li aquella càrrega i que, a partir d'aleshores, fos ell el marieta de la classe dels dofins.

A l'institut no vaig conèixer cap altre gai. De fet, jo tampoc em vaig donar a conèixer com a gai. Per tant, suposo que els que hi havia, perquè per estadística n'hi havia d'haver uns quants, feien més o menys el mateix que vaig fer jo: esforçar-se perquè no se'ls notés. És a dir, gastar una gran quantitat d'energia a pensar-s'ho dues vegades abans de parlar, moure les mans o caminar, no fos cas que algú pogués considerar que ho fèiem d'una manera suposadament poc masculina. No dir que t'encantava Madonna. No posar-te una samarreta massa llampant ni fer-te segons quin pentinat i, per descomptat, renunciar a l'amor i al sexe.

És a dir, que mentre els nostres companys de classe heterosexuals aprenien a enamorar-se i a sentir-se estimats i s'embolicaven amb qui volien davant de tothom, nosaltres, que havíem anat amputant, almenys públicament, tot allò que teníem d'espontani però amb les hormones igualment revolucionades, ens ho miràvem des d'un racó; cadascun de nosaltres des del seu racó, perquè o no sabíem que hi havia un «nosaltres» o ens feia massa por acceptar que en formàvem part.

Fins que no vaig conèixer la Dafne no vaig prendre consciència de qui eren els meus i de fins a quin punt hi havia un fil invisible que em lligava als altres gais però també a les lesbianes, els bisexuals i, per descomptat, a les persones trans.

El primer cop que la Dafne em va venir a veure a la presó no me'n sabia avenir. Em fa vergonya admetre que el primer que vaig pensar va ser espero que no em vegi ningú parlant amb ella o amb ell, perquè seré la riota de tot el mòdul.

En la Dafne tot em semblava excessiu i, per tant, artificial: la cabellera rossa i rinxolada fins a mitja esquena, unes pestanyes postisses que semblaven dues papallones aletejant i uns llavis i uns pits exuberants, combinats amb unes mans de jugador de bàsquet per bé que amb una manicura perfecta i, sobretot, una nou del coll masculina que se li assentava sobre el collaret de perles i que em tenia hipnotitzat.

A banda de ser la primera trans que havia conegut en la meva vida, la Dafne era advocada d'una associació LGTBI que es veu que feia mesos que s'havia interessat pel meu cas. Em va explicar que havia estudiat a fons la documentació i la sentència i que no hi havia cap dubte que jo havia estat víctima de l'homofòbia que impregna tots els estaments de la nostra societat —així ho va dir, la Dafne—, i, per descomptat, també el sistema judicial.

—Des del col·lectiu no pensem quedar-nos de braços plegats fins que et traguem d'aquí, guapo. —I jo recordo que vaig pensar sí, reina, i després trobaràs la vacuna de la sida i acabaràs amb la fam al Tercer Món. A banda que en nom de quin collons de col·lectiu deia que parlava?

—Som les panteres roses.

I tots vam deixar anar una altra riallada. Jo m'imaginava com un beneit que potser algun dia els gais podrien constituir una comunitat en comptes d'un diagnòstic.

—Aquesta podria ser la primera revolució divertida —va dir en Lou—. No els trobes fantàstics, els paios, nineta? La pasmatòria no ens havia d'haver vingut a emmerdar per res el dia de la mort de la Judy. Goita, fan servir un parquímetre d'ariet.

La Dafne, efectivament i contra tot pronòstic, va aconseguir treure'm de la presó. Em van concedir la provisional al cap d'uns mesos, i més tard l'indult. Com ho va aconseguir? Encara em costa de creure. Es pot dir que em va convertir en una mena de símbol per a la causa dels drets LGTBI, que el col·lectiu, amb les trans al capdavant —les trans, com Marsha P. Johnson a Stonewall, sempre acostumen a estar al capdavant encara que no sempre els ho reconeguem—, va sortir al carrer per exigir la meva posada en llibertat, que determinades persones de la cultura i l'espectacle de l'òrbita socialista van fer pressió al govern de Zapatero i que aquest, en una picada d'ullet al col·lectiu, va aprovar el meu indult. Gràcies a la Dafne, per tant, també vaig conèixer i vaig entrar a formar part, humilment, d'una història que em pertany i que, lamentablement, no s'ensenya a les escoles: la de l'activisme per la lluita pels drets del col·lectiu LGTBI.

Soc gai, i sento que ho soc per sobre de totes les coses que també soc. Per sobre d'amic de la Janis, per sobre de ciutadà d'aquest país o per sobre de ser fill dels meus pares. Soc gai i ho sento les vint-i-quatre hores del dia. De fet, ho havia sigut sempre. L'única diferència era que des d'aleshores no només ho soc sinó que també ho vull ser.

Com la majoria de nosaltres, per compensar el món per haver nascut gai, fins a la meva adolescència vaig fer un gran esforç per ser el més estudiós, el més responsable, el més polit... Un gran esforç per no decebre. Quants gais s'han convertit en el fill perfecte perquè a l'hora de la veritat quan els pares sàpiguen el que són realment i ho posin a la balança pesin més les virtuts que aquesta tara? Com deu ser viure sense aquest pes? Poder ser un nen difícil i un adolescent esbojarrat perquè saps que, comptat i debatut, tot et serà perdonat?

És cert que els temps han canviat i ara els gais ens podem casar i adoptar nens, i això està molt bé, però, per altra part, també penso: i si això de constituir unions estables i dir-nos «el meu marit» i viure en barris residencials, fer barbacoes amb els veïns heteros els diumenges i anar a platges familiars a fer castells de sorra i ser de l'AMPA i vestir-se amb samarretes XL del Decathlon no fos altra cosa que una forma més sofisticada de seguir intentant ser el fill perfecte i fer-nos perdonar l'homosexualitat o emmascarar-la perquè es noti el mínim possible? A ulls del món, o sigui dels pares, actualment ser marieta ja no qüestiona *per se* l'ordre establert. Hem creat una forma de ser-ne cent per cent establishment que no posa en perill la institució familiar, perquè ara nosaltres també creem famílies. El bon marieta ja no folla amb dos o tres o una dotzena d'homes encara que tingui un company de vida, ni tampoc té uns llaços forts i perdurables amb altres homes, sovint examants, que estan per sobre dels de sang. No té necessitat de crear comunitat amb altres gais, lesbianes, bisexuals i transsexuals ni compartir-hi llocs d'oci, perquè no se sent amenaçat. El bon marieta un dia heretarà una casa, podrà tenir-hi un hort i deixar-la en herència als fills quan li arribi l'hora. Sovint, quan els veig passejant un diumenge a la tarda, em pregunto: i si aquesta manera de ser marieta fos una forma d'arrasar el jardí?

Els diaris van tornar a parlar de mi la primavera del 2007, però ara ja m'era igual. El govern espanyol havia aprovat el meu indult. Vaig fer la bossa i em vaig acomiadar definitivament d'en Raimon. En Saïd em va fer adeu des de lluny, però jo m'hi vaig acostar i li vaig fer una abraçada que va acceptar, incòmode. En Willy, seriós, em va donar un full de paper doblegat per la meitat. El vaig desplegar i vaig veure que era una llista de llibres:

De profundis d'Oscar Wilde
Confessions d'una màscara de Mishima
Maurice d'E. M. Forster
Giovanni's Room de James Baldwin
La bonica habitació és buida d'Edmund White
La llengua perduda de les grues de David Leavitt
Dancer from the Dance d'Andrew Holleran
Antes que anochezca de Reinaldo Arenas
Estrany al paradís de Terenci Moix
Dans ma chambre de Guillaume Dustan

Té, em va dir, aquesta és la teva herència. Aquella ocurrència em va fer somriure, però ell va continuar molt seriós. Recordo exactament les seves paraules: quan els gais venim al món i ens adonem de què som ens sentim terriblement sols, però no ho estem, *darling*. N'hi ha hagut milions abans que nosaltres que més o menys han patit i han gaudit per les mateixes coses, i alguns ho han deixat escrit per ajudar-nos. És una herència fabulosa que rebem dels nostres «pares» i, quan arribi el moment, la passarem als nostres «fills».

Ens vam abraçar i li vaig fer prometre que ens veuríem a fora quan hagués acabat de complir condemna, encara que en Willy moriria a la presó al cap de poques setmanes.

No us podeu imaginar la sensació de sortir i, mentre t'acostes a la porta, pensar que allà fora t'hi espera la resta de la teva vida i que has de decidir què penses ferne. És clar que la podia dedicar a venjar-me de tot i de tothom, però de seguida em va semblar que era una de les formes més estúpides de malgastar-la. El món és ple de persones que cauen en la trampa de voler tornar a la vida tot el mal que els han fet i en això cremen els dies i les forces. Aleshores vaig pensar que tenia una segona oportunitat i que no la desaprofitaria. Tot allò que no fos bonic, divertit i alegre era una pèrdua de temps. I jo no tenia temps per perdre. Del dolor, de la ràbia i de la tristesa no en sortiria res de bo. Perquè ni el millor alquimista seria capaç de transmutar tot aquell patiment, aquella injustícia i aquella pena en felicitat, i jo vaig decidir que volia ser feliç i que ho seria.

Rebutjar les pròpies experiències és aturar la pròpia evolució. Negar les pròpies experiències és posar una mentida als llavis de la pròpia vida. És igual que negar l'ànima.

Perquè de la mateixa manera que el cos absorbeix coses de tota mena, tant les que són vulgars i brutes com les que han estat purificades per un capellà o per una visió, i les converteix en rapidesa o força, en el joc d'uns músculs bells i el contorn d'una carn blanca, en l'ondulació i el color dels cabells, els llavis i els ulls, l'ànima també té les seves funcions nutritives i pot transformar en estats nobles de pensament i passions elevades el que en si mateix és baix, cruel i degradant. Millor dit, pot trobar-hi les formes més augustes d'afirmació, i sovint es pot revelar més perfectament per mitjà del que estava destinat a profanar o destruir.

VII

Un dofí a la pell

2005-2007

El primer que vaig fer quan vaig sortir de la presó va ser tatuar-me un dofí per no oblidar mai la promesa de felicitat que m'havia fet. Sí, de veritat, no és una metàfora. Porto un dofí tatuat a la pell. El porto just a l'engonal esquerre, al cinturó d'Adonis, que deien els grecs antics.

El dofí té un component simbòlic molt poderós des de temps remots. Per als grecs antics, per exemple, tenia molts significats que, en certa manera, poden semblar contradictoris. Se l'associava a l'astre solar, l'activitat, la renovació i la intel·ligència, però també a la lluna, la intuïció, els somnis i la feminitat, com si pogués ser dues coses al mateix temps: peix i mamífer, aigua i aire. Per als primers cristians, el dofí també té una forta càrrega simbòlica, ja que se l'associa a la resurrecció. És un animal al·legòric de la salvació, i apareix representat freqüentment en sepultures antigues. A la cultura celta, el dofí era un símbol íntimament relacionat amb l'aigua i, per tant, amb el poder de rentar el passat i renéixer. El dofí també era el desig de començar una nova vida d'alegria i llibertat.

Em vaig anar a fer el tatuatge al carrer Tallers just després de dinar amb els meus pares, que havien vingut a esperar-me a les portes de Can Brians. Quan els vaig dir que no pensava tornar al poble, no va semblar que els sorprengués. De fet, diria que els va alleugerir, perquè no van dir res per fer-me canviar d'idea; tot al contrari, em van posar totes les facilitats del món. El pare va dir-me que pels diners no havia de patir, que me'n donarien perquè pogués pagar un pis i anar tirant fins que em valgués per mi mateix.

Em vaig instal·lar a Barcelona, i a l'acte vaig tenir un sentiment de pertinença com no havia experimentat mai pel poble. A Barcelona sentia que ni els carrers ni la gent m'eren hostils, i que tenia el mateix dret a ser feliç que la resta dels centenars de milers de persones que hi vivien. Encara avui m'agrada passejar entre tot de gent que no em coneix i ni tan sols s'adona que hi soc. I no és veritat que hi estiguem sols, a la ciutat, perquè ens observem i aprenem els uns dels altres i continuem caminant i seguim endavant amb les nostres vides enmig del trànsit eixordador, les voreres brutes, els aparadors lluminosos, els milions de finestres darrere les quals ningú ens espia. I encara que, de vegades, efectivament estiguem sols, i què? No hi ha lloc més meravellós per estar sol que una ciutat, rodejat d'altres persones que gaudeixen de la seva soledat i no et fan sentir estrany ni culpable.

Quan li vaig dir a la Dafne que em volia instal·lar a Barcelona va donar veus a l'associació i va resultar que en

David, el responsable de les campanyes de prevenció del VIH, tenia una habitació lliure al pis que compartia amb dos nois més en ple Gaixample, en Pau i en Javier. O sigui que, finalment, vaig entrar a la vida gai per la porta gran.

En David vivia entregat a l'activisme, i en Javier estava consagrat al seu cos (musculació, batuts de proteïnes i tot tipus de suplements alimentaris esportius, depilació, rajos uva, injeccions de vitamines...). En Pau estudiava moda i havia fet de gogó a la discoteca Salvation, i ens vam fer amics a l'acte. On millor ens enteníem era a la pista de ball.

L'amic amb qui un balla era, en absència d'un enamorat, la persona més important de la seva vida, i es convertia en l'únic bé d'aquells que passaven anys sense conèixer un amant. Era un vincle perenne, i per espai de diversos anys, Sutherland i Malone no van ser res més que això: dos amics que ballaven junts.

A principis de mes, quan teníem més diners, fèiem tota la ruta pels bars i discoteques del Gaixample. Sortíem els dijous, divendres, dissabtes i, fins i tot, algun diumenge a la tarda acabàvem a l'Arena o en algun Tea Dance que estigués de moda. Ens posàvem guapos, amb samarretes sense mànigues, fos estiu o hivern, i pantalons arrapats o acampanats l'any que es van tornar a portar, i sortíem a menjar-nos la nit. Primer trèiem el cap a Celtas, on hi solia haver nois guapos però massa encarcarats, d'aquells que surten amb camisa i mocassins. A Celtas gairebé ningú no ballava. Ens hi preníem un parell de cerveses i si hi havia aquell cambrer tan simpàtic que ara no recordo com es deia que ens havíem follat tots dos amb poques setmanes de diferència, bingo, ens convidava a uns quants xupitos de tequila. A en Pau també li agradava deixar-se caure per Punto BCN i saludar amics, coneguts i follats, però a mi aquella llum tan forta em tallava el rotllo i, a més, tothom era molt lleig o m'ho semblava, perquè justament hi havia massa claror. En canvi, m'encantava el Dietrich, amb la seva decoració de cabaret berlinès dels anys vint i les actuacions de transvestits que imitaven la Marlene però també la Pantoja. Un cop acabaven les actuacions, en Pau i jo ens afanyàvem per ser els primers a apropiar-nos del petit pòdium que feia d'escenari per ballar-hi i que ens veiessin bé. La pista de ball era el nostre punt de reunió i, a poc a poc, anaven apareixent tots els de la colla. L'Alberto, els dos Marcs que eren parella, en Dani, l'Òscar, l'Andrea, l'Ari i la Zoe. Ballàvem, bevíem i si apareixia un tio guapo o dos o tres també ens enrotllàvem amb ells. Com que no li agradava gaire ballar, si lligava al Dietrich en Dani s'acomiadava de seguida i se n'anava a casa a follar, però, per a la resta, era més important la festa que un bon polvo. Per tant, ens trèiem els nois de sobre o els dèiem que si els interessàvem de veritat ens busquessin a partir de les cinc, ja fos a Salvation, a la Metro o a l'Arena, depenia de la nit. En Pau i jo ens enteníem molt bé ballant. De fet, les poques vegades que havíem intentat un pla tranquil, de tot el que no fos sortir a la disco en dèiem un pla tranquil, ens avorríem com una ostra o ens acabàvem mig barallant i tots dos ens posàvem tristos perquè pensàvem que ens estàvem distanciant. I tanmateix, l'únic que necessitàvem era que la música ens marqués el ritme i no haver de parlar sinó senzillament moure'ns, mirar-nos i sentir.

Com que els meus pares m'ingressaven, puntualment, una suma de diners força generosa i el lloguer del pis era relativament barat, no tenia cap pressa per posar-me a treballar. Una tarda a la setmana, això sí, me n'anava al local de l'associació i ajudava a preparar bossetes amb un condó, un sobre de lubricant i una targeta amb consells sobre sexualitat que un grapat de voluntaris, coordinats per en David, després repartien pels locals d'oci nocturn. A banda d'això, vaig follar molt, vaig ballar més i també, seguint els consells d'en Javier, vaig començar a entrenar-me.

Cada dia em passava hores al gimnàs aixecant pesos, i després bevia batuts de proteïnes i prenia suplements per fer créixer més ràpidament els músculs. En pocs mesos, vaig passar de ser un noi escanyolit a tenir un cos digne d'una estàtua grega d'aquelles que ens havia ensenyat en Mamella, i m'admirava a mi mateix. No en tenia mai prou, cada dia volia aixecar més pes i fer créixer aquella cuirassa.

Els gimnasos són plens de gais que, de petits, han sigut trepitjats, sotmesos i ridiculitzats, i que per això quan es fan grans es construeixen una cuirassa a base d'esforç i suor. Per sentir-se fora de perill. Un cos que també els doni seguretat, que els faci sentir admirats i desitjats i que, potser per això, llueixen sempre que en tenen ocasió. La lletjor de fora els havia contaminat per dins i ara necessitaven una bellesa que fos un bàlsam per tot aquell patiment que havien hagut de suportar. Els aneguets lletjos de la classe a qui tothom arraconava a l'hora del pati ara omplien les pistes de ball mig nus i decidien indolents qui tindria el privilegi de follar amb ells aquella nit.

En alguns la bellesa s'havia bolcat de tal manera que ni tan sols sabien què fer-ne. De manera que aquests —el metge que venia tot just acabada la seva guàrdia a la Sala d'Urgències (el rostre groc verdós, adornat per una barba, era el d'un sant espanyol del segle xv), el fill arcangèlic de certa exímia actriu, l'home que havia marxat cap a l'oest resolt a deixar enrere el temps— respiraven ara l'aura de l'Olimp: cadascú era un déu i ningú envellia en una sola nit. No: aquest procés reclamava molts anys...

Perquè, què pot fer un amb la bellesa, aquest do per a altres irracional i extravagant? Hi havia en aquella sala nois —caixers de banc, venedors de calçat, dependents— dotats de rostres i línies fins a tal punt excepcionals que constituïen una vocació per si mateixos. I nit a nit es llançaven a aquestes sales de tota la ciutat sense altre propòsit que exhibir-s'hi, oferir-se a la vista una mica a la manera com el sacerdot obre el Dissabte de Glòria les portes del sagrari per fer visible el calze que conté.

Com molts gais, em vaig fer gran decebent, provocant mofes i rebuig. Per tant, quan vaig sentir que agradava i que agradava molt, vaig perdre el món de vista. Som a Salvation. Hem ballat tota la nit amb en Pau. Són les cinc del matí. Estem suats, anem sense samarreta. Ell coneix una parella d'australians i després de fotre's mà a la pista se'n va amb ells a la *dark room*. No crec que el torni a veure aquesta nit, ja m'ho explicarà demà. Vaig a la barra i demano una darrera cervesa. El cambrer em recorda que d'aquí a mitja hora s'obren els llums i penso que potser he esperat massa i me n'hauria d'haver anat amb aquell estudiant de primer de Dret tan mono que he conegut abans, però és que tot just eren les tres i en

Pau i jo teníem moltes ganes de ballar, o sigui que ens hem fet quatre petons i l'he deixat escapar. De sobte, tinc un noi molt a prop que em demana un glop de cervesa. Es diu Llorenç. És baixet però té uns ulls bonics; em dic per què no? Ens mengem la boca i li dic si vol venir a casa. Diu que sí. *En el temps de pujar les escales en direcció a la sortida m'adono que podria fer-me almenys cinc tios moníssims. Em dic que m'és igual. Ja he follat amb milers de tios en la meva vida. El que m'acompanya ocupa la quarta posició del rànquing. Està bé.*

La caminada des de plaça Urquinaona fins al pis, a Casanova amb Diputació, se'm fa eterna i penso que hauríem d'haver agafat un taxi. Gairebé em fa cosa mirar en Llorenç, perquè penso que, a plena llum del dia, ara potser no m'agradarà i que em farà mandra follar-hi, però em dic a mi mateix que tampoc és que ens hàgim de casar. Follem i després li dic que se'n vagi a casa a dormir amb qualsevol excusa. En Llorenç comença a parlar, em diu que és de Castelló i que li encanta Barcelona i que si jo soc barceloní-barceloní o també he vingut de fora perquè no tinc un accent gens xava, i jo penso calla, perquè si segueixes parlant se'm tallarà el rotllo i et quedaràs sense follar. També em diu que soc molt guapo i que portava tota la nit mirant-me, però que no s'atrevia a dir-me res perquè encara que s'ha apuntat a un gimnàs no té un cos gaire definit, i penso que en lloc de follar-me'l hauria de preparar-li un got de llet amb galetes perquè em comença a fer pena i no hi ha res pitjor que follar-se algú per pena. Finalment arribem a casa i estic temptat de dir-li que estic cansat i que, si no li fa res, ens passem els telèfons i ja follarem un altre dia, però ell se'm llança a sobre amb una mena de passió sobrevinguda i una mica teatral, em menja la boca mentre m'acaricia el paquet. D'acord, som-hi.

Primer la subjecció. L'agafo i el subjecto suaument i amb fermesa entre les meves mans. De cara hi ha nombroses possibilitats; també d'esquena, però menys. Per follar-me'l de cara, un cop ha posat els turmells sobre les meves espatlles, rodejo amb els meus canells el seu coll o els seus malucs. El subjecto pels turmells, li separo les cames; ell les doblega i recolza els peus contra el meu ventre o contra els meus costats. Si el subjecto per sota dels genolls, puc follar-me'l allargant els braços, i més profundament a causa del pes del cos concentrat als ronyons; és el millor. També el puc subjectar per l'esquena a l'altura dels ronyons, deixant per sota un buit, o pels turmells, amb les cames com una granota o estirades i juntes contra el meu pit. Són les millors posicions, les més estables: es pot controlar la penetració, i a més, segons els angles, sentir les distintes parts de polla i cul: ara les parts inferiors, ara les superiors, o de l'eix: una mica per dalt, una mica per baix...

Ens escorrem al mateix temps. Doncs no ha estat gens malament, penso. La trec i m'adono que se m'ha trencat el condó. Ell es posa histèric. He de reconèixer que a mi, no sé per què, em venen ganes de riure, i per mirar de treure-hi importància li dic que moriríem junts després d'un polvo meravellós. Es posa a plorar i em diu que soc el primer tio amb qui folla des que viu a Barcelona, i que si li he encomanat la sida els seus pares el mataran. Tot i que li dic i li repeteixo que no tinc el VIH i que em faig la prova sovint, no hi ha manera de tranquil·litzar-lo. Com que ja són les vuit del matí, truco a la porta de l'habitació d'en David i li explico la situació.

Dues hores després, en Llorenç i jo som a Urgències del Clínic esperant perquè ens donin un còctel de pastilles que ens deixarà fets caldo un parell de setmanes, però que impedirà que el VIH prosperi en cas que el virus hagi entrat al nostre organisme.

Sovint penso que a la meva generació ens ha tocat viure la sexualitat en un context ben merdós. M'imagino els gais dels setanta follant pels racons de l'Studio 54 despreocupadament i com, al cap d'uns anys, es van obrir els llums i es va acabar la festa. La sida va començar-nos a matar i des d'aleshores hem hagut de viure amb por la nostra sexualitat. Em bull la sang.

He tingut dotzenes d'amants i he follat amb centenars d'homes de qui no recordo el nom, ni tan sols el rostre, i tot i això *encara experimento una sensació de gratitud envers la persona que em deixa ficar-me en el seu cos o en els seus braços. Per això mateix tinc tants amics que són antics amants, suposo. I això també engloba, en aquesta època, els amics moribunds o morts, als quals la carn, la meva carn, encara està connectada.*

No renego, ni de bon tros, d'aquells anys bojos a Barcelona ni d'aquesta manera de viure la sexualitat tan festiva, alguns pensaran que compulsiva o salvatge. Després de néixer i créixer en aquell món totalment heterosexual o que ho semblava, vaig ser terriblement feliç vivint en aquells carrers en què la norma era just el contrari. Els bars i les discoteques, les saunes, les botigues de roba i sabateries però també la llibreria, la barberia i, fins i tot, la consulta del dentista i l'agència de viatges eren per a nosaltres. Per tot arreu hi onejaven les banderes de l'arc de Sant Martí, que proclamaven amb orgull que aquell era el nostre territori. Allà hi vaig trobar els meus, hi vaig fer molts amics, però enmig d'aquella oferta il·limitada de cossos desitjables no hi vaig trobar l'amor.

Malgrat tot, *algunes vegades en els pròxims dies —Déu, dona'm la gràcia de viure'ls—, en la resplendor dels matins grisos i amargs, amb les parpelles pesants i vermelles, amb els cabells embullats i humits a causa del meu tempestuós son, enfrontat, mentre prenc cafè i fumo cigarrets, a l'insignificant noi de la nit anterior que aviat es posarà dempeus i desapareixerà com el fum, veuré Giovanni novament com era aquella nit, tan vívid, tan atractiu, amb tota la llum d'aquell lúgubre túnel atrapada al voltant del seu cap.* Sí, en molts d'aquells nois sovint hi veia en Roger, i lluny de sentir ràbia sentia una pena infinita per nosaltres dos.

Durant aquell període vaig tenir molt poc contacte amb els meus pares. Em trucaven un cop al mes per saber que estava bé, i si anava curt de diners els demanava que m'avancessin els del mes següent. També vaig perdre el contacte amb la Isabel, la Flora i, en bona part, també amb la Janis. Suposo que necessitava passar pàgina i a la meva vida no hi volia ningú que em recordés qui era o qui havia sigut i què m'havia passat. Tot i això, la Janis no tenia cap intenció d'acceptar que l'esborrés i em trucava cada diumenge al vespre, encara que, si excepcionalment era a casa, sovint deixava que saltés el contestador automàtic. Sentia com si la Janis truqués a algú que jo ja no era o que no volia ser, i que amb aquella trucada estava reclamant que tornés; no sé si m'explico. També havia dit als meus companys de pis que truqués qui truqués els diguessin que no hi era i que si era important deixessin l'encàrrec. Una tarda vaig arribar del gimnàs i en David em va dir ha trucat quatre vegades la Janis i m'ha dit que et digui que si no li tornes la trucada demà es plantarà aquí. Com que sabia que era ben capaç de fer-ho, li vaig trucar de seguida i aquella trucada va provocar un nou tomb a la meva vida. La Janis em va venir a dir que comprenia que després del que m'havia passat necessités viure l'adolescència gai que no havia pogut tenir al poble, però que començava a ser hora de pensar a fer alguna cosa amb la meva vida. Tot i que vaig intentar defensar-me i li vaig dir que no tenia dret a dir-me com havia de viure la meva vida i que si el *carpe diem* i que si *tempus fugit*, sabia que tenia la batalla perduda. La Janis tenia raó. Em va preguntar quant fa que no escrius?, i vaig haver de reconèixer que des que havia sortit de la presó l'únic que havia escrit eren milers de missatges a través de Gaydar per quedar amb tios per follar. Actiu o passiu? Tens lloc? Quan et mesura? Textos breus que no passarien, precisament, per haikús. I aleshores vaig entendre que per seguir endavant amb la meva vida o, més ben dit, per fer que la meva vida anés endavant, havia de fugir. De què? De qui? Doncs d'aquella ciutat, Barcelona, que ja considerava meva, i d'aquella gent, que eren els meus.

VIII

La barra de l'Admiral Duncan

2007-2009

Seguint les indicacions de la guia de butxaca que havia comprat a l'aeroport, vaig ser capaç d'arribar al Soho sense gaire dificultat. De seguida vaig veure un cafè amb una bandera de l'arc de Sant Martí com a reclam. M'hi vaig asseure i vaig demanar un *cafe latte* a un cambrer negre guapo i somrient. Uns minuts després va aparèixer en Tim. Em va costar una mica reconèixer-lo amb aquell vestit fosc i corbata. Ens havíem conegut l'estiu anterior a Barcelona, havíem follat unes quantes vegades i també havíem anat a menjar una paella a Sitges, i l'havia acompanyat a la Fundació Miró i al MNAC. Un rotllet d'estiu simpàtic i sense més conseqüències, perquè tots dos sabíem que tenia data de caducitat. Quan se li van acabar les vacances, ens vam acomiadar sense pena, però em va donar el seu telèfon de casa i em va dir que li truqués si mai anava a Londres. En Tim era advocat, treballava a la City i vivia en un loft preciós en ple Soho que compartia amb el seu nòvio, un noi d'origen turc que es feia dir Dylan i a qui crec que mai vaig agradar. Suposo que, en part per això i en part pel fet que no tenien habitació de convidats, en Tim em va dir que no em podia quedar a casa seva, però va afegir que ja estava tot arreglat i que em podia quedar el temps que volgués a casa d'en Patrick, un soci del bufet d'uns seixanta anys, evidentment també gai, que tenia un pis meravellós a Chelsea que compartia amb el Dookie, un dachshund de pèl llarg que m'encarregaria de treure a passejar dos cops al dia a canvi d'una habitació ampla i lluminosa en un dels barris més exclusius de Londres. El tracte no podia ser més avantatjós.

Chelsea, on vaig néixer. Chelsea, on vaig aprendre les millors equacions de la meva vida: no que dos i dos fan quatre —aquesta mai no vaig aconseguir resoldre-la—, sinó que Henry James i Scott Fitzgerald farien Ramon Moix. Chelsea, on era possible pressentir que Ramon Moix seria un estrany conglomerat de melodies, pintures, escultures, obres teatrals, modes ismes, períodes, visions i auguris. Tot tan lluny de la realitat i, tanmateix, tan a prop de les característiques exigides a un perfecte chelsià i a un aprenent de la vida.

En Patrick va resultar ser un company de pis formidable. Era educat, intel·ligent i ric. Encara que no parava gairebé mai per casa perquè sempre tenia reunions que l'obligaven a passar nits a Zuric, Berlín i París, quan era a Londres i la seva agenda l'hi permetia em portava a sopar o a prendre una copa a llocs elegants, sovint als clubs més exclusius de Pall Mall. Amb el Dookie també ens portàvem bé. Sortíem a passejar després d'esmorzar, i quan tornava, ell s'ajeia mig endormiscat al sofà i jo em posava a escriure amb un vell ordinador d'en Patrick.

Moltes tardes me les passava al British, a la Tate o a la National Gallery, remenant entre les parades de Camden i Portobello o senzillament passejant pels carrers de Covent Garden o del Soho. Precisament, una tarda, passant per davant de l'Admiral Duncan, vaig veure un anunci penjat a la porta d'aquest bar de l'Old Compton Street que deia que buscaven un cambrer. Em vaig decidir a entrar-hi i, encara que el meu anglès no fos perfecte i no tingués experiència, en Richard, l'encarregat, devia pensar que quedaria mono darrere la barra, perquè em va contractar a l'acte i em va dir que podia començar a treballar-hi aquella mateixa nit.

—A l'Admiral? —va exclamar en Patrick quan li vaig explicar que hi havia trobat feina, i va afegir—: Si t'agraden les reinones t'hi trobaràs a gust, i si et deixes pessigar el cul de tant en tant et faràs d'or amb les seves propines!

De seguida vaig entendre a què es referia. La clientela de l'Admiral Duncan estava formada per una parròquia de marietes de bona posició i d'una certa edat, tots amb unes vides apassionants que els encantava compartir amb els joves cambrers, i a mesura que l'alcohol els desinhibia les salpebraven amb anècdotes picants de polítics, intel·lectuals i membres de la reialesa, a manera de confidència. El mateix Patrick n'havia estat client assidu, encara que no havia estat capaç de tornar-hi a posar els peus des del 30 d'abril de 1999. Aquell fatídic dia, un jove fanàtic d'extrema dreta va fer explotar una bomba a l'Admiral que va costar la vida a Andrea Dykes, una noia de vint-i-set anys que estava embarassada i a punt de casar-se; al seu amic Nik Moore, de trenta-un anys, i a qui havia de ser el padrí de la boda, John Light, de trenta-dos anys. Setanta-nou persones més van resultar ferides per aquell crim d'odi contra el cor de la comunitat gai de Londres. En Patrick se'n va escapar amb una petita ferida a la cama, però amb l'horror gravat a l'ànima, i va ser incapaç de tornar a trepitjar un dels seus pubs preferits. Això, no ho vaig saber per en Patrick, incapaç de parlar-ne, sinó per boca d'en Richard.

L'Admiral Duncan té una llarga història que es remunta, com a mínim, al 1832, quan les cròniques de l'època expliquen que un antic mariner irlandès amb una cama de fusta que habitualment hi buidava gerres de cervesa va ser acusat d'alta traïció per llançar pedres al rei Guillem IV, un comportament impropi venint d'un dels parroquians d'un pub que, per altra banda, deu el nom aristocràtic a l'almirall Adam Duncan, primer vescomte de Duncan, que el 1797 va derrotar la flota neerlandesa a la batalla de Camperdown. Potser aquell dissortat mariner va perdre la cama en aquesta batalla, ningú es va recordar d'ell i d'aquí li venia la rancúnia cap al monarca... En fi, el cas és que l'Admiral és un dels clàssics de l'ambient londinenc, i entre els habituals hi havia personatges tan distingits i peculiars com en Jacques.

No se li veia el pèl fins després de la mitjanit, quan, un cop alliberat dels compromisos oficials, venia a fer la darrera copa i a compartir amb nosaltres els seus mals d'amor. Era un home baixet i poc agraciat, encara que sempre anava vestit de forma impecable. Els nois l'anomenaven *l'ambassadeur* perquè, efectivament, era diplomàtic i tenia un càrrec important a l'ambaixada francesa. D'on ve tan elegant, aquesta nit, ambaixador?, li demanaven si compareixia d'etiqueta amb un frac, segur que fet a mida a Savile Row, o, fins i tot, abillat amb una capa *demodée* a qualsevol ciutat que no fos Londres i que a mi em feia pensar en un ratpenat. D'una recepció a Buckingham Palace, on, creieu-me, estimats, el menjar és pèssim, o de White's, on l'home més guapo i més jove era jo! Ens feia petar de riure. Sempre estava enamorat de jovenets que portava a sopar a restaurants caríssims i a qui li agradava obsequiar amb *un petit cadeau*, en deia ell, i que ben bé podien ser uns bessons d'or amb les inicials del pupil gravades o plomes estilogràfiques valorades en uns quants centenars de lliures. Estudiants d'Oxford, llicenciats en Dret acabats de sortir de la facultat amb ganes d'obrir-se camí a la City o membres de la guàrdia reial de Sa Majestat eren freqüentment objecte de les seves adulacions. El millor de tot és que la majoria ni tan sols eren homosexuals, però es deixaven festejar per en Jacques i donaven corda a un tipus d'amistat equívoca a canvi, és clar, d'una carta de recomanació per a aquest o aquell bufet d'advocats o senzillament per vanitat, fins que ja tenien el que volien o fins que en Jacques, boig d'amor o calent com una torradora, els comunicava l'autèntica naturalesa dels seus sentiments, i ells, fent-se els ofesos i els sorpresos, sortien per cames i li trencaven el cor. Sabíem que estava casat i que tenia tres filles, però ni ell ni nosaltres en parlàvem mai. Potser per això necessitava tant aquelles nits al bar.

—Algú —va dir Jacques—, el teu pare o el meu, ens hauria d'haver dit que mai ha mort gaire gent d'amor, però que sí que hi ha multituds que han mort i que moren a cada hora, i en els llocs més estranys, per falta d'amor. Era una de les confessions que solia fer-me quan ja s'havia pres unes quantes copes. De seguida vaig aprendre que si demanava un Kir Royal era que estava de bon humor, general-

ment perquè acabava de conèixer un noi que, com tots, li semblava perfecte per a ell: jove, guapo, educat i distingit. Si només d'entrar em demanava un Macallan doble era que *l'ambassadeur* havia patit un nou desengany i aquella nit hauríem de fer-li de mocador de llàgrimes.

En Paul solia venir a l'Admiral els dijous. El dia que ens vam conèixer em va dir que li havia preparat el millor Mai Tai de tot Londres, i això que per fer-lo vaig haver-ne de llegir la recepta, dissimuladament, d'un manual de cocteleria que en Richard m'havia deixat sota la barra perquè me l'estudiés. Crec que rondava els cinquanta, encara que n'hauria pogut tenir quaranta o seixanta, perquè tenia aquella pell plena d'arrugues i colrada pel sol tan característica dels aventurers, dels homes de món. Portava una barba espessa i força descuidada, o estudiadament descuidada, els cabells mal recollits, premeditadament o no, en una petita cua i un collaret de boletes de fusta al coll. Les mànigues de la camisa, sempre una mica arromangades, deixaven veure un tatuatge a cada avantbraç: un *sak yant* tailandès al dret i un braçalet maori a l'esquerre.

En Paul em va explicar que feia un any que era a Londres i que començava a tenir ganes de llevar l'àncora perquè li feia terror quedar encallat en un país, un carrer o una casa. De fet, des que tenia vint anys que no s'estava mai més d'un parell d'hiverns al mateix lloc. Com Emily Dickinson, en Paul també considerava que els seus amics eren la seva pàtria, però ni per ells estava disposat a renunciar a aquella vida nòmada, sempre en moviment. O sigui que no tens casa?, li vaig preguntar una nit que ja li havia agafat confiança, i ell em va explicar que sí, que tenia en propietat una casa senzilla a Chiang Mai, al nord de Tailàndia, però que només hi solia passar un parell de setmanes l'any. Li agradava saber que hi era, que tenia una casa; era més la idea de casa que la casa en si el que li permetia navegar sense perdre el nord. Soc un pobre vagabund!, deia irònicament mentre aixecava la copa per celebrar la vida. Si s'hagués quedat més temps a Londres crec que me n'hauria pogut enamorar. Fins i tot vaig fantasiejar durant setmanes amb demanar-li que em portés a veure món, on fos que anés, i descobrir al seu costat Hong Kong, Sri Lanka, el desert d'Oman, la Terra del Foc i tots aquells llocs de què em parlava mentre jo rentava gots o preparava Mai Tais.

Un altre dels habituals de l'Admiral era en Howard, però, a diferència de la resta de la clientela, ni em llançava floretes ni deixava bones propines. És més, al principi em demanava els seus martinis pràcticament sense mirar-me als ulls, com si jo no fos ningú. Em semblava un anglès ranci i estirat, amb unes ulleres de muntura daurada presumptuoses, unes galtes rosades sense pèl i un bigotet fi i ridícul. Tot i això, al cap d'unes setmanes ens vam fer íntims. En Howard tenia una columna al *Mail* i un parell d'anys enrere havia publicat una novel·la curta sobre dos nois de classe alta que s'enamoren, amb la descolonització de l'Índia com a teló de fons, que la crítica havia celebrat força, tot i que només se n'havien venut uns quants centenars d'exemplars. Encara que, després d'uns mesos de treballar a l'Admiral, ja tingués un anglès força bo, per llegir-la vaig necessitar un diccionari al costat.

En Howard va ser la primera persona a qui vaig deixar llegir el manuscrit d'aquesta novel·la, o, de fet, potser seria més afinat dir l'embrió d'aquesta novel·la, perquè aquell primer text tenia ben poc a veure amb el llibre que finalment he acabat escrivint. Quan li vaig demanar si em faria el favor de llegir-lo em va dir que n'estaria encantat —tot i que no parlés català, em va dir que tenia prou coneixements de castellà i francès per llegir aquest *romance language* sense gaires dificultats—, però em va advertir que no ho faria com a amic sinó que es posaria en la pell del crític més implacable i, per tant, potser no m'agradaria sentir el que me'n diria després.

Tal dit, tal fet. *Les seves paraules em van coure molt. Tota crítica em semblava irrefutable si no l'havia previst d'entrada. Era cert que estimava els meus personatges, i entre ells repartia les diferents veus i els diferents vicis dels meus amics. Era cert que escrivia en estat hipnòtic i no revisava res; la meva mare m'havia dit que era un geni. Un geni no ha d'anar a les palpentes, aprendre, revisar ni tan sols treballar. I també era cert que escrivia perquè m'adoressin, en primer lloc la meva mare i després en Lou o la persona amb qui estigués. Efectivament, volia la fama, i quan la vehemència d'una visió, inflamada pel Drambuie, em compareixia a l'habitació blanca, ja em veia famós. Tenia, però, una altra raó per escriure: redimir el pecat de la meva vida, convertir-lo en la virtut de l'art.*

En Howard em va dir: si vols que et doni un consell, *dear* Francesc, aparca el text durant uns mesos i dedica't a llegir. Per escriure és imprescindible viure i llegir. És evident que, tot i la teva joventut, has viscut ja moltes coses, però, ai las, quan les escrius sembla que siguis el primer a fer-ho, com si la literatura gai comencés amb tu, i per això la història avança a les palpentes. Per tant, et recomano que abans de seguir amb l'escriptura de la teva història et submergeixis en altres històries que han estat viscudes i escrites abans que la teva. L'herència, vaig pensar a l'acte. Vaig treure aquella llista apuntada en un tros de paper ara ja esgrogueït que portava dins la cartera, com si es tractés d'una estampeta, des que me'l va donar en Willy el dia que vaig sortir de la presó.

L'hi vaig ensenyar a en Howard i, després de meditar-hi una estona i de murmurar coses en veu baixa que només podia sentir ell mateix, com si passés comptes o estudiés una lliçó, em va dir que era una bona selecció de literatura gai. Discutible, va haver de dir, però al cap i a la fi una bona selecció. En tot cas, estava bé per començar, va concloure.

En Howard em va demanar d'on pensava treure aquells deu llibres i li vaig dir que no en tenia ni idea, que miraria de trobar-los en alguna biblioteca o en alguna llibreria de vell, perquè no em podia permetre aquella petita inversió en aquells moments, i a l'acte es va oferir a regalar-me'ls si em comprometia, per escrit, a citar-lo en els agraïments, va dir en el que vaig interpretar com una mostra d'allò que en diuen humor anglès.

Ens vam passar la tarda recorrent llibreries, perquè alguns d'aquells títols no eren fàcils de trobar. En Howard no volia ni sentir a parlar d'haver-los d'encarregar i recollir-los al cap d'uns dies. Se li havia ficat al cap que aquella mateixa tarda els havíem de reunir tots deu, com si fos un repte o una mena de gimcana. Com que érem a prop de Charing Cross, vam començar per Foyles, però només vam trobar-ne tres i un era en una edició de butxaca que en Howard es va negar rotundament a comprar. D'allà, vam agafar un taxi que ens va portar a la Daunt Books de Marylebone, on vaig tenir la sensació que en Howard era feliç encara que no vam trobar cap dels llibres que buscàvem, i després a la llibreria més bonica de Chelsea, John Sandoe, on un amable llibreter ens va dir que aquella mateixa tarda havien venut el darrer exemplar de Mishima. Finalment, malgrat que en Howard arrufés el nas, cap a Bloomsbury per visitar Gay's the Word, la gran llibreria LGTB de Londres, on vam poder comprar els quatre llibres que ens faltaven. Crec que ens hauríem estalviat unes quantes voltes si haguéssim començat per aquí, li vaig dir alegrement, però en Howard em va contestar indignat que trobava lamentable que calgués anar a una llibreria especialitzada per comprar els grans clàssics de la literatura gai. Si això passa a Londres —per a ell el centre del món i de la civilització—, no sé què deu passar a la resta del món!, va dir d'una forma que vaig trobar excessivament dramàtica, tot i que era ben cert. Quan, a l'hora de pagar, l'encarregat de la Gay's the Word el va reconèixer i li va dir que li havia encantat la seva novel·la, en Howard de seguida va recuperar el bon humor.

L'endemà al matí, un cop vaig haver tret a passejar el Dookie, em vaig asseure còmodament a la butaca de lectura d'en Patrick, amb un llapis a la mà per subratllar els passatges que considerés oportú, i em vaig disposar a llegir la meva herència.

IX

Tots els llibres parlen de mi

De profundis d'Oscar Wilde, *Confessions d'una màscara* de Mishima, *Maurice* d'E. M. Forster, *Giovanni's Room* de James Baldwin, *La bonica habitació és buida* d'Edmund White, *La llengua perduda de les grues* de David Leavitt, *Dancer from the Dance* d'Andrew Holleran, *Antes que anochezca* de Reinaldo Arenas, *Estrany al paradís* de Terenci Moix i *Dans ma chambre* de Guillaume Dustan. Em vaig entretenir una estona a repassar aquells deu llibres que, segons en Willy, constituïen la meva herència i, segons en Howard, un bon començament.

Els vaig col·locar a terra, l'un al costat de l'altre, per tenir-ne una visió de conjunt. Uns eren més gruixuts i altres més prims. Tenien alçades diferents i la qualitat de les edicions també era dispar. Tot i que els autors eren majoritàriament anglosaxons, també n'hi havia un de francès, un llatinoamericà, un català i un japonès. Podia semblar que havien estat escollits a la babalà i que no tenien res en comú, si no fos perquè tots eren escrits per autors gais, homes homosexuals, i explicaven històries igualment protagonitzades per personatges gais.

Oscar Wilde, David Leavitt, Edmund White, Mishima i, per descomptat, Terenci Moix eren noms que m'eren familiars encara que, en alguns casos, no n'hagués llegit mai res. Reinaldo Arenas tenia, per a mi, el rostre de Javier Bardem, i Maurice el de Hugh Grant, encara que ell, de fet, no interpretés el personatge que dona nom a la novel·la d'E. M. Forster sinó Clive Durham, l'amant de Maurice. De James Baldwin, Andrew Holleran i Guillaume Dustan no n'havia sentit a parlar mai.

Potser abans de seguir endavant caldria aclarir que en aquest capítol la meva història no avança perquè, en certa manera, deixo d'escriure/viure la meva pròpia vida durant unes quantes pàgines per llegir/viure la d'altres que m'han precedit, tant en la vida com en la literatura. Per tant, si no em voleu acompanyar en aquesta mena de marrada literària podeu avançar al capítol següent sense por de perdre-us cap element determinant en l'evolució d'aquesta novel·la.

Tanmateix, sento la necessitat de compartir amb vosaltres el fort impacte que va tenir en mi la lectura d'aquells deu llibres, unes històries d'autors d'èpoques i països diferents, però que estaven íntimament relacionades no només amb mi sinó entre elles. Per a mi, aquest procés fascinant d'anar establint interrelacions entre lectures no és només una manera de llegir sinó una forma de viure.

Em vaig decidir a començar les meves lectures per Oscar Wilde. No pas perquè tingués intenció de llegir els deu autors de forma cronològica, encara que, certament, el *De profundis*, publicat pòstumament el 1905, era el més antic. Vaig començar per Oscar Wilde perquè la seva fama depassa el món dels llibres i és una de les grans icones gais de tots els temps. L'actor Rupert Everett, admirador de l'autor irlandès fins a l'obsessió, va encara més enllà i considera que Oscar Wilde ha estat una mena de Jesucrist per als gais, en el sentit que va morir crucificat per la seva sexualitat i, anys després, va ressuscitar gràcies als moviments d'alliberament LGTB, que se'l van fer seu i el van reivindicar.

Sigui o no una mena de messies marieta, el cert és que Oscar Wilde és una referència obligada, encara que sigui molt de passada, per a tots els escriptors gais que l'han succeït. Sense anar més lluny, a *Confessions d'una màscara* Mishima cita uns versos d'Oscar Wilde («Bell és el cavaller que jau mort / entre els joncs i les canyes») per explicar que, des de petit, se sent erotitzat per les imatges de soldats de rostres bonics que es dirigeixen a la mort. Els camins de Mishima i Oscar Wilde es tornen a creuar unes pàgines més endavant, quan l'autor japonès explica que la primera vegada que es va masturbar fins a ejacular va ser admirant, en un llibre del seu pare, una reproducció del *Sant Sebastià* de Guido Reni. És el mateix quadre que va fascinar Oscar Wilde anys abans, quan el va poder contemplar en persona al Palazzo Rosso de Gènova, i que el va portar a dedicar uns versos a aquell màrtir de cos nu travessat per dues fletxes que ell mateix ajudaria a convertir en el sant dels gais: «un nen castany encantador, amb el cabell cruixent i els llavis rojos...».

Tanmateix, és a *Estrany al paradís* de Terenci Moix on es fa més evident que Oscar Wilde és un autor imprescindible per a qualsevol aprenent d'escriptor, i més encara si també és un aprenent d'homosexual. Durant els anys que va viure a Londres, com jo mateix, un jove Terenci Moix, que encara es deia Ramon i no en tenia ni cinc, es dedica a recórrer les llibreries per robar aquelles obres que considera fonamentals per a la seva formació intel·lectual. Explica, per exemple, que el botí d'una tarda inclou Durrell, Miller, Woolf, Fielding i Bellow, i encara que se'n mostra satisfet anota amb recança al seu diari: «Per culpa d'una dona grassa que em mirava molt, no he tingut valor per robar les completes de la "tieta" Oscar (Wilde). Em fa vergonya ser tan acollonit. La propera vegada que em miri una vaca d'aquestes, m'enduré fins i tot la *Britannica*».

M'adono que en això de llegir els autors homosexuals que m'han precedit faig el mateix que ells van fer al seu torn abans de convertir-se en referència per a la generació següent. Per exemple, a *La bonica habitació és buida* l'alter ego d'Edmund White explica: «En aquella època jo llegia *Giovanni's Room* de James Baldwin». Fins i tot pot ser que amb el títol de *La bonica habitació és buida* Edmund White homenatgi *Giovanni's Room* de James Baldwin i que, molts anys després, Guillaume Dustan llegís totes dues obres i, conscientment o inconscientment, això també quedés reflectit després en el títol de la seva pròpia novel·la *Dans ma chambre*.

Oscar Wilde no és l'únic dels deu autors que explica el seu pas per la garjola. A Reinaldo Arenas el tanquen a la presó del Castillo del Moro, una antiga fortalesa colonial construïda al port de l'Havana pels espanyols per defensar-se dels atacs de corsaris i pirates. I tot i tenir-lo tan a prop, el mar, que per als cubans potser més que per a ningú tantes vegades ha significat la llibertat, esdevé inabastable per a l'autor d'*Antes que anochezca*: «El mar des de la presó era una cosa remota, situat darrere d'una doble reixa. Jo era un simple pres comú, sense cap influència per acostar-me a aquelles reixes i veure, almenys des de lluny, el mar».

Reinaldo Arenas viu experiències terribles a les presons cubanes, on passa llargues temporades per dissident i homosexual, característiques que, de fet, són sinònimes per al règim de Fidel Castro. I, tot i això, no perd les ganes de viure, de follar i d'escriure.

Com que la lectura del *De profundis* em va deixar força deprimit, vaig decidir que faria un salt endavant en el temps i continuaria amb *Dancer from the Dance*, senzillament perquè pel títol i pel que després vaig llegir a la contraportada em va semblar que una novel·la ambientada a les discoteques de Nova York i Fire Island dels setanta seria un bon contrast al dramàtic ocàs de la tieta Oscar.

Em fa una mica de vergonya reconèixer que fins llavors no havia sentit a parlar mai de l'autor de *Dancer from the Dance*. Més encara perquè Andrew Holleran, pseudònim d'Eric Garber, és un dels escriptors més importants d'aquells anys salvatges i lluminosos que van des de les revoltes de Stonewall fins a l'inici de l'epidèmia de la sida.

Andrew Holleran va ser també un dels integrants de The Violet Quill, un grup d'autors gais de ficció residents majoritàriament a Nova York, format el 1980 amb el propòsit d'ajudar-se els uns als altres en la producció d'històries de temàtica homosexual que reflectissin la singularitat de la comunitat LGTB i la percepció d'un mateix dels lectors gais en un moment en què pràcticament no hi havia referents. Edmund White, autor també de la meva herència, Robert Ferro, Felice Picano, George Whitmore, Christopher Cox i Michael Grumley eren la resta d'integrants d'aquest The Violet Quill. L'aparició de la sida va devastar el món en què ells vivien, que havien descrit magistralment en els seus llibres, i quatre d'ells, Ferro, Whitmore, Grumley i Cox, van morir a causa de la pandèmia.

Dancer from the Dance comença amb una sèrie de cartes esbojarrades que es creuen dos personatges gais ja madurs i que Andrew Holleran fa servir com una mena de prefaci de la novel·la pròpiament dita. No en coneixem els noms, perquè signen amb pseudònims com Agathe-Hélène de Rothschild, Hélène de Sévigné, Victor Hugo o le duc de Saint-Simon, i les encapçalen amb apel·latius igualment excessius com Èxtasi, Visió, Bogeria, Deliri, Vida Mateixa o Existència.

Durant anys em causava urticària aquesta afició d'alguns gais d'una certa edat a posar-se sobrenoms femenins o, directament, tractar-se entre ells de «dona», «nena» o «guapa». Tot i això, amb el temps he arribat a entendre que és una de les grans conquestes en el llarg camí cap a la plena autoacceptació. És a dir, ser capaç de riure't d'allò que quan eres jove et feia tant mal: que algú qüestioni la teva masculinitat o et digui «nena» per ferir-te. «I, per exemple, a un tal Albert li deien la Tecla, només perquè era professor de piano. I al Felipín, cap d'una empresa, la Rebeca de Winter, perquè sempre es presentava amb aquesta peça de vestir, que era, alhora, discreta i elegant. Al Ramiro, executiu, Jane Eyre, perquè era tan seriós que semblava una institutriu. Al Gonzalo, Alice Faye, per les galtes inflades. A un professor de llatí, Calpurnia Graco. I, finalment, tres prestigiosos directors de teatre d'avantguarda van acabar rebent el nom de les Gradulux perquè tots tres portaven ulleres», escriu Terenci Moix.

Com deia, en el cas d'Andrew Holleran es tracta de dos vells amics que, en el passat, han compartit mil aventures per l'ambient gai nocturn de Nova York, i als estius per les platges de Fire Island. Un d'ells viu retirat de tot, en un entorn rural del sud dels Estats Units, i l'altre, que es continua movent per Manhattan, li escriu per anunciar-li que vol fer una novel·la gai sobre les experiències que van compartir durant els seus anys daurats.

És molt interessant la resposta que rep per part del seu vell col·lega, allunyat ja del ball, la festa, les drogues i el sexe: «A tu la vida homosexual et fascina pel simple fet de ser la que et van condemnar a viure. Però si fossis un pare de família que torna a casa amb el Chappaqua de les 5.43, dubto que t'interessés un relat sobre homes que es xuclen la tita els uns als altres! La gent acceptarà, a força d'amabilitat, els efeminats; els tolerarà fins i tot, pobrets; però no vol saber EL QUE FAN. Cal observar els cànons del bon gust, vida meva. La gent, a més a més, està farta d'assumptes de sexe. Això sense comptar que la història d'amor d'un noi per un altre noi mai captivarà el cor del món com la que narri la d'un noi per una noia (o la d'un noi pel seu GOS: si aconseguissis relatar de nou aquesta història, aquest país et convertiria en un Cresos!). També hauries de fer molt trista la teva novel·la: el món exigeix que la vida dels homosexuals, com la dels Molt Rics, sigui trista en anàlisi última, ja que no hi ha en aquesta terra qui no cregui, en el més profund del seu cor, que per ser feliç cal tenir una casa de planta i pis, als afores, i una FAMÍLIA, això és, una dona, 2,6 fills, un auto tipus ranxera, un gos gran i un om amb un pneumàtic penjant d'una corda».

Això em va fer pensar que la literatura i el cinema de la segona meitat del segle XX són realment plens de personatges gais solitaris, mentalment desequilibrats, víctimes d'assassins en sèrie o, és clar, de la sida. Per tant, llibres i pel·lícules, sobretot pel·lícules, pensades per al gran públic que els gais i els nostres pares i amics també veiem i que ens diuen repetidament que estem condemnats a viure unes vides tristes que comencen malament i acaben pitjor. De *Philadelphia* a *Brokeback Mountain*. Sempre, és clar, que un productor no decideixi reescriure la història per fer-la més heterosexual, com va passar amb *Studio 54*, i els gais ens convertim en uns personatges secundaris, pur attrezzo, o desapareguem.

Suposo que, per això, em va emocionar especialment la «Nota final» que escriu E. M. Forster a *Maurice*: «El final feliç hi era imperatiu. Ni tan sols m'hauria posat a escriure'l si no hagués estat així. Tenia el ferm propòsit que, almenys en la ficció, dos homes s'enamoressin i que el seu amor durés pel sempre més que se'ns permet a les novel·les, i en aquest sentit Maurice i Alec encara es passegen junts per aquells boscos». Preciós, oi?

Tot i això, E. M. Forster també admet que el fet que la seva sigui una novel·la amb una història d'amor gai amb final feliç la fa més difícil de publicar. De fet, E. M. Forster no es va atrevir a publicar *Maurice* en vida sinó que es va editar pòstumament, el 1971. L'autor estava convençut que «si hagués acabat malament amb un noi penjat amb una corda al voltant del coll o amb el suïcidi de tots dos, tot hauria anat bé, ja que hauria quedat fora de la pornografia o la seducció de menors». Però no ens passem de transcendents i parlem una mica més de *Dancer from the Dance* i de com retrata de forma brillant i devastadora l'ambient homosexual en ebullició del Nova York dels setanta, però també Fire Island, l'icònic paradís hedonista on milers de gais nord-americans anaven i m'imagino que continuen anant cada estiu en peregrinació. «Fire Island era la seu de la bogeria, de les nits tòrrides, dels petons i dels tropells d'homes que et deixaven bocabadat: una reserva nacional de caça que any a any era repoblada a força d'homes arribats de tots els Estats de la Unió per mitjà d'un ferrocarril subterrani de la més peculiar naturalesa».

Després d'empassar-me en una nit el llibre d'Andrew Holleran, vaig llegir la novel·la de James Baldwin i em vaig adonar que en Roger era lord Alfred Douglas, l'amant que havia enviat Oscar Wilde a la presó, però també Giovanni, algú de qui em vaig enamorar bojament i a través del qual també se'm va desvetllar el desig: «La bèstia que Giovanni havia despertat en mi mai se n'aniria a dormir de nou, però algun dia ja no estaria amb ell. ¿Estaria llavors, com tota la resta, perseguint tota mena de nois Déu sap per quines fosques avingudes o en quins sòrdids llocs?».

A les pàgines de la novel·la d'E. M. Forster vaig descobrir coses d'en Roger en Clive Durham i en una escena plena de tendresa amb Maurice que a l'acte em va fer pensar en aquell matí de piscina en què gairebé ens vam atrevir a estimar-nos: «Aleshores Durham va allargar els braços vers ell, i li passà la mà pels cabells. Es van abraçar amb força. Jeien, el pit de l'un contra el de l'altre. Aviat els caps es recolzaren a les espatlles, però just quan les galtes es trobaren frec a frec, algú va cridar des del pati —Hall— i ell va contestar com sempre ho feia quan algú el cridava. Ambdós tingueren un violent ensurt».

Però abans de descobrir què vol dir estimar i ser estimats, el desig és el primer que ens revela la nostra diferència. No ens excita, com als altres, la imatge d'una actriu voluptuosa ni la sensualitat encara només insinuada de les nenes de la nostra edat, sinó un company de classe, sovint una mica més gran que nosaltres, amb qui potser ni tan sols ens atrevim a parlar. Tots ells s'assemblen a l'Omi, de qui Mishima ens diu: «Estava més desenvolupat que nosaltres, i el seu rostre tenia uns trets d'una joventut privilegiada que el feien destacar de tota la resta». I, és clar, en paral·lel a l'admiració per aquell cos en què ja s'hi intueix l'home que serà, la fascinació pel fal·lus que deia en Mamella remarcant la ela geminada. Mishima explica que, al Japó dels anys trenta, jugaven a un joc que anomenaven *el joc de la marranada* i que consistia a agafar desprevingut un company de classe i tocar-li el membre. Per als heterosexuals era una forma més de fer una broma a un company i petar-se de riure quan la víctima del joc se sentia sorprès i en un acte reflex s'afanyava a protegir-se automàticament els genitals amb les mans. Però, per a un homosexual com Mishima, era molt més que això. L'escriptor japonès recorda que un company, parlant de l'Omi, li explica que es diu que la té molt grossa, i que si ho vol comprovar el pròxim cop que juguin aprofiti per palpar-l'hi bé. M'imagino l'Omi com una barreja impossible d'en Federico i en Saïd. O com Darío, un noi de dotze anys que, escriu Reinaldo Arenas, era el més atrevit dels seus companys: «quan tornàvem de l'escola, ell, des del seu cavall, es treia el membre, per cert bastant considerable, i l'exhibia a tothom qui volgués contemplar aquella meravella».

La cultura gai és enormement fal·locèntrica, per a desesperació dels qui la tenen petita com Sutherland, l'amic de Malone per a qui la sauna, escriu Andrew Holleran, era una humiliació: «Entrat en una cabina, tancada la porta, dos minuts més tard ja estava fora una altra vegada: després de palpar-li el membre —com pugui fer una mestressa de casa que selecciona ous o melons—, l'havien trobat insuficient. Llavors tornava al seu compartiment i s'emborratxava».

A detectar a primer cop d'ull qui la té grossa i qui no també se n'aprèn. Quan el protagonista de *La bonica habitació és buida* comença a freqüentar William, un home de més edat que té una autèntica obsessió amb les polles grosses, s'acostuma, com aquest, a mirar l'entrecuix dels homes quan passegen pel carrer. En una d'aquestes passejades, William li descobreix com pot saber si un home guarda un gran membre sota els pantalons abans d'abaixar-li la bragueta:

«Fixa't aquell. No la té pas tan grossa com ens voldria fer creure. Això són tot collons, aquest tio té una pilota de platja per escrot. Ei, aquesta sí que és grossa... Maco, no miris a tocar de la cremallera buscant l'embalum. Els qui la tenen grossa de debò no poden portar calçotets cenyits, oprimeixen massa, exactament com l'amor de la teva mare. No, no, en porten dels de roba i la deixen penjar cama avall. Estigues a l'aguait dels pantalons folgats. T'ho pots creure o no, les vergues realment descomunals se senten violentes, miren de dissimular-se entre els plecs folgats. De fet, els negres donen força la talla però no pas sempre. Dels italians te'n pots fiar, si no et molesta la pelussera a la boca, són tan peluts, i t'agrada el pecorino». I després d'aclarir-li al pobre protagonista a què es refereix quan parla d'aquest formatge de cabra italià, el segueix instruint sobre les pistes que permeten identificar una polla de mida considerable: «mans grosses, peus grossos, nas gros, orelles carnoses, calbesa prematura ("per raó d'un excés d'hormones masculines"), dit gros de mida considerable en comparació amb el palmell».

En aquelles lectures també vaig descobrir que tenir fama de pollot també podia ser un problema. A l'Stéphane, se'ns diu que li mesurava 22 × 16 centímetres, i a Guillaume Dustan, l'alter ego de l'autor de *Dans ma chambre*, li fa ràbia que el seu nòvio pensi que va voler lligar amb ell, el dia que es van conèixer, només perquè sabia que la tenia grossa. La cosa va anar així: «Al cap d'una estona li vaig dir: Saps, em va cabrejar que em veiessis parlar de tu amb Serge l'altra nit perquè vaig pensar que sabries que jo sabia això del teu pollot i vaig pensar que per a tu era una llauna que t'intentessin lligar només per això. Va dir que era cert, que els tios només s'interessaven per ell a causa de la seva polla».

La bellesa és, sens dubte, un altre dels grans temes de les novel·les homosexuals. Un do preuat, però també un objectiu a assolir en la construcció d'un mateix. Molts dels autors expliquen com, per mitjà de l'exercici físic, aconsegueixen modelar el cos i superar així els seus complexos d'adolescent lleig i poc masculí. Com, gràcies a uns bons bíceps i pectorals, assoleixen l'èxit, entès com la possibilitat de follar amb els més guapos de la discoteca. Pot semblar frívol, per descomptat, però crec que darrere d'aquest sacrifici en gimnasos per aconseguir sentir-se bé amb un mateix hi ha anys de vergonya, inseguretat i trauma. I qui es pensi que és una moda passatgera va errat perquè, molts anys abans que ens llancéssim en massa als gimnasos, «Maurice, encara que ho ignorava, s'havia tornat un jove molt atractiu. L'exercici l'havia afinat. Era pesat però despert, i el seu rostre semblava seguir l'exemple del seu cos. Mrs. Hall ho atribuïa al seu bigoti. "El bigoti de Maurice el farà triomfar", deia, una observació més profunda del que creia. Era ben cert que aquella petita ratlla negra li afinava el rostre i li feia destacar les dents quan somreia. La roba li queia bé, i seguint el consell de Durham, duia pantalons de franel·la fins i tot els diumenges».

En el cas de Terenci Moix, el miracle de passar d'aneguet lleig a cigne a còpia d'aixecar peses i fer flexions no es va produir, però sí que va fer tots els possibles per agradar. «Aprofitant que m'anava fent home, el meu aspecte físic va presentar alguna novetat. De manera paral·lela a l'acceptació de les meves tendències eròtiques, vaig fer-me càrrec, també, que em calia agradar per sobreviure en un ambient en què el físic ho era tot. I, endut per aquest imperatiu, vaig passar de ser un adolescent malgirbat i corcat pels complexos a convertir-me en un home que coquetejava de manera inevitable, i que si, certament, no acabava de ser guapo, si més no resultava presumit i airós».

El protagonista d'*Estrany al paradís* descobreix, això sí i de manera rotunda, la bellesa en l'altre. És a dir, aquell primer amor a qui ascendim a la categoria de déu de l'Olimp i que, per a nosaltres, personificarà sempre més el concepte de bellesa. L'home per qui estarem disposats a fer el que sigui perquè ens estimi i a qui estimarem malgrat tot i tothom. L'home a qui voldrem assemblar-nos. L'home amb qui compararem tots els que a posteriori s'aniran creuant en el nostre camí i que sempre tindran les de perdre. El rostre que ens semblarà veure anys després, entre la multitud, en ciutats de l'altra punta del món.

Per a Terenci Moix és l'Alexander, un jove americà amb qui viu un intens romanç a París. «I vaig poder confirmar les meves primeres impressions: tenia l'aspecte impecable dels models de Physique Pictorial i Young Adonis; és a dir, aquelles formes d'atleta clàssic que ja només tenen els ianquis».

«La bellesa és en si mateixa perillosa, conflictiva, per a tota dictadura, perquè implica un àmbit que va més enllà dels límits en què aquesta dictadura sotmet els éssers humans: és un territori que s'escapa al control de la policia política i on, per tant, no poden regnar. Per això als dictadors els irrita i volen de qualsevol manera destruir-la», és la lectura política que fa Reinaldo Arenas de la bellesa, i escriu que, en aquell règim de terror i persecucions on ell va créixer i desitjar, «la nostra joventut tenia una espècie de rebel·lia eròtica».

No sé què hauria pensat E. M. Forster si hagués llegit *Dans ma chambre*, la crònica autobiogràfica de l'escena gai dels noranta que retrata magistralment però amb tota la seva cruesa Guillaume Dustan, pseudònim sota el qual s'amaga un membre de la judicatura francesa que decideix abandonar-ho tot quan sap que és seropositiu i que mor, prematurament, el 2005.

Dustan es mou en un món de sexe desenfrenat, dildos enormes, molta droga i relacions sentimentals tortuoses, però, comptat i debatut, segurament persegueix el mateix que perseguia Maurice unes quantes dècades abans, havent de fer front, en el seu cas, a la rigidesa moral de la societat anglesa del primer terç del segle XX: la necessitat d'estimar i de ser estimat.

La recerca de l'amor és, en definitiva, el gran tema de la literatura gai, i té tota la lògica del món. No només perquè l'amor és un dels grans temes universals, sinó perquè encara avui hi ha qui considera que el nostre amor és il·lícit i la nostra forma d'estimar, una desgràcia o, directament, una malaltia. Per tot plegat, no se'ns permet descobrir l'amor de la mateixa manera que ho fan els heterosexuals: obertament i festivament. Amb la seguretat que dona fer més o menys el mateix que van fer en el seu moment els seus pares i abans els seus avis. El que han vist tantes vegades a les sèries juvenils de la televisió i que han llegit als llibres. I nosaltres? Doncs mentre ells tenen les primeres cites i, després, les primeres aventures sexuals en festes majors i campaments d'estiu, nosaltres ens tanquem a estudiar a les nostres habitacions i, els més atrevits, ens acontentem amb breus trobades clandestines amb homes que segurament ni tan sols ens atrauen. Trobades en lavabos sòrdids, entre la vegetació de parcs urbans quan cau la nit o a les darreres files de sales de cinema desertes, sempre amb la por de ser enxampats i amb el fàstic de descobrir, un cop hem ejaculat, que qui ens l'estava mamant no era aquell company de classe de qui fa temps que estem secretament enamorats.

Malgrat tot, aquesta forma de buscar sexe anònim, que efectivament té l'origen en la repressió, s'acaba convertint en una mena d'esport en el qual tan aviat fas de caçador com de presa, i algunes jornades, potser després d'hores d'espera de passejar amunt i avall en la foscor o d'estar assegut sobre la tassa d'un vàter esperant sentir unes petjades i que algú entri al cubicle del costat, t'acaba tocant la grossa: «I sense més preludi, va caure de genolls, empenyent les cuixes ben morenes i l'engonal ben blanc per sota de la partió; jo també em vaig agenollar per regalar-me amb aquella erecció, inspirant la neta olor de sabó, explorant amb les mans els testicles, grans com uns litxis, i després anar pujant per aquella pell suau. Havia somiat tant temps aquell moment que aleshores volia aturar la imatge», relata Edmund White.

Reinaldo Arenas també escriu llargament sobre les seves experiències de *cruising* o *flete*, com en diu ell, i com n'eren de fascinants aquelles aventures clandestines encara que, finalment, no s'acabessin consumant: «El plaer realitzat entre dos homes era una mena de conspiració; una cosa que es donava a l'ombra o a ple dia, però clandestinament; una mirada, un parpelleig, un gest, un senyal, eren suficients per iniciar el gaudi total. L'aventura en si mateixa, encara que no arribés a culminar en el cos desitjat, era ja un plaer, un misteri, una sorpresa».

L'autobiografia de Reinaldo Arenas descriu amb detall les seves mil i una aventures sexuals. *Antes que anochezca* és ple de polvos amb joves reclutes, follades ràpides amb pares de família que deixen dona i fills un moment a la platja per satisfer les seves pulsions sexuals i orgies clandestines amb mulats de mirada temptadora, cossos musculats i bones polles que van fent torns per penetrar-lo.

Sí, la literatura gai és plena d'escenes sexuals que ens exciten i després alimenten les nostres fantasies, però m'atreveixo a dir que en el que esmercen més esforços els autors no és en els passatges més libidinosos dels seus llibres sinó a intentar reflectir amb paraules les grans històries d'amor. «Era tan feliç! La gratitud i l'amor m'inflamaven el cor. Pressentia que en Sean era un ésser superior que m'elevava fins a col·locar-me en un tron al seu costat». Qui no ha experimentat aquesta sensació de sentir-se elevat per la persona que t'estima que descriu el protagonista de *La bonica habitació és buida*?

Tots o pràcticament tots els autors de la meva herència viuen grans històries d'amor i, en molts casos, més d'una, i en aquests llibres a més d'explicar-nos l'enamorament i la plenitud de l'amor també ens detallen el seu final, i com després d'un temps de tristesa cal alçar-se i seguir endavant, seguir-ho intentant. Possiblement això els autors no ho han fet de manera premeditada, però és una gran contribució a l'educació afectiva dels lectors. D'acord que el cas d'Oscar Wilde amb Bosie és extremament dramàtic i que la història d'amor entre David i Giovanni tampoc és alegre, sobretot perquè té un desenllaç terrible, però m'atreveixo a dir que la resta no ens furten l'esperança.

Malone és capaç de seguir endavant un cop l'amor per Frankie s'extingeix, tot i que ho faci amb unes quantes costelles trencades. A Philip, el trencament amb Eliot el deixa planxat, tant com quan Maurice rep una carta de Clive que li diu que no el vol veure més perquè ha descobert o decidit que li agraden les dones. I tanmateix, després d'un temps de plorar aquella absència, aconsegueixen remuntar i refan la vida amb noves parelles.

En aquests llibres he descobert que molts de nosaltres també hem tingut la sort de créixer amb l'amistat incondicional de dones poderoses. L'amiga còmplice que està amb nosaltres a les verdes i a les madures i amb qui establim uns llaços, potser més forts i resistents que amb els nostres amants perquè perduren en el temps en no estar afectats per les fluctuacions de l'amor romàntic o les escalfors sexuals que, gairebé de forma inevitable, en algun moment, hi pot haver entre dues persones que s'agradin.

En el meu cas, evidentment, aquesta amiga és la Janis. En el cas de Terenci Moix, Maruja Torres. «No hi havia res que em semblés més emancipat que tenir un telèfon propi, tot i les factures desmesurades que generava per culpa de les converses eternes sobre cinema amb Maruja Torres, l'amiga insubstituïble, la consellera ideal. I aquest telèfon del passadís es va convertir definitivament en llegenda una tarda d'agost en què la Maruja em va comunicar, amb veu entretallada, que acabava de saber per la ràdio que s'havia mort Marilyn Monroe. Va ser una anècdota tan important en les nostres vides que ens vam passar el futur traient-ne suc».

Confessions d'una màscara em va fer adonar, tanmateix, que les nostres relacions amb les dones no sempre s'han desenvolupat en termes d'entesa i complicitat. Penso en les relacions amoroses que hem alimentat per inèrcia o per por, tot i saber que no anaven enlloc. En les nòvies que hem tingut perquè encara no ens atrevíem a ser homosexuals o necessitàvem una coartada que ens protegís. Penso en la Paula, aquella noia amb qui vaig sortir fugaçment durant els anys d'institut fins que se'n va cansar, i en el terror que em feia pensar que en un moment o altre hi hauria de tenir sexe. O en Sonoko, de qui Mishima, després de festejar-la, es veu obligat a separar-se'n amb l'esclat de la Segona Guerra Mundial, i lluny de lamentar-se'n, escriu: «Tot el dia següent el vaig passar assaborint la tranquil·litat d'haver-me deslliurat del deure d'estimar Sonoko». O en Hella, la nòvia de David, el jove americà resident a París que s'entesta a no ser homosexual encara que hagi quedat encisat per la bellesa de Giovanni. Jacques, que de seguida li llegeix el desig en la mirada, li diu: «la confusió és un luxe que només es poden permetre els molt molt joves, i tu ja no ho ets tant». O sigui que ell finalment passa a l'acció i amb Giovanni viuen una breu però intensa història d'amor, mentre Hella és a Espanya pensant si es casa amb David. Quan Hella torna a París, malgrat que la relació amb Giovanni ja estigui morta, descobreix que David és homosexual i el deixa. Ell li dedica aquestes paraules: «Algun dia, quan siguis feliç, tracta de perdonar-me». Perdona'm també tu, Paula.

Reinaldo Arenas va acabar d'escriure *Antes que anochezca* pocs dies abans de suïcidar-se a Nova York el 7 de desembre de 1990, malalt terminal de sida. Llegint la seva autobiografia vaig prendre consciència com mai —en el cas de Reinaldo Arenas, la fugida es converteix en una constant en la seva vida— que ser homosexual implica en molts casos una fugida. Una fugida física però també mental dels pobles en què hem nascut i de les famílies que no volen que siguem com som. Reinaldo Arenas marxa, en primer lloc, d'Holguín, però també i sobretot de la seva mare. «Sempre vaig pensar que, en el meu cas, el millor era viure lluny de la meva mare per no fer-la patir; potser tot fill ha d'abandonar la seva mare i viure la seva pròpia vida. Per descomptat, són dos egoismes en pugna; el de la mare que vol que siguem d'acord amb els seus desitjos i el nostre volent realitzar les nostres pròpies aspiracions». I conclou: «Però jo només podia abandonar la meva mare o convertir-me en ella mateixa; és a dir, un pobre ésser resignat amb la frustració i sense instint de rebel·lia i, sobretot, hauria d'ofegar els meus desitjos més fonamentals». Després de molts intents, Reinaldo Arenas marxarà finalment de l'Havana, després de Miami, i, un cop a Nova York, de la vida mateixa.

I cap on ens hem dirigit durant dècades aquests milions d'homosexuals que han fugit de pobles petits i mentalitats estretes? Doncs cap a la ciutat. Cap a la gran ciutat. Nova York, Londres, París, l'Havana o Barcelona. «Eren en extrem atractius molts d'aquells joves la misteriosa desaparició novaiorquesa dels quals les seves famílies (ignorants de la seva condició d'homosexuals) comprenien menys que si se'ls hagués emportat un accident de trànsit», escriu Andrew Holleran. I, un cop a la ciutat, els homosexuals no ens hem dissolt entre la multitud ni hem mirat de passar desapercebuts sinó que ens hem buscat i trobat els uns als altres, ens hem fet amics, ballat, enamorat i desenamorat i, és clar, follat. Finalment, hem pogut follar i ho hem fet molt. «Visc en un món meravellós on tothom s'ha ficat al llit amb tothom. El pla es troba en les revistes d'ambient que llegeixo de manera assídua. Bars. Discoteques. Restaurants. Saunes. Minitel. Contactes. Llocs per lligar. I tots els números de telèfon i els noms que figuren adjunts. En aquest món tots han follat almenys amb cinc-cents tios, d'altra banda, la majoria els mateixos», diu Guillaume Dustan, i podria parlar del Gaixample, del Soho, del Marais o de Chueca i dels seus satèl·lits estivals: Fire Island, Eivissa, Míkonos o Sitges.

Però, a banda de tot això, els gais també hi fem una altra cosa, a les ciutats: organitzar-nos i lluitar pels nostres drets. La novel·la d'Edmund White acaba justament a Stonewall, la històrica nit en què la policia va fer una batuda en aquest bar situat al 53 de Christopher Street, en ple Greenwich Village, propietat de grups mafiosos, i, per primer cop, els homosexuals i transsexuals que el freqüentaven van decidir plantar-los cara: «M'imagino que la policia pensava que tots arrencaríem a córrer cap a la foscor, com havíem fet tantes vegades, però ens vam quedar a l'altre costat del carrer.

»[...]

»—És la nostra presa de la Bastilla —va dir Lou».

En Willy tenia raó, i li estaré eternament agraït. Si hi havia un patrimoni que pagava la pena heretar eren aquests deu llibres. També tenia raó en Howard, aquella herència no s'esgotava en ella mateixa sinó que va resultar un bon punt de partida. Un fil que, al llarg dels anys, he anat estirant. Uns llibres que m'han fet venir ganes de llegir-ne d'altres, i aquests altres, al seu torn, m'han portat a altres autors i altres històries que han anat engrandint el valor d'aquella modesta herència.

Reinaldo Arenas em va fer descobrir José Lezama Lima, un altre dels autors condemnats a l'ostracisme pel castrisme. En una llibreria de vell de Barcelona vaig poder comprar, temps després, la seva meravellosa novel·la *Paradiso*, encara que al règim castrista no li semblés una obra mestra sinó el pretext per prohibir-li publicar mai més a Cuba.

També m'he interessat per les altres obres d'Andrew Holleran i les dels escriptors amb qui va fundar aquell The Violet Quill. I he llegit *Faggots* de Larry Kramer com una mena de contracrònica molt més gamberra que *Dancer from the Dance* perquè, de fet, parla dels mateixos llocs, dels mateixos anys i dels mateixos cercles de persones.

E. M. Forster em va portar a llegir *Adeu a Berlín* del seu amic Christopher Isherwood, un dels pocs afortunats que va poder llegir el manuscrit de *Maurice* anys abans que es publiqués.

He llegit pràcticament tota l'obra de David Leavitt i, per descomptat, les memòries d'infantesa de Terenci Moix, publicades amb el nom d'*El pes de la palla*, i, evidentment, *El dia que va morir Marilyn*, que immortalitza la trucada que explica que li fa la seva amiga Maruja per anunciar-li el suïcidi de l'actriu.

En tot cas, després d'acabar aquelles deu lectures, d'haver acceptat l'herència, per dir-ho a la manera d'en Willy, la meva vida ja no podia ser la mateixa. Aquells llibres no només em van ajudar a entendre'm i a explicar-me a mi mateix, sinó que han condicionat la manera com he viscut des d'aleshores. M'han contagiat unes ganes enormes de viure intensament encara que, com és lògic, no han impedit que ensopegués amb les mateixes pedres amb què, en el seu moment, van ensopegar Oscar Wilde i tota la resta. En tot cas, m'han ajudat a alçar-me de nou, i això ja és molt.

X

El gran amor i una manta d'alumini

2009-2014

En Matt era l'home més guapo que havia vist en tota la meva vida i, segurament, el més guapo que veuré mai. Ell no hi donava cap importància, justament, perquè a ell la bellesa li havia estat donada, no li suposava cap esforç. La seva era una bellesa estàtica però també dinàmica, perquè no només tenia uns ulls bonics, un somriure encisador i un físic d'atleta, sinó que també era extraordinària la manera com mirava, somreia o es tocava els cabells; la seva forma de caminar, de vestir-se i de despullar-se... I la seva manera de parlar. Ho feia amb una delicadesa, una sensualitat i un enginy que només havia vist al cinema. És a dir, fruit d'un guió reescrit mil vegades, llegit, memoritzat, assajat i, finalment, interpretat una vegada i una altra davant de la càmera. Però a ell li sortia de forma espontània i a la primera. Que fos perfecte amb aquella naturalitat i despreocupació em va fer perdre el cap des del mateix instant que el vaig veure per primera vegada. Però és que, a més, la d'en Matt no era una bellesa arrogant que busqués imposar-se ni eclipsar-te. No feia mal. Tot al contrari, la bellesa d'en Matt era generosa i t'il·luminava i et feia sentir part d'aquella gran festa que era la seva vida.

Ens vam conèixer un matí de dissabte a la Tate. El vaig veure només d'entrar i em va semblar tan atractiu que el vaig anar seguint dissimuladament per totes les sales de la mostra dedicada a Hélio Oiticica. Ell també anava sol i hauria jurat que ni tan sols s'havia adonat que jo existia, però, de sobte, es va acostar cap a l'obra que jo feia veure que mirava i em va dir em dic Matt, et ve de gust un cafè?

En Matt va ser la primera persona de qui em vaig enamorar bojament després d'en Roger, i amb ell per primera vegada tot aquell amor que jo tenia per donar va ser correspost. Després d'un parell de cites i de descobrir que el sexe amb amor era estrany i meravellós, vam començar a sortir. Recordo que aquelles primeres setmanes amb en Matt jo vivia en un núvol. Tot el que havia viscut abans em semblava poca cosa, i tothom qui havia conegut abans també. Especialment, en Roger.

En Matt es va convertir en el meu nòvio, en el meu millor amic i també en el meu model a seguir.

Com tots els homosexuals que s'estimen, van començar a assemblar-se, diferents només quan jeien, de dia o de nit, l'un en braços de l'altre, el cos pàl·lid i daurat i el cos colrat i de mirada fosca, la raça nòrdica i la meridional unides per fi. Tots dos es van fer perforar el lòbul de l'orella dreta i van calar-hi una anelleta d'or. Semblaven pirates. I Malone, extasiat per la bellesa corporal de Frankie (que, com la bellesa dels seus ulls, li havia estat regalada), va començar a freqüentar a les tardes un petit gimnàs, per fer el seu cos tan bell com el del seu amant; i així, sota la tutela d'un vell sicilià que li va prescriure una dieta a força d'alvocats i gelat, Malone va fer cas omís d'un fet que ignorava: que el seu cos era bell ja en la seva forma natural.

De forma inconscient, vaig començar a comprar la roba a les mateixes botigues que en Matt i, fins i tot, a tallar-me els cabells al mateix barber i a fer-me el seu mateix pentinat. No crec que volgués imitar-lo. Jo no volia ser ell. El que volia era ser tant com ell o digne d'ell. O que tots dos fóssim una sola cosa. Encara que per aconseguir allò que a ell li sortia de natural i, per tant, no li donava cap valor, jo hagués d'esmerçar-hi molts esforços i sempre em quedés un pèl impostat.

El més meravellós de tot és que no semblava que en Matt se n'adonés o que li importés. Ell em va veure des del primer dia que vam estimar-nos com un igual i, a poc a poc, jo també m'ho vaig començar a creure. *Abaixàvem la mirada per veure'ns al mirall, però no pas de la manera que hauríem mirat la pornografia fent-ne de protagonistes sinó per confirmar la història feliç de ser l'un en els braços de l'altre. La commoció de la felicitat retrunyia tan fort dins del meu cap que a penes sentia què passava.*

Moments d'aquests, en tota la vida, no són ni tan escassos com un tem al principi ni tan freqüents com més tard s'espera.

Enamorar-me d'en Matt em va capgirar completament la vida. De fet, seria més encertat dir que en Matt es va convertir en la meva vida, perquè tot allò que no tingués a veure amb ell em feia nosa.

Quan feia un parell de mesos que sortíem junts, vaig deixar el pis de Chelsea i em vaig traslladar al petit estudi d'una habitació que en Matt tenia llogat a Islington. Quan li vaig comunicar a en Patrick que me n'anava a viure amb en Matt perquè n'estava enamorat i sentia que al seu costat havia trobat, finalment, el meu lloc al món, em va dir que li sabia greu perdre'm com a company de pis, però que ho entenia perquè ens ha passat a tots. Ens ha passat a tots, va dir en un to que em va semblar condescendent, i jo vaig haver de dissimular la meva indignació perquè, il·lús de mi, pensava que ningú ni abans ni després havia viscut un enamorament com el nostre. En Patrick em va dir que les portes de casa seva sempre estarien obertes per a mi i que el Dookie i ell estarien encantats de tornar-me a acollir si mai ho necessitava. L'hi vaig agrair, és clar, encara que el sol fet que plantegés la possibilitat que la meva història d'amor amb en Matt podia acabar-se em semblés profundament ofensiu.

També vaig deixar de veure en Howard, si no era a la barra de l'Admiral, perquè en la meva nova vida d'home enamorat sempre hi havia alguna cosa a fer amb en Matt i el que en Matt proposava sempre era més interessant, o m'ho semblava. Unes copes amb els companys d'oficina d'en Matt, un sopar amb els seus amics, gairebé tan guapos i divertits com ell, o senzillament entrenar-nos junts una estona al gimnàs o fer una classe de ioga.

En Howard no va ser tan comprensiu com en Patrick i em va dir que trobava el meu comportament pueril i absolutament decebedor, sobretot quan li vaig dir que feia dies que no trobava temps per escriure. Narcotitzat completament per aquell amor que no em deixava veure res més i que em semblava incompatible amb gairebé tot, recordo que vaig pensar Howard, ets un vell marieta i gelós a qui ningú no deu haver estimat mai.

Em feia realment feliç, en Matt? Sí, puc dir que almenys durant uns mesos vam ser molt feliços l'un amb l'altre. En Matt era una persona entusiasta i, pel que fos, s'havia entusiasmat amb mi. Després d'explicar-li la història de la meva vida, ell em veia com un heroi de tragèdia grega, també com un déu de l'Olimp i com un guru del sexe, i jo em vaig acostumar a veure reflectida aquesta imatge de mi en els seus ulls preciosos. Però un dia l'entusiasme d'en Matt per mi va començar a minvar, com, per altra banda, sol passar quan la novetat es converteix en rutina. En aparença tot anava bé. Rèiem, follàvem, quedàvem amb la seva gent, però aquell enamorament arrauxat de les primeres setmanes se'ns anava apagant, o potser és que senzillament anava mutant en l'agradable quotidianitat que és l'amor en parella, però en Matt era una d'aquelles persones que necessiten viure en una follia d'amor permanent —en una mena d'estat d'excepció—, i també que els estimin com si no existís res ni ningú més, obsessivament. Per tant, era qüestió de temps que trobés algú altre de qui enamorar-se bojament i a qui enamorar amb el mateix grau de bogeria.

Sabia que ara estava per sota del que havia estat abans de conèixer Eliot. Un forat dolorós que demana que l'omplin —fins a tal punt que la sola idea d'una nit sense Eliot li era impossible de suportar. I en això radicava la diferència entre ells dos, ja que, quan tot s'acabés, Eliot tindria coses a les quals tornar, «projectes», mentre que Philip es quedaria amb menys del que havia començat, es quedaria amb un forat buit a dins.

Abans d'Eliot, com a mínim havia estat independent, content de la pròpia solitud, ja que no havia conegut res més.

Tot i això vaig fer el cor fort, me'n vaig tornar a casa en Patrick, al meu llibre, als passejos amb el Dookie i, malgrat que el vaig haver de perseguir unes quantes setmanes perquè m'acceptés de nou, també a les meves tertúlies literàries amb en Howard. En Jacques em va convidar un parell de nits al Covent Garden per animar-me i vaig tenir un rotllet amb un dels cambrers de l'Admiral que em va ajudar a tancar les ferides, però d'amagat d'en Richard, que creia, amb bon criteri, que a la nostra clientela no li agradava veure dos joves guapos embolicant-se entre ells i, per tant, era dolent per al negoci. Per tant, a poc a poc vaig anar superant la ruptura amb en Matt i tornant a ser aquell qui era abans de conèixer-lo. Quan em va escollir per estimar-me —perquè sempre vaig tenir la sensació que era ell qui m'havia escollit a mi d'entre tots els homes amb qui hauria pogut estar—, em vaig sentir immensament afortunat, però també em vaig obligar a agradar-li perquè mai tingués la sensació que s'havia equivocat. Deslliurat del deure d'agradar a un altre, em vaig poder concentrar a agradar-me a mi mateix.

Per tot el gimnàs hi havia grans pantalles de televisió penjades a les parets que emetien imatges sense so de canals de notícies vint-i-quatre hores, vídeos musicals o panoràmiques aèries i en càmera lenta de les grans metròpolis del món. Era com si des d'aquella sala poguéssim saber, en temps real, tot el que passava al planeta però que ens fos igual, concentrats com estàvem en els nostres cossos i els dels altres. El món reduït a un element decoratiu per entretenir la mirada quan ens cansàvem de veure'ns a nosaltres mateixos reflectits en dotzenes de miralls mentre fèiem bíceps o pectorals i escoltàvem Beyoncé.

Tot d'una, a les pantalles on hi havia la BBC News sintonitzada hi va aparèixer sobreimprès un «breaking news» que indicava que tenien una informació d'última hora. No sé per què, però a l'acte vaig pressentir que era alguna cosa grossa i em vaig acostar a una de les pantalles. Sense so, era impossible saber de què es tractava però, pel gest del presentador, era evident que havia passat alguna cosa greu. Ningú semblava preocupat, al gimnàs, i tothom continuava fent les seves sèries i cronometrant els descansos, però per alguna raó jo no em podia desenganxar de la pantalla.

Uns instants després van canviar el «breaking news» per «London Bridge attack». Merda, hi havia hagut un nou atemptat terrorista al centre de la ciutat. De seguida van connectar amb el lloc dels fets. Des d'una certa distància, s'apreciava el pont de Londres completament buit. A banda i banda, darrere del cordó policial, s'hi amuntegaven cotxes de policia i ambulàncies. Els llums blaus dels rotatius es reflectien en la manta d'alumini que tapava el cos abatut a trets d'en Saïd. Però això ho vaig saber més tard, perquè, un cop la BBC va explicar per mitjà de textos sobreimpresos que l'atac l'havia perpetrat un únic home armat amb un ganivet de grans dimensions i que havia estat neutralitzat després d'apunyalar diverses persones al crit d'Al·lahu-àkbar, em vaig desentendre de la notícia. No era la primera vegada ni tampoc la darrera que un islamista radical l'emprenia contra els vianants.

Em vaig dutxar, em vaig beure el batut de proteïnes i me'n vaig anar a esmorzar a una cafeteria propera que portava una parella de lesbianes amigues d'en Richard i que feien uns *bagels* deliciosos. Després, me'n vaig anar tranquil·lament cap a la biblioteca de la Tate per fer temps perquè al migdia havia quedat per follar amb un advocat de la City amb qui m'havia enrotllat el cap de setmana anterior.

A llum de dia, en Martin, es deia Martin, no va resultar ser tan guapo com esperava però tenia un bon cul, sorprenentment dur per a algú que es passava el dia assegut en una cadira, i encara que per al meu gust gemegava massa fort, com si interpretés un paper en una pel·lícula porno, va resultar agradable. No per quedar-hi cada setmana, però potser sí per repetir un cop de tant en tant.

Com que havia estat un pim-pam-pum, encara li quedava una estona abans de tornar a l'oficina, i des de la dutxa em va dir si em volia quedar a dinar. Li vaig dir que sí i, després de dutxar-me i de posar-nos calçotets, ens vam asseure a terra per menjar un bol d'arròs basmati amb verduretes al curri d'aquells que només cal escalfar un minut al microones. Com que no teníem gaire res a dir-nos, va engegar la tele.

Seguien parlant de l'atac terrorista i ja n'havien identificat l'autor. Un jove marroquí resident a Espanya, deien. Un llop solitari. Havia aterrat a Londres aquell mateix matí. Les càmeres de seguretat n'havien captat imatges. Era en Saïd. Llavors ho vaig saber. Per increïble que sembli, aquell cos sense vida ajagut en solitari al bell mig del pont de Londres sota una manta d'alumini era el seu. Un impuls em va fer aixecar i vestir ràpidament. Em vaig acomiadar d'en Martin de qualsevol manera i vaig arrencar a córrer cap al metro. Vaig baixar minuts després a London Bridge i, a la sortida de l'estació, em vaig fondre amb un grup de gent d'aquella que sempre congreguen les desgràcies. A cops de colze, em vaig obrir camí fins al cordó policial. Em separaven poc menys de cent metres del cos d'en Saïd. Em vaig quedar a fer-li companyia fins que se'l van endur. Era un dia gris i començava a ploure.

De camí a Chelsea, vaig trucar a en Richard per dirli que no em trobava bé i que aquella nit no podria anar a treballar. Per sort, aquella setmana en Patrick era a Berlín, en viatge de feina. No tenia ganes de parlar amb ningú. Em vaig estirar al sofà, tapat amb una manta i amb el Dookie als peus.

La BBC mostrava imatges del pont de Londres reobert al trànsit i explicava que els tres ferits que havia provocat l'atac es trobaven fora de perill. D'en Saïd, deien que tenia antecedents per tràfic de drogues i que s'havia radicalitzat a la presó. Una dona tapada amb el nicab que presentaven com la seva mare i a qui imagino que havien anat a trobar al poble deia a la càmera que el seu fill era un bon noi i que n'estava orgullosa. Després, tancava la porta als morros del periodista. Crec que vaig sentir una mica d'enveja d'aquella mare orgullosa del seu fill i també vaig pensar que, per a mi, en Saïd seria per sempre més l'heroi que va salvar-nos de ser devorats per l'orca Ulisses.

XI

Un funeral i un jacuzzi

2014-2019

Eren les nou del matí. Tornava cap a casa després d'haver passat la nit amb una parella de nord-americans que feien un viatge per Europa. Després de follar, m'havia quedat a dormir amb ells perquè eren generosos i havien volgut compartir amb mi no només el plaer sinó també l'escalfor de parella. Un era d'Ohio i l'altre, el més guapo, crec que d'un poblet a tocar de Boston, però s'havien conegut i vivien a San Francisco. Recordo que, de camí cap a Chelsea, vaig parar-me en una cafeteria per comprar-me un caputxino per endur i vaig notar per la vibració que em sonava el mòbil. A l'acte vaig pensar en ells. M'havia deixat alguna cosa al seu hotel? Em volien proposar d'anar a sopar? Era la mare. Em va estranyar que em truqués perquè parlàvem un cop cada quinze dies i en feia dos que ens havíem posat al dia. Per tant, podia ser una cosa important, però em va fer mandra agafar-li la trucada. Estava de molt bon humor, feia un matí assolellat, em volia prendre el cafè tot caminant cap al pis, agafar la bossa i anar-me'n al gimnàs. Uns segons després, em va enviar un missatge. Truca'm quan puguis, si et plau, és important.

Vint-i-quatre hores després, un taxi em deixava a la porta de casa. Feia gairebé quinze anys que no trepitjava el poble i, des que vam passar les primeres cases i vam encarar la baixada de l'entrada, m'havia envaït un neguit que no tenia res a veure amb la mort del pare. De cop em va fer l'efecte que tornava a tenir divuit anys i que tot el que havia viscut a Barcelona i a Londres havia estat un somni. Em vaig haver de dir a mi mateix que l'endemà, després del funeral, agafaria el tren i tornaria a deixar el meu passat enrere.

A casa, hi havia els tiets —grassos, calbs i més que tristos enrabiats, no sé si amb mi o amb la vida en general—, les meves cosines —convertides en unes dones que ja no coneixia, amb parelles que em van saludar amb incomoditat i fills en braços—, també gent del veïnat que anava entrant i sortint per donar el condol a la mare i, en reconèixer-me, em miraven com si haguessin vist un fantasma.

El pare havia mort de cop a l'hort, mentre regava. No va patir, va dir una vella, i el tiet em va mirar i va dir mecagumdéu i tant que va patir, i va marxar escales avall, suposo que perquè no aguantava estar ni un minut més a la mateixa habitació que jo. El pare havia mort jove pels disgustos que jo li havia donat. Em va semblar que era una opinió bastant generalitzada. Com que era un home reservat no ho exterioritzava, però la vergonya de tenir un fill com jo l'havia anat corcant per dintre, fins que el cor li havia rebentat. A la tarda ens vam traslladar al tanatori i vaig aguantar estoicament les mirades inquisidores de tothom fins que la mare, tipa de tot plegat, va dir que ja n'hi havia prou i que ens n'anàvem a casa.

Em va semblar sorprenentment serena i, fins i tot, afectuosa com no recordava que hagués estat mai abans amb mi. A casa, ens vam posar roba més còmoda, ens vam asseure al sofà i vam posar el telenotícies, més que perquè ens interessés què passava al món per no haver de sentir aquell silenci ni pensar a dir alguna cosa. Eren quarts de deu i em vaig adonar que, per primera vegada, en aquella casa no estàvem asseguts a taula per sopar a les nou en punt, sense ni tan sols imaginar que la mort del pare hi portaria canvis molt més grans que el trencament de petites normes com aquella.

Tot plegat van tocar el timbre i li vaig dir a la mare que ja baixava jo, disposat a engegar a qui fos. No pensava amagar-me. Era la Flora. Es disculpava per presentar-se a aquelles hores, però havia estat dos dies fora i se n'acabava d'assabentar. Puja, Flora, li va dir la mare des del capdamunt de l'escala, i aquell va ser un altre indici que amb la mort del pare els engranatges del canvi s'havien començat a moure.

El que va passar després va ser força surrealista. La mare va convidar la Flora a sopar i com que cap de les dues tenia ganes de cuinar vam encarregar un parell de pizzes a domicili. La Flora va anar un moment a casa seva a buscar una ampolla de rosat que tenia a la nevera. Tots tres vam fer un esforç per estar de bon humor i ens en vam sortir prou bé.

Aquella mateixa nit, a l'hospital Can Misses d'Eivissa, la Janis va donar a llum l'Örn, un nen mig islandès mig català de gairebé quatre quilos de pes amb nom d'ocell que, com la Janis, tampoc tindria sant, però sí que tindria un padrí, jo mateix.

L'endemà es va fer l'enterrament i em va sorprendre que l'església s'omplís del tot per acomiadar el pare. No em vaig treure les ulleres de sol en cap moment. No tant per dissimular les llàgrimes com per no haver de creuar la mirada amb tota aquella gent a qui no veia des de feia tants anys i que no em treien l'ull de sobre. Entre el públic vaig reconèixer alguns dels meus antics companys de la classe dels dofins. En Sergi gairebé no tenia cabells, però ho compensava amb una barba llarga. També hi havia en Marc i la Núria, que pel que es veia eren parella i tenien a la falda un parell de criatures que no s'estaven quietes. La Flora no hi era, em va explicar que des que van morir els seus pares que no trepitjava una església. Crec que l'única que es va alegrar de veure'm va ser la Isabel, que des d'uns quants bancs més enrere, perquè ja no era de la família, em llençava petons. M'hauria agradat tenir-la al costat, segur que m'hauria explicat coses divertides a cau d'orella.

El moment més tens va ser quan, ja fora de l'església, vaig veure venir cap a nosaltres el pare d'en Roger per donar el condol a la mare. Havia envellit i estava totalment calb, però encara se'l veia valent i, de sobte, em vaig fer petit i vaig pensar que en qualsevol moment em clavaria una bufetada, però després de petonejar la mare es va allunyar sense ni tan sols mirar-me, no pas perquè no m'hagués vist sinó perquè no em volia veure. Em va fer l'efecte que em volia demostrar que els meus pares estaven de la seva banda, la de les víctimes dels meus actes, i que el pare hi havia deixat la vida.

Recordo que un cop al cementiri, mentre un operari empenyia la caixa dins del nínxol familiar i després segellava la làpida amb ciment, vaig pensar que per res del món volia acabar en aquell forat. La mare es va acomiadar amb fredor dels tiets i les cosines i dels més íntims mentre jo m'estava allà dret com un estaquirot. Després ens en vam tornar a casa.

Li vaig dir sense gaire convicció que pensava quedar-me un parell de setmanes per fer-li companyia i ajudar-la amb els tràmits que suposava que caldria fer, però ella em va dir que ni pensar-hi, que jo havia de viure la meva vida i que fes el favor de tornar-me'n a Londres. No em va semblar que ho fes perquè li fes nosa ni se'm volgués treure de sobre, sinó perquè realment pensava en mi i sabia que al poble cada dia que passava m'hi moria. Li vaig dir que d'acord i vaig pensar que l'endemà me n'aniria a Barcelona per veure els meus excompanys de pis i tota la colla del Gaixample, a qui feia temps que no veia. Després, agafaria un vol a Eivissa per anar a conèixer l'Örn, el meu fillol, i d'allà ja volaria directament cap a Londres.

Aquell vespre, la mare em va demanar que baixéssim a l'hort perquè feia tres dies que ningú el regava i es perdria tot. Veure aquelles tomaqueres tan seques carregades de tomàquets i els enciams mig rostits pel sol em va fer molta impressió i, per primer cop, vaig notar l'absència del pare i vaig saber que tot allò que havia donat sentit a la seva vida també moriria amb ell.

La Flora ens va veure i va sortir per saber com estàvem. De cop, la mare i ella semblaven amigues de tota la vida. Ens va dir que segur que no havíem menjat res en tot el dia i vam admetre que era veritat. Ens va convidar a seure al seu jardí i ens va dir que l'esperéssim un moment, que baixaria alguna cosa per picar.

Era el primer cop que la mare trepitjava el jardí de la Flora i, asseguts a l'ombra de dos roures que s'havien fet molt grossos, em va dir, com qui confessa un secret, que sempre n'havia tingut ganes.

La Flora va tornar, al cap de poca estona, carregada amb una d'aquelles cistelles de pícnic que surten a les pel·lícules. Vam menjar torradetes untades amb paté i sobrassada, formatge i melmelada de figa i carbassa, i raïm moscatell. Per beure, va obrir una ampolla de vi blanc fresquíssim. Ens hi vam estar fins a la mitjanit.

L'endemà, em vaig acomiadar de la mare amb la promesa que ens trucaríem més sovint i que, si em necessitava, agafaria un avió i em plantaria al poble, i me'n vaig anar amb tren a Barcelona.

Com que els volia donar una sorpresa no havia avisat els del pis, i la sorpresa va ser meva quan vaig trucar al timbre i no em va contestar ningú. Vaig trucar a casa de l'Andrea, però va agafar el telèfon un tal Kevin que em va dir que era el seu company de pis i que tota la colla eren justament a Eivissa de vacances.

Hauria pogut trucar a la Dafne, però em va fer cosa que pensés que només em recordava d'ella perquè necessitava un lloc on dormir. També me'n podia tornar al poble o, és clar, buscar una habitació d'hotel barata perquè, al cap i a la fi, només seria una nit, l'endemà al migdia tenia el vol a Eivissa. Llavors vaig recordar que un noi de la Seu d'Urgell amb qui havia follat un parell de vegades temps enrere m'havia explicat que, quan venia a Barcelona de festa, si a la discoteca no lligava amb ningú que el convidés al seu llit, se n'anava a dormir a la sauna Casanova, que obria les vint-i-quatre hores els set dies de la setmana, i, a més, quan tancaven les discoteques sempre s'omplia de nois guapos, mig drogats i poc exigents.

O sigui que vaig instal·lar-me en una terrassa del xamfrà del davant per fer temps, entretingut amb el bloc de notes que sempre porto a la butxaca, i després de sopar me'n vaig anar cap a la Casanova. El noi que em va cobrar l'entrada va acceptar de guardar-me la maleta perquè no cabia a la taquilla. Em va donar una clau enganxada amb una polsera de plàstic de la qual també penjava un número perquè me la posés al canell, unes xancletes, un parell de condons i un sobre de lubricant.

Vaig pujar les escales i vaig localitzar la meva taquilla. Em vaig fixar que la majoria d'armariets estaven oberts. És a dir que, com era d'esperar un dimecres del mes de juliol, la sauna estava pràcticament buida aquella nit. Gairebé ho vaig agrair perquè, de fet, no tenia ganes de follar, i vaig pensar que després de tantes emocions em convenia descansar de tot i de tothom unes hores, i aquell espai pràcticament desert i en la penombra m'era propici. Això sí, com que em conec, vaig pensar que primer faria una volta per assegurar-me que, per casualitat, no hi havia cap Adonis àvid de sexe d'aquells que només et passen pel davant un cop a la vida i no els pots dir que no.

Em vaig despullar, em vaig enrotllar la tovallola a la cintura, vaig agafar els condons i el lubricant, com deia, per si de cas i vaig endinsar-me en aquell laberint de passadissos, pràcticament a les fosques, en què cada porta oberta era com una invitació al plaer. Efectivament, la sauna era pràcticament buida, encara que en l'aire flotava l'olor de sexe barrejada amb desinfectant. El fil musical era pràcticament inaudible i, de lluny, de tant en tant se sentien petjades. A penes em vaig creuar amb un parell d'homes que com jo feien la ronda. Un d'ells va fer el gest de tocar-me el paquet quan em va passar pel costat, però li vaig enretirar la mà educadament i va seguir el seu camí. A dins d'una cabina, amb la porta mig oberta, hi havia un noi marroquí fumant marihuana des de ves a saber quan amb les cames prou obertes perquè tothom qui passés li veiés una polla de mida gens menyspreable, com qui ensenya la mercaderia, vaig suposar que a l'espera de clients. A dins d'una altra, amb la porta totalment oberta, un home enorme estirat de panxa enlaire roncava plàcidament. Més enllà, en passar per davant d'una porta tancada, sí que vaig sentir uns gemecs inconfusibles i el cloc-cloc que fa un cos contra l'altre quan l'estan cavalcant i em vaig sentir una mica sol.

Un cop vaig haver acabat el meu periple i vaig tenir la certesa que em podia relaxar sense el perill d'estar-me perdent res, vaig baixar cap a la zona d'aigües. Em venia de gust estirar-me una estona dins del bany de vapor i, després d'una dutxa freda, ficar-me al jacuzzi i deixar que em bressolessin les bombolles d'aire fins que em vingués son i anar-me'n a dormir a una cabina abrigat amb la tovallola.

El bany de vapor era buit i acollidor i m'hi vaig estar una bona estona fins que, de tanta calor, em vaig començar a marejar. El raig d'aigua freda de la dutxa em va espavilar de cop i, quan estava a punt d'entrar al jacuzzi, vaig veure que hi havia un altre home a dins. Com que fer mitja volta hauria estat de molt mal gust i el jacuzzi era prou gran perquè no ens féssim nosa, vaig decidir ficar-m'hi igualment i posar-me a l'extrem contrari d'on era ell per deixar-li entendre que no tenia res a fer amb mi, però ell no va saber o no va voler captar el missatge, perquè al cap d'un moment, amb una agilitat impròpia d'algú de la seva edat, ja el tenia pràcticament a sobre.

Era més que evident que tractava de lligar amb mi i, des de fora, veure fer ullets i insinuacions a aquell reputat catedràtic de Literatura que segur que s'acostava a la seixantena a un noi que podria ser de sobres el seu fill potser resultava ridícul o grotesc, però jo a la barra de l'Admiral hi estava acostumat i, lluny d'incomodar-me, quan els madurets marietes despleguen tot el seu enginy per conquistar-me em sento afalagat.

Temps després, li vaig dir que a primer cop d'ull em va fer pensar en Josep Pla, i ens va fer riure imaginar l'empordanès despullat dins el jacuzzi de la Casanova amb la boina i el cigarro als llavis. Però era cert, tenia aquella mena de mirada juganera i un somriure perpetu que revelava unes dents petites i grises, com les d'un dofí. Portava el cap perfectament afaitat però, en canvi, tenia el pit i l'esquena plens d'un pèl gris i arrissat. Sense espatlles i amb els braços prims. De carn flonja. Era un home manifestament poc agraciat, però d'un magnetisme prodigiós.

És impossible que recordi, paraula per paraula, aquella primera conversa amb el Professor, però sí que recordo que em va fer una impressió fonda i que em va semblar un personatge excepcional del qual, sobretot, podia aprendre. Potser per això no li he dit mai pel nom, perquè sempre l'he considerat, per sobre de tota la resta, un professor.

Quan feia una estona que parlàvem, li vaig dir que m'hauria agradat apuntar-me les coses que deia o gravar-lo amb el mòbil, perquè parlar amb ell era un espectacle. El Professor em va contestar, burleta, que els lletjos i vells com ell se les han d'empescar totes per seduir nois joves i guapos i, com traient-li importància, va afegir que eren unes quantes frases tretes de llibres que sempre repetia en les primeres maniobres d'aproximació. No me'l vaig creure, és clar. Em costa molt explicar la manera de parlar que té el Professor perquè és una barreja d'erudició, *boutades* i autoparòdia del professor guillat i menestral català molt difícil d'imitar. De fet, un dels reptes més grans que m'ha plantejat l'escriptura d'aquest llibre és, justament, reproduir alguns dels diàlegs que hem mantingut al llarg dels anys. O el converteixo en una mena d'intel·lectual insofriblement pedant o en un personatge còmic de sainet de teatre d'aficionats. Per això em vaig atrevir a demanar-li ajuda i ell, no pas per vanitat sinó per fer-me un favor, va acceptar d'escriure's o reescriure's el seu paper en aquesta història. Sí, el Professor parla per boca del Professor. Crec que és de justícia que ho digui.

Aquell primer vespre, mentre l'aigua calenta del jacuzzi ens anava estovant i arrugant la pell, li vaig explicar a grans trets la meva història. Des d'aquella llunyana nit del Roc 34 als mesos de presó, la meva vida a Londres i la novel·la que feia temps que estava escrivint, el trencament amb en Matt i la mort d'en Saïd, fins a aquell mateix matí, quan havia deixat sola la mare, després d'enterrar el pare el dia abans. Llavors vaig començar a plorar. Suposo que en algun moment havia de passar.

—Per què plores, ara? —em va demanar llavors el Professor fent-se el sorprès, com si la història de la meva vida no fos fotudament dramàtica i, per tant, fos del tot comprensible que plorés.

—Crec que ploro per tot —vaig contestar-li entre sanglots, però ell no es va donar per satisfet amb aquella explicació tan imprecisa i va començar un intens interrogatori per descobrir el més concretament possible per què plorava realment o perquè fos jo mateix qui ho descobrís. Una a una va anar descartant totes les hipòtesis. No plorava perquè no m'estimés a mi mateix, ni perquè no tingués amics, ni perquè encara estigués enamorat d'en Matt ni per la mort del pare o la d'en Saïd.

—I, doncs, per què plores com una pobra Magdalena? Pel que has fet o pel que no has fet? Pensa-hi una mica. —I llavors ho vaig saber. Em va venir com un llamp.

—Ploro perquè crec que soc un covard. Quan em van acusar injustament de violació, vaig fugir a Granollers. Quan vaig sortir de la presó, a Barcelona. Després, a Londres. Aquesta setmana he estat incapaç d'enfrontar-me al poble, i tan bon punt hem enterrat el pare he tornat a fugir. Crec que fins ara no me n'havia adonat, però la meva vida ha estat una fugida constant. —I, de nou, vaig notar com se m'omplien els ulls de llàgrimes.

—Esplèndid —va dir el Professor mentre picava de mans com si fos l'Hercule Poirot i acabés de resoldre un cas d'assassinat—, és exactament el que jo pensava! Ja ho tenim!

Semblava que se'n fotia, de mi, i, per un instant, em van venir ganes d'engegar-lo a la merda i tocar el dos. Però llavors el Professor, que em devia estar llegint el pensament, em va dir una cosa que no oblidaré mai perquè, de fet, em va canviar la vida o la forma com des d'aleshores veig la meva vida:

—Fugir del patiment, de la infelicitat, del dolor o de la mediocritat no pot ser mai un acte de covardia. Tot al contrari, és un gest heroic cap a un mateix. Per fugir, estimat amic, s'ha de ser agosarat i intel·ligent. Pensa en tot el que t'estàs perdent mentre pateixes! Si vols que et doni un consell de vell, no desaprofitis cap possibilitat de plaer!

Llavors, amb tota naturalitat, em va dir que me la volia mamar i ens vam ficar en una cabina.

En la meva vida hi ha un abans i un després de conèixer el Professor. Quan vam haver acabat ja era mitjanit i em va dir que se n'havia d'anar perquè no tenia edat per sortir fins a quarts de quinze. Li vaig suggerir que ens passéssim els mòbils, però em va dir que no en tenia i que tampoc recordava el número del fix. Per tant, si no volia que perdéssim el contacte, hauria d'anar a dormir a casa seva aquella nit. Sense tenir temps de decidir si m'estava prenent el pèl o si era realment així, ens vam encaminar cap a casa seva sense imaginar que aviat seria casa nostra. Quan vam ser al carrer em va semblar que Barcelona era diferent.

El pis del Professor era un reflex no només de la seva vida sinó també de la seva personalitat. Un principal del carrer Mallorca entre Aribau i Muntaner, el clàssic pis de l'Eixample barceloní, amb les parets folrades de prestatgeries plenes de llibres del sostre fins a terra i tota una col·lecció de mobles i objectes diversos que no semblava que lliguessin entre si. Una tauleta de plàstic blanc que als anys setanta devia ser moderna descansava sobre una gran catifa persa. En una prestatgeria de vímet hi havia un Sant Sebastià de bronze, al costat d'un buda reclinat de fusta de teca. En una de les parets del menjador, un poema visual de Joan Brossa dedicat i, al costat, dues màscares d'aquelles que es troben en qualsevol botiga de souvenirs de Venècia. Una llar de foc que feia anys que ningú encenia presidia el menjador, i a la lleixa de marbre de sobre hi havia una pila de cedés d'òpera amb un Cobi a qui li faltava una orella a sobre, una B de fusta d'uns trenta centímetres d'alçada, la Creu de Sant Jordi penjada del coll d'un osset de peluix, un bonsai sense fulles i un seguit de miniatures: una Moreneta de metall, una Torre Eiffel de cristall de Swarovski, una rosa del desert mig trencada, un obridor de cervesa amb el mànec de fusta en forma de fal·lus i alguns dels ninotets de plàstic dels que surten dins dels ous Kinder Sorpresa i que cal muntar seguint les instruccions. Era com si no volgués que te'l prenguessis gaire seriosament.

Com si no et volgués aclaparar amb la seva erudició. Per això, per consultar una primera edició dels poemes de Hölderlin traduïts per Luis Cernuda de la seva sumptuosa biblioteca havies d'enretirar un Zhaocai Mao de plàstic daurat d'aquells que mouen el braç i que venen a qualsevol basar xinès a preu de ganga.

Em va dir que podia dormir a l'habitació de convidats i va fer broma dient que a partir d'aquell moment seria la meva, i, de fet, encara ho és perquè, en tots aquests anys, el Professor i jo mai hem dormit junts.

A l'instant vam veure que congeniàvem bé. Aquella primera nit, no ens en vam anar a dormir fins a quarts de quinze de la xerrera que teníem. L'endemà al matí em vaig oferir a preparar-li un bon esmorzar, encara que em va dir que ell només prenia cafè negre i dos Ducados, però que jo era ben lliure de menjar el que volgués, i em vaig ficar a la cuina a preparar-me un entrepà i un cafè amb llet perquè estava mort de gana.

Em va fer riure que tingués la nevera plena de fotografies de futbolistes i actors joves i guapos retallats de diaris i revistes, ho vaig trobar d'una innocència pueril. També em vaig fixar que hi havia una llista de la compra subjectada amb imants pels quatre costats: «Moët & Chandon, *tête de moine*, jamón del bueno, un paquete de biscotes con pasas» i «trufas heladas». Recordo que em va sorprendre que estigués folrada amb aironfix, com els llibres de l'escola, però vaig agafar el que em calia i no hi vaig pensar més.

Després d'esmorzar, me'n vaig anar a l'aeroport. Efectivament, me n'anava a Eivissa, però a partir d'aquí hi havia hagut canvi de plans. Després de veure la Janis i conèixer el petit Örn passaria una nit a l'illa amb els amics de Barcelona que havia aconseguit localitzar a Es Canar, però no tornaria a Londres, almenys de moment, i m'instal·laria a casa del Professor. Només ens coneixíem des de feia unes hores i ens portàvem més de vint anys, però em vaig llançar de cap a aquella promesa de vida.

El Professor i jo no vam ser una parella enamorada ni tan sols al principi, per tant, no hi havia perill que ens desenamoréssim. Ens estimàvem i ens estimem, i tant que ens estimem, molt! Però el nostre amor no neix del desig i, per tant, tampoc hi morirà. Ens estimem amb generositat, ens admirem i ens protegim, i estimant-nos som millors i ens millorem. El Professor és la meva parella, el meu company, el meu amic, però, per sobre de tot, sento que el Professor és casa meva i que és una casa alegre on és fàcil ser feliç.

Un dia, quan feia uns mesos que estàvem junts, li vaig preguntar com s'ho feia per estar sempre alegre, i em va respondre que quan estava trist es castigava sense sortir de casa i així la tristesa li marxava abans. M'ho vaig prendre com una broma, però no ho era. De tant en tant, molt de tant en tant, el Professor s'ensorra i es reclou a la seva habitació, de vegades durant tres o quatre dies. El primer cop que vaig presenciar un dels seus mals dies, ell en diu mals dies, vaig intentar animar-lo. Li vaig dir que el que li calia era sortir de casa i li vaig proposar que anéssim a sopar o al teatre, però em va dir que no. De fet, no em va voler ni tan sols obrir la porta de la seva habitació. Ves-te'n, estimat, ja em passarà, crec que em va dir, i encara que em sabés greu vaig entendre que havia d'aprendre a respectar la manera que tenia de passar aquells mals dies, perquè tot d'una, un cop havia trobat la manera de remuntar, el camí de sortida del laberint, el sentia dutxar-se cantussejant l'*O sole mio* o *Il mio babbino caro* i sortia afaitat i ben vestit, divertit com sempre, com si res no hagués passat.

El setembre d'aquell mateix any em vaig matricular a Filologia Catalana i a les tardes, tancat a casa, vaig començar a escriure seriosament. Vull dir amb un sistema de treball i uns objectius clars. El Professor em va ajudar a organitzar-me i a fixar-me terminis. Crec que sense la seva ajuda no hauria acabat mai aquest llibre, perquè com més temps passava més dubtava que valgués la pena escriure'l, tornar a remoure tot allò que ara semblava que tothom havia oblidat. Hi havia dies que escriure em feia mal. Quan l'hi explicava al Professor, em deia que això era bo, perquè el dolor és necessari per escriure, però afegia que amb el dolor no n'hi ha prou, de la mateixa manera que sense patiment no aprenem a viure, però això no vol pas dir que només patint ja tinguem una matrícula d'honor en això de viure.

—Has de donar un sentit a això que t'ha passat. Encara que només sigui per això, has d'escriure aquest llibre.

—O sigui, que l'he d'escriure per mi?

—Per tu i per tots aquells a qui no coneixes o que encara no han nascut i a qui llegir-te potser els salvarà la vida.

—Collons, quina responsabilitat —feia jo, amb ironia—. Però, i si no em llegeix ningú?

—És el que menys t'ha de preocupar ara mateix! D'això ja se n'ocuparà el teu editor, i després el llibreter. Tu fes un llibre que sigui veritat, encara que te l'inventis de dalt a baix, i això ja serà tot.

—Em fa una mica de vergonya dir-t'ho, però hi ha una cosa que fa temps que em ronda pel cap... Ja em va passar a la presó, de fet, des del mateix moment que vaig començar a escriure aquest llibre. Em fa ràbia admetre-ho, però de vegades dubto...

Em va respondre amb una rialla. Dubtes? I vinga riure. Dubtes! Però què vol dir que dubtes?

I li vaig explicar, una mica molest perquè per a mi allò era molt dolorós, que havia arribat un moment en què ja dubtava de tot. Dubtava del que realment havia passat aquella nit al Roc 34 i em preocupava que, al cap i a la fi, aquell llibre no fos més que una justificació per uns fets que, sincerament, ja no tenia clar del tot com havien anat.

—El meu cap no és com una gravadora que només has d'engegar per reproduir fil per randa tot el que he viscut i anar-ho transcrivint al peu de la lletra. Potser és que tinc una ment juganera, capritxosa o retorçada, però la veritat és que hi ha dies que, de tant donar-hi voltes, arribo a pensar que m'ho he inventat tot.

—Tot?

—Sí, tot. Fins i tot a tu i aquesta vida que vivim.

El Professor es va prendre uns segons per calmar-se i tossir després del tip de riure que s'havia fet. Es va encendre un Ducados i amb aquell posat entremaliat que adoptava per dir les coses més serioses sense voler que hi sonessin gaire em va dir:

—Estimat, no te n'has adonat encara que no importa gens ni mica el que va passar en realitat aquella nit ni cap altra? La justícia ja et va jutjar i et va sentenciar. Injustament o no, vas fer les paus amb la societat. Si creus que el cas no està tancat, busca't un bon advocat, litiga i exigeix que se't faci justícia, però fica't una cosa al cap: aquí ningú t'acusa de res, no es presentaran proves contra tu ni cap testimoni pujarà a l'estrada per refutar la teva versió dels fets. En Francesc Soler és ara l'escriptor d'una novel·la protagonitzada per un personatge que es diu Francesc Soler, i l'únic que compta és el que tu t'imagines que vas viure i com penses explicar-ho per fer un llibre collonut, estratosfèric, celestial! Posa-hi tota la imaginació literària que et calgui, no et faci cap por. L'únic que t'ha de preocupar és que el llibre s'aguanti, que hi hagi veritat, no realitat; veritat, collons, veritat!

A poc a poc havia anat alçant el to de veu i ara es passejava amunt i avall per la sala d'estar com si fos una aula de la Central. Jo continuava assegut a la butaca, incapaç de moure'm. De sobte, es va aturar, em va mirar als ulls i em va dir:

—Deixa de perdre el temps pensant si allò que tu recordes va passar o no va passar en realitat o si tu i jo som en realitat reals, hòstia! Dubta, perquè dubtar vol dir estar viu, i no esperis a estar segur de res per posar-te a escriure o no seràs capaç d'escriure ni mitja paraula. I deixa'm afegir: tampoc seràs capaç de viure!

No les tenia totes, però li vaig deixar llegir el primer capítol. Es va asseure a la seva butaca, es va encendre un altre Ducados i es va posar a llegir entre núvols espessos de fum. Primer no movia ni un sol múscul de la cara, però de cop vaig veure que aixecava una cella i després somreia. A poc a poc, es va anar ficant en la història i vaig tenir la sensació que li arribava. Quan va acabar, em va mirar, burleta com sempre. Jo devia tenir la mateixa expressió que els seus alumnes quan els tornava els treballs corregits.

—Hi ha feina a fer, encara, Francesc, no et vull enganyar, però no tinc cap dubte que has trobat petroli. M'agrada la caracterització del Francesc petit, però crec que encara li pots treure molt més suc. Fes que et ressonin les paraules que et deien i que no has tornat a sentir mai més. Busca, busca dins teu, però que no et faci por modelar o deformar els teus records o copiar i apropiar-te els d'altres, perquè, al cap i a la fi, només són la matèria primera. Pensa quina història estàs escrivint, perquè segurament no te n'has adonat, però potser no és exactament la història que tu et penses o la que volies escriure quan t'hi vas posar. La que et va servir de motor d'escriptura.

Jo seguia sense dir res perquè, de fet, no acabava de veure per on estava anant el Professor.

—Sé, perquè així m'ho has dit, que quan estaves tancat vas decidir que escriuries un llibre sobre una injustícia. Sobre com l'homofòbia va convertir la teva descoberta de la sexualitat en un turment que va esclatar d'una forma dramàtica la nit que vas perdre la virginitat, però també la por de ser qui eres. Com et van fallar els teus pares quan més els necessitaves i com, malgrat tot, has estat capaç de ressorgir i, en lloc de convertir-te en una víctima ploramiques, has estat capaç de ser feliç.

Es va aturar i em va mirar satisfet:

—Era això, oi, més o menys?

Vaig contestar tímidament que sí, i ell, content que li seguís la veta, va continuar amb la seva argumentació, perquè allò només era el principi de tot el que pensava dir-me i no tot seria tan evident:

—Doncs, estimat, t'he de dir que estàs fracassant estrepitosament! —Això ho va dir gairebé cridant, abans d'esclatar a riure i tossir.

Se'm van omplir els ulls de llàgrimes. Es pot saber què pretenia? Estava jugant amb mi? Collons de professor! M'estava ferint. Em sentia humiliat. El Professor va deixar passar uns segons encara abans de rescatar-me del pou de fems on m'havia llançat.

—Novel·lista, no em posis mala cara que ho dic a fi de bé. Saps quina és la història que estàs escrivint, però encara no tens ni idea de què significa. T'he dit que estàs fracassant estrepitosament perquè crec que el teu llibre no va del que tu creus sinó d'alguna cosa molt més gran i preciosa que aniràs descobrint a mesura que et llegeixis i et rellegeixis, t'escriguis i et reescriguis. El Francesc Soler escriptor i el Francesc Soler protagonista ja treballen a ple rendiment, però ara has de posar a la feina el Francesc Soler lector!

Com podia ser que estigués escrivint un llibre sense saber perfectament de què tractava si jo n'era l'autor i, a sobre, el protagonista? En vam parlar durant hores, fins que se'ns va fer fosc i les burilles dels Ducados van formar una muntanya d'un equilibri precari al cendrer. Els núvols de fum desdibuixaven els límits i contorns de la sala d'estar i, a poc a poc, enmig d'aquella penombra, vaig prendre consciència que, efectivament, els llibres tenen vida pròpia. També vaig acceptar que recordar és una forma d'imaginar i, finalment, per primera vegada, em vaig sentir totalment lliure per escriure.

Li vaig demanar al Professor si ell no havia tingut mai ganes d'escriure una novel·la també i em va contestar que mai.

—Ni de molt jove, quan tenia el *Briefe an einen jungen Dichter* de Rilke a la tauleta de nit i era un romàntic prou ambiciós i inconscient per atrevir-m'hi, no se'm va acudir.

—Per què? —vaig insistir, una mica incòmode perquè interpretava que el Professor devia considerar ambiciosos i inconscients tots els novel·listes, o especialment els joves aprenents com ara jo.

—Doncs perquè com més llegia menys capaç em sentia d'escriure un llibre que faltés...

—O sigui que...

—No! O sigui que res. Ni per un moment estic dient que tu no ho hagis de fer. Tu tens un llibre a dins que has d'escriure, i tant que sí, i estic convençut que ningú l'ha escrit abans, o sigui que endavant!

Després d'uns quants mesos d'escriptura em vaig començar a plantejar quin final escriuria per al meu llibre. L'opció més raonable era tancar la història amb el meu present al costat del Professor. És a dir, amb mi convertit en escriptor, vivint feliçment en parella i estudiant, finalment, la carrera que per una injustícia no vaig poder fer en el seu moment. Per tant, un final tranquil, sense focs d'artifici, però, al cap i a la fi, un final feliç. Un final *made in Hollywood*, que en diuen. O, més pròpiament, un final que hauria satisfet E. M. Forster.

En una mena de picada d'ullet metaliterària se'm va acudir que també podia incloure-hi un epíleg en el qual podia ficcionar la presentació d'aquest llibre. Entre el públic, evidentment a primera fila, hi asseuria el Professor, la mare, la Janis amb el petit Örn, la Flora, la Isabel, la Dafne, els meus amics de Barcelona i, fins i tot, en Howard i en Patrick, que haurien vingut expressament de Londres. Oi que seria bonic?

Doncs bé, resulta que mentre jo imaginava aquest final per a la meva història, al poble s'havien succeït una sèrie de fets prou importants per a alguns dels personatges d'aquest llibre, que, de retruc, tindrien un fort impacte en la meva vida i que, en conseqüència, m'obligarien a allargar encara una mica més aquesta història.

Que la mare i la Flora se n'anaven a viure juntes me'n vaig assabentar a Eivissa. Feia gairebé un any del naixement de l'Örn i, per tant, també de la mort del pare. La Janis havia organitzat una mena de bateig civil per al seu fill al jardí de la preciosa casa taller que ella i el pare de la criatura —un islandès enorme i de nom impronunciable que es dedicava a l'escultura— compartien a Sant Joan de Labritja, al nord de l'illa.

Jo hi havia d'anar amb el Professor. Pensàvem arribar un parell de dies abans i aprofitar per fer unes minivacances a l'illa, però va resultar que tenia un d'aquells mals dies seus i, al final, me n'hi vaig haver d'anar tot sol. La meva mare, teòricament, venia acompanyada de la mare de la Janis i la seva parella, però a darrera hora també s'hi havia apuntat la Flora. No em va estranyar gens, perquè sabia que s'havien fet molt amigues d'ençà de la mort del pare i un parell de cops havien vingut juntes a Barcelona per anar a dinar tots tres. Tanmateix, quan em van dir que havien decidit anar-se'n a viure juntes em vaig quedar de pedra.

—No ens hem pas fet lesbianes, eh? —va dir la mare morta de riure veient la meva reacció.

—Serem companyes de pis o, per dir-ho d'una altra manera, companyes d'aventures! —va afegir la Flora.

Molt bé, la mare i la Flora companyes de pis, assumit. La pregunta següent era evident: la Flora s'installaria a casa o potser ho farien al revés? Doncs ni una cosa ni l'altra. Havien decidit posar en venda les dues cases i marxar del poble.

—Potser a la costa de Tarragona, que sempre hi fa més bon temps i no hi ha boira —va dir la mare—, encara que això d'Eivissa també és preciós, eh que sí, Flora?

No vaig saber què dir. Estava en estat de xoc i vaig córrer a explicar-l'hi a la Janis. Com solia passar sempre, el que per a mi era increïble per a ella era el més normal del món.

—És evident que a la teva mare aquella casa li deu caure a sobre, i si amb la Flora s'entenen, per què no? Tothom té dret a una segona oportunitat, i a una tercera i a una quarta...

I de seguida em vaig adonar que tenia tota la raó. Jo ja havia trobat casa meva i la mare tenia dret a buscar la seva.

Me les vaig mirar d'un tros lluny, rient i parlant encantades amb aquella petita tribu d'homes i dones amb rastes, camises llampants, píercings i tatuatges, blancs, negres, indis... Estaven radiants amb els seus vestits blancs de lli i aquell puntet vermell que una noia de Goa els havia dibuixat al front. La mare em va mirar, va aixecar la copa que tenia a la mà i em va somriure. Vaig pensar que aquell també podia ser un final bonic per a la meva història.

La festa es va acabar que ja era entrada la nit. Tothom es va anar acomiadant. La Janis va portar l'Örn a dormir. La Flora va dir que se n'anava a caminar per la platja amb l'Àngel, el pare de la Janis, a qui el pas del temps havia tenyit de gris la llarga cabellera i havia accentuat aquella aura mística que m'havia impressionat tants anys enrere. Es veu que la Flora i ell també es coneixien del poble i havien tingut alguna cosa, quan a penes eren dos marrecs.

La mare i jo ens vam quedar asseguts a soles en la fosca, al pati de davant de la casa, i vaig aprofitar per explicar-li, per primer cop, que estava escrivint aquest llibre. Per un instant, vaig tornar a ser aquell nen insegur que espera que el renyin perquè està fent una malifeta.

M'hauria jugat un braç que la mare s'hi oposaria i em diria que ho deixés córrer, que allò era aigua passada i que el millor que podia fer era passar pàgina i no remoure més el passat, però, en lloc d'això, em va dir que sabia que tard o d'hora ho faria i que se n'alegrava.

Es va aixecar i em va dir espera't un moment que tinc una cosa per a tu que crec que et pot ajudar. Se'n va anar cap a dins i, al cap d'un moment, va tornar amb la seva bossa de mà i en va treure «El diari de la Laura»:

—Feia setmanes que volia donar-te'l. Ja sé que potser no ho hauria d'haver fet, però l'he llegit —i els ulls se li van omplir de llàgrimes.

Ens vam mirar i no va caldre que ens diguéssim res més. Durant una estona vam estar en silenci. Se sentien els grills i la resta de sorolls que tenen les nits al camp.

—Ens en prenem una darrera? —li vaig dir finalment, i ella va dir que sí, però que abans encara volia donar-me una altra cosa. Era un plec de cartes esgrogueïdes, ficades dins de sobres, lligats amb una goma elàstica. Enmig de la foscor no era capaç de veure res més.

—Què és això? —li vaig haver de demanar una mica desconcertat, i la mare em va contestar que eren les cartes que ella i el pare s'havien enviat quan ell feia la mili.

La mare es va aixecar, gairebé a les palpentes, va agafar una ampolla de vi blanc de dins d'una glaçonera que havia quedat oberta i en va servir dues copes. Es va tornar a asseure al meu costat i va fer un glop que va assaborir durant uns llargs segons abans de decidir-se a dir-me:

—Em sabria molt greu que en el teu llibre fossis massa dur amb el pare perquè tinc la sensació que no el vas arribar a conèixer mai de veritat. Per això vull que llegeixis aquestes cartes, perquè m'agradaria que coneguessis l'home de qui em vaig enamorar un dia, fa tants anys que sembla que fos en una altra vida.

No ens vam dir res més. Ens vam acabar la copa, li vaig fer un petó i ens en vam anar a les nostres habitacions.

No cal dir que vaig llegir tot aquell plec de cartes aquella mateixa nit i, certament, hi vaig descobrir un home que poc tenia a veure amb el meu pare. Un jove romàntic, ple de somnis i il·lusions. El pare i la mare tenien pressa per casar-se, sobretot per desempallegar-se dels pares respectius. Ell li deia que un company de mili de Lanzarote li havia dit que allà per pocs diners et podies comprar una casa blanca al costat del mar i tenir-hi un jardí de terra volcànica, i que segur que hi trobarien feina perquè a tot arreu hi ha cotxes que s'espatllen i tallers. Durant setmanes van alimentar aquella fantasia: deixar-ho tot i començar de zero a centenars de quilòmetres de distància. La mare deia que n'estava tipa, de treballar en un despatx, i que potser li agradaria tenir una botiga d'artesania o, fins i tot, una cafeteria o un petit restaurant, perquè sempre li havia agradat cuinar i a les Canàries cada cop hi anaven més estrangers. Un lloc on no ens conegui ningú, deien que els agradaria per fer-hi la vida.

En certa manera, era com si ara, superats els seixanta i un cop havia enviudat, la mare tornés a ser aquella noia de les cartes, vaig pensar. Com si després d'un llarg hivern o d'un exili autoimposat s'hagués tornat a despertar a la vida i com si això hagués coincidit amb la mort del pare. És la primera conclusió que vaig treure després de llegir aquelles cartes. La segona és que el pare també havia volgut fugir en el seu moment i, per tant, seria injust que el lector s'emportés la idea que la culpa de tot el que ens havia passat, com a família, va ser seva. Tampoc crec que el pare fos qui hagués tallat les ales a la mare sinó que, en certa manera, devien fer-s'ho mútuament. Com una mena de pacte de renúncies compartides, segurament inconscient. Crec que, un cop va morir ell, la mare es va veure incapaç d'aguantar tota sola aquella farsa, aquella herència de límits i prohibicions que ells mateixos havien acabat assumint.

Vaig decidir que inclouria una menció a les cartes en el llibre, no pas per fer feliç la mare sinó perquè no volia convertir el pare en el dolent de la pel·lícula. No l'era. En cap cas, però, pensava reescriure la meva història tractant de ser més amable o compassiu amb el retrat que faig dels meus pares, perquè així és com la vaig viure i és així com vull que la llegiu.

Professor!, vaig cridar en obrir la porta del pis, però no em va respondre. Potser havia sortit, encara que no solia fer-ho fins tan tard. Eren les deu de la nit passades. Vaig deixar les maletes a l'entrada i vaig anar a la sala d'estar. Hi havia els llums encesos, però ell no era enlloc. Llavors vaig sentir unes rialles ofegades que venien del seu despatx. El vaig tornar a cridar, ara més fort, i uns instants després va aparèixer, cordant-se el cinturó de la bata.

—Francesc, estimat, ja ets aquí!

Al seu costat, va aparèixer un noiet jove totalment despullat que em mirava insolent. Soc l'Enric, vaig a dutxar-me, va dir abans de desaparèixer passadís enllà com si fos a casa seva.

—Veig que ja estàs més animat... —li vaig dir sense poder dissimular la meva irritació per recordar-li que no havia volgut venir a Eivissa perquè tenia un d'aquells mals dies.

Ell no tenia cap intenció de discutir, però tampoc de justificar-se, i em va dir en to sorneguer:

—Estic pletòric, ja has vist que l'Enric té un argument de pes entre les cames —i es va encendre un Ducados.

No vaig contestar-li. Me'n vaig anar a desfer la maleta i quan vaig sentir que la porta de l'entrada es tancava i, per tant, estàvem sols li vaig confessar al Professor que m'havia dolgut veure'l amb aquell noiet i que em feia vergonya estar engelosit. Ell em va somriure i em va dir que en prengués nota, perquè aquell episodi m'aniria bé per al llibre.

—Que em prens per imbècil? —li vaig replicar, incapaç d'empassar-me l'orgull d'un sol glop, com hauria hagut de fer, i acceptar amb esportivitat que, per al Professor, jo tampoc era l'únic. Ell, amb tota la raó del món, m'hauria pogut retreure la col·lecció d'amants que, per altra part, mai m'havia esforçat a dissimular, però el Professor no estava gens interessat en les pueril competicions de l'i tu més que enverinen moltes relacions conjugals fins a convertir-les en autèntics vietnams. Per tant, com si hagués sentit ploure, va seguir amb el seu fil argumental:

—Si vols que els lectors creguin la teva veritat, no els amaguis allò que t'avergonyeix, allò que preferiries no haver fet, dit o sentit. No hi ha res més avorrit que els llibres escrits per sants, víctimes o herois. Ah! I sigues precís, fixa't en els detalls. Per exemple, l'Enric, aquest noi que acabes de veure. Té un cos esplèndid i, segurament, el membre més gros del Vallès Oriental. Però tot això és molt gastat, molt evident. En canvi, la cicatriu que li parteix la cella esquerra és molt més poderosa. És un enigma. Una invitació a seguir endavant. Segur que hi ha una història al darrere d'aquesta cella partida que al lector li agradaria conèixer...

—Com la llista de la compra folrada amb aironfix que tens penjada a la nevera... —vaig dir volent-me-les donar d'observador tot i que en un to un pèl insolent, potser perquè encara estava una mica ressentit, i a l'acte vaig veure que al Professor l'expressió li canviava i que de seguida se li negaven els ulls. Tot i això, va fer un esforç per somriure:

—*Touché, mon ami.* Tens tota la raó, darrere aquesta llista que dius hi ha una petita història.

A l'acte em vaig penedir d'haver-li tret el tema perquè sens dubte era un record dolorós, però tots dos sabíem que ja no hi havia marxa enrere. Em podia imaginar quantes imatges i paraules li venien a la memòria com ganivets esmolats, i l'únic que jo podia fer era esperar que recuperés la serenor i escoltar aquella història que potser s'hauria estimat més no explicar-me.

—Ens vam conèixer el 1987. Recordo perfectament que era un dimarts, perquè, com cada dimarts, quan sortia de la facultat me n'anava al Cafè de l'Òpera a berenar amb uns amics marietes del món de la cultura. En passar per davant del Zurich vaig veure un noi que fumava, assegut tot sol en un banc, amb una maleta al costat. Era molt moreno, amb els cabells llargs, els ulls foscos i uns llavis carnosos i sensuals. Però d'això me'n vaig adonar després. El primer que em va cridar l'atenció és que vestia amb una camisa d'un groc llampant pràcticament desbotonada que deixava a l'aire uns pectorals ben marcats, uns pantalons blancs ajustadíssims i una mena de botins de taló aparentment femenins. Es deia Marcos, tenia vint-i-un anys i ballava flamenc. Acabava d'arribar a Barcelona des d'un poble de mala mort a tocar de Sevilla, per fer temporada en un *tablao* per a turistes de les Rambles. Havia quedat feia més d'una hora amb un *primo* que li havia de llogar una habitació, però que no s'havia presentat. Portava mil pessetes a la butxaca i no tenia on anar. Tot això m'ho va explicar una estona després, al Cafè de l'Òpera. Aquella nit va dormir a casa i ja no ens vam separar fins al cap de set anys.

El Professor es va aixecar per servir-se un whisky. Sí, jo també en volia un. Es va encendre un Ducados i va continuar:

—Tot i que jo era força més gran i pensava, innocent de mi, que portaria la veu cantant en aquella relació, en Marcos era molt Marcos i em va capgirar completament la vida. Jo, que sempre havia sigut una persona discreta i amb una vida social mínima i limitada als cercles universitaris i intel·lectuals de la ciutat, que em passava el dia a la facultat o tancat aquí al despatx llegint i estudiant, de la nit al dia em vaig convertir en una mena de *playboy*. Cada nit teníem gresca a casa —*bailaores*, actors de l'Institut del Teatre, guiris que havia conegut al *tablao*, grapats de joves guapos que coneixia al carrer, a la platja o entre els matolls de Montjuïc—, servíem dauets d'unes truites de patata grosses com ensaïmades de Mallorca que en Marcos feia a les tardes i sempre teníem una pota de pernil a mà per anar tallant i ficar-nos a la boca, però sobretot bevíem i ballàvem, perquè sempre hi havia algú que portava una guitarra i en Marcos, a bodes em convides. En Marcos també va decidir que no podia anar sempre amb aquella indumentària de professor i vaig començar a posar-me camises florejades i, fins i tot, uns collarets espantosos de boletes de plàstic que pretenien ser jade que en Marcos va comprar als Encants i em va regalar per celebrar que feia un any que ens coneixíem. Vaig vendre el meu vell 205 i vaig comprar un petit descapotable perquè a en Marcos li feia molta il·lusió tenir-ne un i els estius fèiem les costes del Garraf a tot drap per anar a fer nudisme a Sitges. Sí, no te'n riguis. Ja sé que veient-me ara costa de creure, però amb en Marcos vaig viure els anys més bojos i divertits de la meva vida. També van ser els anys més inútils, intel·lectualment parlant. Totalment perduts. No vaig escriure res, ni una ratlla. En desgreuge meu puc dir que no vaig faltar ni un sol dia a classe, encara que més d'un matí havia arribat a l'aula havent dormit a penes un parell d'hores, amb el cap embotit i unes ulleres de ca l'ample. Suposo que de vegades has de triar, els llibres o la vida. No es pot tenir tot. Jo sempre havia triat els llibres, m'hi havia refugiat des de molt jove, quan la vida em feia por, i me n'hi vaig tornar després d'aquells set anys de meravellosa disbauxa amb en Marcos...

—Què us va passar? —em vaig atrevir a preguntar deduint que aquella història s'havia acabat bruscament, però desitjant que no ho hagués fet tan malament com pressentia.

—Doncs va passar que el Marcos es va posar malalt i quan vam saber que tenia sida ja va ser massa tard.

El VIH, de nou el VIH. Que difícil que es farà entendre d'aquí a uns anys l'impacte que el VIH ha tingut en les nostres vides. En tot el patiment i la mort, però també en el fet d'haver de viure sempre una sexualitat sota sospita. En Marcos era només un dels milers de joves que la sida ens havia pres, i tot allò que hauria fet, tot allò que hauria dit, tot allò que hauria ballat i tot allò que hauria estimat s'havia convertit en pols.

—Ho sento —va ser l'únic que se'm va acudir dir, i aquell ho sento tenia més d'un significat. Sentia haver-lo entristit forçant-lo a recordar, sentia que hagués perdut l'amor de la seva vida, potser també sentia no ser jo l'amor de la seva vida... Però, sobretot, sentia que s'hagués mort en Marcos, encara que no l'hagués conegut, com sentia totes les joventuts truncades per la pandèmia i totes aquelles vides que ja no es viurien.

—Però tu, de fet, el que volies saber era per què tinc una llista de la compra folrada amb aironfix a la nevera, oi? —em va dir aleshores el Professor com si després de fotre el rotllo volgués evitar que els alumnes se li adormissin. Ho va dir en un to murri que em va sorprendre, i aleshores vaig pensar que si ell havia estat capaç de remuntar jo també.

—Sí, no fugis d'estudi. Els ho dec als meus lectors! —De seguida havíem tornat a recuperar aquell to enjogassat de les nostres converses, que era on tots dos ens sentíem més còmodes.

—Doncs mira, és molt senzill i bonic a la vegada. En Marcos ja estava molt malalt al Clínic i tots dos sabíem que s'acostava el final. Tot i això, li vaig dir que la setmana següent, si feia bondat, segur que li donarien l'alta i ell va fer veure que s'ho creia. Em va dir que la primera nit volia que ho celebréssim tots dos sols amb un bon sopar amb espelmes. Per seguir-li el joc, vaig treure paper i llapis i li vaig dir que ja em podia dictar la llista per anar a fer la compra: «Moët & Chandon, *tête de moine*, jamón del bueno, un paquete de biscotes con pasas» i «trufas heladas». Te la puc recitar perquè me la sé de memòria! Per no allargar-ho més —va fer llavors el Professor, conscient que tornava a perdre el control de les emocions—, en Marcos va morir al cap de dos dies i aquesta llista es va convertir en un recordatori de tots els sopars que ens van quedar pendents.

Escenes que vaig viure es transformen en seqüències que ara interpreten els meus personatges (i per això me'ls estimo, perquè són el meu jo, però, en canvi, s'atreveixen a ser molt més sincers que no pas jo). Si, a això, hi afegim els fragments d'agendes i de diaris que redactava en aquells temps, no costarà gaire entendre que l'esquizofrènia del creador plana contínuament damunt la realitat i l'acaba governant.

XII

Algun dia, quan siguis feliç, tracta de perdonar-me

2020

Des que era petit i em refugiava, d'amagat dels meus pares, al jardí de la Flora que sempre m'han agradat les flors. Una de les pertinences que més il·lusió em va fer recuperar, quan vaig pujar al poble per ajudar la mare a buidar la casa, va ser el meu àlbum de cromos sobre flors i plantes de Catalunya. Les flors també van ser el meu refugi aquells mesos estranys que vaig viure a Granollers darrere el taulell de la floristeria de la Isabel, on una tarda un home que va entrar a comprar una planta per a la dona em va fer descobrir el sexe casual en un gir inesperat de guió. Per això, quan uns mesos enrere a sota de casa van obrir La Senyora Dalloway, me'n vaig fer client assidu. No només vaig anar omplint de plantes en testos de tots colors i mides aquelles grans sales plenes de llibres, davant la sorpresa i incomprensió del Professor, a qui mai se li hauria acudit tenir ni tan sols un cactus, sinó que cada setmana m'encarregava de posar flors fresques en un gran gerro que vaig col·locar a l'entrada. De seguida ens vam fer amics amb la Marisa, la florista, i moltes tardes, quan ja em sortia fum del cap i no tenia més ganes d'escriure, li deia al Professor surto una estona perquè em toqui una mica l'aire i baixava a fer-la petar amb ella, que sempre tenia coses interessants per explicar.

La Marisa tenia uns cinquanta anys llargs i havia estat professora de literatura. Havia hagut de deixar les classes feia un parell d'anys per depressió. El metge li va dir que el que li passava era un mal bastant generalitzat, sobretot entre els professors de Lletres, i li va plantejar la possibilitat d'una jubilació anticipada.

—Em vaig espavilar de cop quan em vaig imaginar jubilada —em va explicar la Marisa—, i vaig pensar que encara no m'havia arribat l'hora de ser una ex, exprofessora o ex-el-que-fos, sinó de començar a fer i a ser alguna altra cosa que, de veritat, em vingués de gust.

Com que sempre li havien agradat les plantes i era una lectora apassionada de Virginia Woolf, va decidir obrir una floristeria i li va posar La Senyora Dalloway. Ella en deia floristeria literària i, de fet, era com si seguís ensenyant literatura, perquè amb els clients es passava més estona parlant de llibres que no pas instruint-los de com tenir cura de la planta que els estava venent.

Però és que, a més, amb cada planta que venia hi incloïa un bocí de literatura de regal. Ella n'hi deia així, «bocí de literatura». És a dir, un paràgraf o un parell de versos que copiava, sovint de memòria, dels seus autors preferits amb la seva cal·ligrafia perfecta en petites targetes de paper d'arròs.

Diu que és per a la seva germana, aquesta gardènia? Ah, pel seu cinquanta aniversari, d'acord. I a què es dedica? És lectora? Sap si té algun autor o algun llibre que l'hagi marcada especialment? Llavors se n'anava cap a la petita biblioteca que tenia al costat del taulell i repassava els lloms fins que trobava el llibre que tenia al cap. Es prenia el temps que li calgués per localitzar el fragment que pensava que hi aniria bé.

Jo li deia que em feia pensar en una farmacèutica de les que et pregunten quin mal tens i després se'n van a la rebotiga i busquen d'entre els centenars de medicaments de les prestatgeries i els calaixos fins que troben allò que creuen que et farà bé.

Una mica com qui no vol la cosa, a banda de fer-la petar, de tant en tant vaig començar a ajudar la Marisa darrere el taulell quan hi havia feina, i un dia em va proposar de fer-me un contracte a mitja jornada i jo vaig acceptar encantat. Pels diners encara no havia de patir perquè amb la mare ens havíem repartit els ingressos de la venda de la casa del poble, però tenir un sou, per petit que fos, també m'aniria bé. En principi, ella faria matins i jo tardes, vam quedar, però a la pràctica la Marisa també es quedava a la botiga a les tardes, i encara que fos jo qui atengués els clients, ella continuava remenant llibres per escollir aquells bocins de literatura que tant li agradava regalar.

A principis d'abril, ens va trucar un periodista de TV3 interessat a fer un reportatge a La Senyora Dalloway per emetre'l el dia de Sant Jordi. Ens havia conegut a través de la seva dona, també periodista, a qui havien regalat una de les plantes de la Marisa, i li semblava molt original aquella manera de promoure la literatura a través de les flors. La Marisa no recordava la planta però sí el bocí de literatura amb què l'havia acompanyat: «Sense ser aventurera, he viscut com s'ha de viure: o sigui, perillosament». La Rodoreda no fallava mai.

La Marisa es va entusiasmar amb la proposta de la tele i de seguida va dir que sí. Van quedar que l'equip de TV3 vindria l'endemà mateix de bon matí, i encara que jo tenia classe, la Marisa em va demanar que també hi fos perquè, va dir textualment, ets tan guapo que quan Catalunya et descobreixi farà cua a les portes de la floristeria.

La Marisa, és clar, no sabia que Catalunya ja m'havia descobert temps enrere, i el sentiment que havia despertat en el públic com a *drag-queen* violadora no era precisament d'admiració per la meva bellesa. Crec que la Marisa era la primera persona a qui més o menys tractava amb assiduïtat, de qui em feia amic, podríem dir, a qui no sentia la necessitat d'explicar-li res del meu passat. No pas perquè no hi confiés, sinó potser perquè, per primera vegada, no necessitava que una persona a qui començava a apreciar m'acceptés tal com era i amb tot el que m'havia passat, i potser també perquè ja tenia aquest llibre pràcticament acabat. En qualsevol cas, el que sí que no vaig pensar en aquell moment és que aquella redescoberta d'en Francesc Soler, aquella petita exposició mediàtica, després d'anys de no aparèixer a cap mitjà de comunicació i haver-me volgut mantenir al marge de les xarxes socials, tindria conseqüències tan importants. De fet, que desencadenaria el final d'aquesta història.

Aquella tarda ens vam dedicar a netejar a fons la botiga i ordenar-la perquè l'endemà, quan vingués l'equip de TV3, tot estigués perfecte. La Marisa va comprar uns davantals negres molt elegants, per a ella i per a mi, on va fer estampar a cuitacorrents el nom de la floristeria.

Quan va arribar l'equip de TV3 no eren ni les deu, i els va dir que els matins solien ser fluixets i que la cosa no s'animava fins al migdia, però la presència de la furgoneta amb el logotip de la tele aparcada davant de La Senyora Dalloway va fer que, des de primera hora, fos un entrar i sortir de clients, veïns i curiosos. Qui més qui menys acabava comprant una planteta o un ram i contestava de bon grat les preguntes del periodista.

La Marisa, amb una muntanya de llibres al costat plens de pàgines marcades i paràgrafs subratllats, i les ulleres a la punta del nas, anava escrivint els famosos bocins de literatura. Després, el periodista li va fer unes quantes preguntes sobre el perquè d'aquella floristeria literària i el perquè d'aquell nom, La Senyora Dalloway. Ella els va parlar de la Woolf i d'aquell inici que tant li agradava, «La senyora Dalloway va dir que ella mateixa compraria les flors», perquè era com una promesa de felicitat.

En teoria, jo només havia de fer de figurant i posar el meu millor somriure mentre atenia la clientela davant la càmera, però el periodista va decidir que també volia que hi aparegués explicant en què em basava per aconsellar una planta o una altra a cada client, i jo vaig explicar que cadascuna tenia un significat que podia variar, fins i tot, depenent del color de la flor. Per exemple, no era el mateix regalar una orquídia blanca que una de blava o de vermella. La primera simbolitzava l'amor pur i desinteressat. Una orquídia blava, en canvi, era senyal de penediment o de voler millorar una relació. Era ideal, per exemple, per reconciliar-se amb algú. I, evidentment, la vermella servia per expressar amor passional.

El dia de Sant Jordi, després de vendre roses sense parar, vaig convidar la Marisa a pujar a casa per veure junts el nostre reportatge al TN. La peça va ser força més breu del que esperàvem, però vam coincidir que la floristeria feia molt de goig i el Professor va dir que ens havíem explicat molt bé. Se'm va fer estrany que em presentessin com a florista. «Francesc Soler, florista», deia el rètol de la peça. Però, de fet, què esperava? Francesc Soler, escriptor? Si encara no havia publicat cap llibre! O Francesc Soler, *ex-drag-queen* violadora! Pensar-ho em va fer riure.

A la Marisa li hauria agradat que haguessin dit l'adreça de La Senyora Dalloway en lloc de parlar genèricament d'una floristeria literària situada a l'esquerra de l'Eixample, però jo li vaig dir que ara amb Internet qui ens volgués trobar ho faria fàcilment.

De seguida que es va acabar el reportatge i el presentador va donar pas als esports, la Marisa i jo vam començar a rebre trucades i missatges de tot de persones que ens havien reconegut. La mare em va trucar per dir-me que ella i la Flora m'havien vist i que ho havia fet molt bé, però elles no comptaven perquè n'estaven avisades. En canvi, tot i que no els ho havia dit abans, també em van trucar la Isabel, la Dafne, els meus excompanys de pis, i fins i tot vaig rebre un parell de missatges de nois amb qui havia follat temps enrere i a qui havia perdut la pista però que, pel que es veia, encara conservaven el meu telèfon. Aprofitaven per suggerir que tornéssim a quedar i vaig pensar que, ben mirat, sí que m'agradaria repetir-hi.

L'endemà i els dies següents de l'emissió del reportatge vam vendre força, i encara que fèiem molta caixa, la Marisa de seguida se'n va atipar, de veure la botiga plena, perquè deia que a ella li agradava poder dedicar temps a cada client i que La Senyora Dalloway no era un supermercat. Per tant, quan el flux de clients va donar el baix i va tornar a la normalitat, lluny de lamentar-ho se'n va alegrar.

Una tarda particularment tranquil·la en què, de fet, crec que no havia entrat ningú, la Marisa va tancar el llibre que estava llegint i va dir que, si no em feia res, marxaria abans i se n'aniria una estona a nedar a la piscina. Per descomptat, li vaig dir que fes tranquil·la i que ja tancaria jo. Un cop va ser fora, com que havia baixat el portàtil, vaig pensar que aprofitaria aquella estona per repassar la feina que havia fet al matí. Era la tercera vegada que reescrivia el capítol de la mort d'en Saïd a Londres i no n'estava del tot satisfet. El tractava pràcticament d'heroi quan, fet i fet, era un terrorista que si no havia fet més mal era perquè la policia ho havia evitat, i tot i això a mi només em despertava tendresa. Per tant, estava totalment concentrat en la meva història quan es va obrir la porta i va entrar un noi més o menys de la meva edat.

Recordo que vaig aixecar els ulls del portàtil i a l'acte vaig pensar aquesta cara em sona, però jo encara tenia el cap a Londres, ocupat amb el cos d'en Saïd estès a terra sota una manta d'alumini, i per tant fins que no em va dir hola, Francesc, com estàs?, no vaig saber qui era.

És impossible que expliqui tot el que em va passar pel cap en pocs segons un cop vaig haver reconegut en

Roger. Impossible. Soc incapaç d'expressar-ho en paraules. No en sé prou. Només puc dir que va ser un impacte extrem i absurdament contradictori, perquè al mateix temps que va ser brutal retrobar-me amb en Roger al cap de tants anys i al cap de tant patiment, també va ser sorprenentment senzill i, fins i tot, bonic.

Cinc minuts després, estàvem asseguts en una terrassa d'Enric Granados davant dos cafès que es refredaven. En Roger imagino que estava tan sacsejat com jo, però com que suposo que feia dies que havia preparat aquella trobada o, com a mínim, a ell no l'havia agafat per sorpresa perquè era ell qui l'havia provocada, semblava més serè.

M'havia dit que volia parlar amb mi, i com que eren quarts de set va proposar que ens veiéssim a les vuit, quan tanqués la botiga. Ell es quedava a dormir a Barcelona, o sigui que no tenia pressa per agafar el tren, em va dir, però jo era incapaç de seguir amb la meva tarda com si res. Li vaig dir que no calia que esperéssim i que em donés dos minuts per tancar. Hauria pogut afegir que ja havíem esperat prou anys. Vaig abaixar la persiana de La Senyora Dalloway i ens en vam anar al cafè de la cantonada; l'endemà ja l'hi explicaria tot plegat a la Marisa.

Cafè. I tu? Sí, també cafè. Després, durant una estona no ens vam dir res, com quan entres en una sala de cinema amb la pel·lícula començada i has d'esperar que els ulls se t'acostumin a la foscor i, després, agafar el fil. Jo, de fet, encara no havia decidit què li diria després de tants anys malgrat que m'havia imaginat mil vegades que ens retrobàvem i li feia mil retrets i el tractava de mentider i de covard. Ara que, després de tants anys, ens vèiem cara a cara no sabia ni per on començar. Ell tampoc, potser perquè, encara que hagués tingut uns quants dies per pensar-hi, des que m'havia vist al TN i m'havia localitzat a través d'Internet i havia decidit venir-me a trobar, ara tampoc es decidia a començar. O potser és que senzillament havia sentit l'impuls de fer-ho i s'havia plantat a La Senyora Dalloway sense pensar ben bé què em diria quan em tingués al davant.

No ens dèiem res, però ens escrutàvem amb la mirada, i m'atreveixo a dir que tots dos tractàvem d'actualitzar la imatge que teníem de l'altre guardada en el record. Jo ja no era aquell nen insegur i poca cosa amb qui gairebé es va fer un petó estirat al costat de la piscina de casa dels seus pares, tampoc aquell noi a qui es va follar transvestit de Laura Soler als lavabos del Roc 34, enganyat o drogat o totes dues coses, segons va dir davant del jutge. I ell? Qui era ara en Roger? En què s'havia convertit aquella jove promesa de la natació de qui em vaig enamorar secretament quan a penes érem uns marrecs, el fill de l'alcalde amb qui després vaig perdre la virginitat d'una forma maldestra i per culpa del qual vaig acabar a la presó?

S'havia engreixat, això saltava a la vista, i, encara que portés els cabells pentinats cap endavant, era evident que tenia unes bones entrades. Vaig pensar que al cap d'uns anys seria calb com el cabró del seu pare. També em vaig adonar que portava unes metxes pràcticament grogues. Sí, unes metxes grogues ridícules i passades de moda. Llavors em vaig fixar en l'arracada a l'orella esquerra i l'anell al dit petit, el polo Desigual amb estampats extravagants, més cenyit del que la seva nova constitució aconsellava, i sense que m'ho hagués de dir vaig entendre que en Roger, finalment, havia sortit de l'armari. Com els passa a molts gais que fan el pas superats els quaranta, en Roger havia incorporat tot allò que li semblava que podia ajudar-lo a refermar aquella identitat homosexual acabada d'estrenar.

—Fa poc més d'un any que soc oficialment gai, encara que ja feia bastant temps que portava una mena de doble vida —em va explicar amb una barreja d'orgull i de vergonya—. Fa un parell d'estius, quan els diumenges deixava la dona i les nenes a Palamós i me'n tornava a la comarca per treballar, en lloc d'anar directament a casa vaig començar a baixar a Barcelona perquè volia experimentar. Em feia por que algú em reconegués, o sigui que, en lloc d'anar-me'n als bars d'ambient, em ficava en alguna sala de cinema X, que pràcticament estava deserta, però era tan sòrdida que al cap de poc vaig deixar d'anar-hi i em vaig atrevir a entrar en una sauna, un lloc molt més agradable i on també podia ser una persona anònima, i m'hi passava les tardes fins que es feia de nit.

Esperaria fins al diumenge, un dia que ell creia fins a cert punt santificat, i per tant, segur. Els diumenges eren per a ell. Tot i això, cada diumenge al vespre, tot tornant cap a casa, es preguntava quant de temps encara ho podria suportar. Primer n'havia tingut prou amb les pel·lícules; després un ràpid treball manual a l'última fila; llavors, a mesura que passaven els anys, que l'hi mamessin, o que els la mamés, o els dits a dins de l'anus; un cop, un esmorteït intent de relació sexual. De vegades la repulsió que sentia per les seves pròpies accions era tan gran que es veia obligat a escopir a la vorera, una vegada i una altra, desesperat perquè se n'anés aquell regust de boca. Cada setmana en volia més.

—El pare va agafar un càncer i es va morir poc després, i l'hivern passat vaig dir-me Roger, o ara o mai, i em vaig atrevir a dir-ho a la dona i com et pots imaginar va ser un terrabastall. Em va fer fora de casa de males maneres, em va dir que era un viciós, em va amenaçar de no deixar-me veure mai més les nenes i es va dedicar a trucar a totes les nostres amistats per explicar-los que m'agradaven els homes. Me'n vaig haver d'anar a viure un temps amb la mare, encara que ella també em feia morros i em va muntar uns quants números. No van ser unes setmanes fàcils.

En aquell punt vaig veure que li queien un parell de llàgrimes galtes avall i em va fer molta pena. Estava temptat d'abraçar-lo, però al mateix temps vaig pensar en mi i en el que m'havia passat i em va venir ràbia perquè en Roger no tenia cap dret a venir a buscar la meva complicitat amb aquell drama clàssic de gai armariat de comarques després de tot el que m'havia fet. Però no vaig dir res i ell va seguir explicant-se.

—Ara estic molt bé —va dir després, sobtadament animat—. Tinc un pis amb una bona terrassa a Vic, en ple carrer Verdaguer, faig i desfaig sense haver de donar explicacions a ningú, i un cap de setmana al mes em venen les nenes. Són el millor que tinc.

Llavors es va treure el mòbil i em va ensenyar tot orgullós fotos de dues nenes rosses. La Ivette i la Carla. Li vaig dir ui que grans, per dir alguna cosa, i ell va contestar que la gran en té dotze encara que és molt alta per a la seva edat i ja ha guanyat algun campionat comarcal de natació, i que la petita set i no li agrada gota l'aigua.

Després em va ensenyar satisfet les fotos d'alguns dels nois amb qui havia quedat des que havia sortit de l'armari, com qui ensenya una col·lecció de cromos o de trofeus de caça. En Ramon, en Carlos, en Josh, l'Alan, l'Osvaldo... Per les fotos hauria dit que n'hi havia uns quants que eren xaperos habituals de l'ambient, però em vaig limitar a dir que eren molt guapos, també per dir alguna cosa.

Em va explicar que, després de treballar uns anys a la Caixa, ell i un soci havien creat una empresa d'energia fotovoltaica i que els anava molt bé, i em va començar a parlar dels avantatges d'instal·lar plaques solars. D'això va passar als viatges que feien cada estiu amb la seva dona fins que, quan van tenir les nenes, van comprar un apartament a Palamós, i em vaig adonar que en Roger feia estona que havia perdut totalment el control de la conversa i que omplia l'espai de paraules perquè era incapaç de portar-la cap on volia anar. Per tant, vaig decidir intervenir-hi:

—Roger, per què has vingut? —vaig preguntar-li finalment, en un to més dur del que pretenia, i ell, com si fes estona que s'esperés aquella pregunta i, per tant, l'oportunitat de contestar-me, va dir a l'instant:

—Per dir-te que ara que soc feliç, finalment, puc perdonar-te.

El que va venir després no va ser bonic ni agradable. No me'n sento orgullós. Podria dir que va ser la conversa que teníem pendent des de feia anys, de fet, des de la nit més bonica i el dia més trist. Però no va ser una conversa sinó un intercanvi de retrets. Ens vam rellevar en els papers de víctima i botxí unes quantes vegades amb tanta virulència que vaig pensar que arribaríem a les mans. Els crits se sentien d'un tros lluny, suposo. Quan el cambrer es va apropar per retirar-nos els cafès que no havíem tocat no es va atrevir a dir-nos que estaven recollint la terrassa.

Una estona després estàvem exhausts i tornàvem a estar en silenci. Ni ell ni jo, però, fèiem el gest d'aixecar-nos, perquè sabíem que si ho fèiem en aquell moment seria un punt de no-retorn, i suposo que, malgrat tot el que ens acabàvem de dir, no volíem acabar-ho així.

—Encara guardes aquell diploma del curs de mecanografia amb el teu nom mal escrit? —em va preguntar aleshores en Roger, i em va fer somriure que recordés aquella anècdota després de tants anys. Li vaig contestar irònicament que per descomptat que sí, tot i que ves a saber on parava el fotut diploma, i que, ben mirat, fins que no em llicenciés a la universitat, el de mecanografia era l'únic títol que tenia.

I vaig afegir:

—El que no vaig rebre mai va ser la foto de grup que ens van fer el darrer dia de curs i que van comprometre's a enviar-nos després. —També vaig explicar-li que durant mesos vaig donar la tabarra a la mare perquè truqués a STUDIO 2000 per reclamar-la.

—Jo sí que la tinc —va dir aleshores en Roger, satisfet. Ser el fill de l'alcalde per a la majoria de coses era una putada, però també tenia algun avantatge. Em va explicar que la va tenir emmarcada i penjada a la seva habitació fins que un dia, després d'allò del Roc 34 (allò del Roc 34, va dir en Roger), el seu pare es va adonar que hi sorties tu i va dir que no la volia tornar a veure—. La vaig guardar en un calaix i quan me'n vaig anar a viure a Vic la vaig tornar a penjar. Si vols, te'n puc fer arribar una còpia —va suggerir.

Llavors ens vam adonar que pràcticament era fosc i que, al nostre voltant, les taules i cadires ja estaven plegades. El cambrer ens mirava amb cara de pocs amics. Ens vam disculpar mil vegades, vam pagar, vam deixar una bona propina i ens en vam anar.

Eren quarts de nou, caminàvem sense rumb pels carrers de l'Eixample amb la sensació que encara no ens ho teníem tot dit. Vaig decidir prendre la iniciativa i li vaig proposar a en Roger que anéssim a sopar.

—Si no tens cap compromís, per mi encantat —va dir sense fer-se pregar, i de cop vaig caure que hauria de dir alguna cosa al Professor. No tenia ganes de donar-li gaires explicacions per telèfon, però com que seguia sense voler comprar-se un mòbil no li podia enviar cap missatge. O sigui que vaig trucar al fix i, sortosament, va saltar el contestador automàtic. Potser havia sortit o estava tancat a l'estudi amb algun estudiant i no havia sentit el telèfon o havia fet veure que no el sentia. El cas és que me'n vaig alegrar, i quan vaig sentir allò de «deixi el missatge després de sentir el senyal», vaig dir: «Professor, soc jo. Potser arribaré tard, no et preocupis, crec que estic a punt de viure el final de la meva història», i vaig penjar.

El més important d'aquell sopar amb en Roger és que ens vam escoltar molt. És a dir, que ja no estàvem tan pendents del que volíem dir a l'altre com d'escoltar el que l'altre tenia a dir-nos. Li vaig explicar unes quantes anècdotes dels meus anys a Barcelona i Londres que el van fer riure i ell em va dir que m'envejava molt per haver portat aquella vida tan excitant, però que sobretot se n'alegrava per mi. Per primer cop, vaig saber que a en Roger jo també l'atreia molt quan fèiem el curs de mecanografia, i que quan ens vam estar a punt de fer el petó, aquell dissabte a la piscina de casa seva, ell també en tenia ganes, però que després s'havia espantat molt perquè no volia ser marieta.

—Ja veus que han hagut de passar molts anys perquè m'atrevís a ser el que soc i el que suposo que ja era aleshores. Potser ho he fet tard, però abans no me'n sentia capaç, no estava preparat per ser-ho, ni tan sols per voler-ho ser. —El vaig entendre, és clar que el vaig entendre. L'única diferència entre ell i jo és que després d'aquella nit al Roc 34 jo ja no vaig poder deixar de ser-ho, i tampoc ho vaig voler, i me'n vaig alegrar.

No era cert que després d'aquella nit en Roger s'hagués oblidat de mi. Malgrat que estava convençut que jo l'havia drogat i després havia abusat d'ell, segurament no tenia altre remei per pura supervivència, no volia presentar denúncia, però el seu pare pràcticament l'hi va arrossegar, perquè o bé era la víctima o bé era tan culpable com jo. A partir de llavors, ja no es va poder fer enrere.

—Ja sé que no té comparació amb el que vas passar tu —em va dir, suposo que en referència a la presó i a veure'm assenyalat per tothom—, però durant anys vaig ser la riota del poble. Tu ets el que va violar una *drag*, no? Si vas trempar, segur que, en el fons, et va agradar..., em deien sovint quan sortia amb els de natació i havíem begut una mica.

En Roger creia que el seu pare sempre havia sospitat que era homosexual, i que per això després de l'episodi del Roc 34 pràcticament no li dirigia la paraula. Mai més el va anar a veure nedar, com si l'hagués decebut, i ell mateix va acabar deixant la competició.

—Suposo que per això vaig començar a sortir amb la Marta, per donar-los un gust, i els meus pares es pot dir que, quan no feia ni un any que anàvem junts, em van empènyer a casar-m'hi. El pare es va oferir a pagar el casament i va convidar-hi mig poble, com si volgués demostrar que jo era un home com els altres. Ens va regalar una casa a la Prada, a deu minuts de la seva, i jo el vaig fer avi al cap de poc. Després d'això es va relaxar, com si li semblés que ja em tenia atrapat, i al cap d'un temps es va morir.

Això darrer ho va dir amb molta amargor i, ara sí, li vaig agafar la mà i li vaig dir que em sabia greu. No la mort del seu pare, sinó aquell malbaratament de vida, encara que això m'ho vaig guardar per a mi. Ens vam mirar als ulls i em vaig adonar que en Roger encara tenia aquell somriure tan bonic, i ell en devia ser conscient, perquè em va picar l'ullet i em va preguntar anem?, i jo li vaig dir anem.

Era una habitació petita, però bonica. Feia olor de net i tot estava al seu lloc. Gairebé feia cosa entrar-hi. Era com si abans ningú hagués trepitjat aquella moqueta, com si ningú s'hagués emmirallat en aquells miralls, com si ningú hagués jagut en aquell llit enorme.

En definitiva, com si estrenéssim la vida i ens estrenéssim a nosaltres mateixos. *Sí, aquesta era la raó de la seva visita. Era com tancar un llibre que ja mai no es tornarà a llegir, i és molt millor tancar-lo que deixar-lo obert, llençat a qualsevol lloc, perquè s'embruti. El volum que contenia el seu passat havia de ser retornat al prestatge que li corresponia, i era aquí, en aquest lloc, enmig de la fosca i les flors que es marcien. També era un deure envers Alec. No podia comportar que es barregés el vell amb el nou. Tot compromís era perillós, perquè, ara furtiu, en acabar la confessió, calia que desaparegués del món on havia crescut.*

En aquella habitació d'hotel, aquella nit, en Roger i jo vam tancar un cercle, i vaig saber que a partir d'aleshores podríem seguir endavant amb les nostres vides. Ja no érem dos enamorats sinó dos actors que, vint anys després, ens interpretàvem a nosaltres mateixos. Recreàvem aquella primera nit i la vivíem com l'hauríem d'haver viscut aleshores i no ens vam atrevir, o no en vam saber més. I, de sobte, tornàvem a ser dos adolescents que descobreixen la vida i es descobreixen a si mateixos i l'un a l'altre. I ens vam escórrer i vam riure per compensar tantes llàgrimes. Ens vam dutxar, ens vam vestir, ens vam abraçar i ens vam dir adeu, sabent que potser no ens tornaríem a veure més perquè ja no ens calia. Ell va marxar cap a rambla Catalunya i jo vaig seguir el meu camí. *Cap a on? Cap a la literatura. I, des d'allí, cap al gran espectacle de mi mateix. Només en ell podria desafiar les lleis del temps. No curar les ferides, perquè cap obra literària no ha curat mai el dolor, però sí fer reviure el nen que estava morint i, al mateix temps, el personatge que aquest nen estava disposat a inventar-se.*

Com tota història, aquesta també es basa en fets reals, perquè la realitat n'és el punt de partida. D'aquesta i de totes. Tot parteix de la realitat, però, paradoxalment, quan això es posa de manifest i, per tant, prenem consciència que en una novel·la o en una pel·lícula hi ha components de realitat, és una cosa que ens excita, de vegades, fins a l'obsessió. En aquest llibre n'hi ha molta, de realitat.

Potser algunes de les persones amb qui he compartit algunes etapes de la meva vida us reconeixereu en alguns dels meus personatges o, directament, pensareu que parlo de vosaltres i de les vostres vides. No cal que m'ho feu saber. Bé, si el tema és greu ja tindré notícies dels vostres advocats, suposo. També pot ser que hi trobeu vivències que vam compartir o que em vau explicar i que penseu que no queden reflectides amb exactitud, tal com vosaltres les recordeu, i potser això us fa enrabiar i, fins i tot, penseu que soc un mentider perquè dic coses que no són veritat perquè vosaltres sabeu del cert que les coses no van anar així o així. Hi teniu tot el dret, poseu-vos a escriure!

En aquest llibre hi apareixen fragments d'altres llibres que no només han fet que aquesta història s'hagi escrit com s'ha escrit, sinó que s'hagi viscut com s'ha viscut. Perquè no només sentim que els llibres parlen de nosaltres. Nosaltres també vivim segons els llibres que hem llegit. Aquest llibre, essencialment, va de tot això. Ara ho sé.

També he après que la realitat no sempre està renyida amb la invenció, perquè per a mi, des de fa mesos, el Francesc d'aquestes pàgines i en Roger, però també el Professor, la Janis, la Flora, la Marisa, en Howard, en Patrick, en Willy o el pobre Saïd són ben reals.

Per tot plegat, quan presenti aquest llibre, parli amb els seus lectors o em facin entrevistes i inevitablement algú em pregunti què hi ha de real i què és inventat, jo els respondré amb el somriure dels dofins.

Barcelona i Bellcaire d'Empordà,
maig del 2020 - març del 2022

Bibliografia dels llibres citats

(Els fragments de llibres que no s'han traduït al català han estat traduïts per mi. Les dates que figuren són les dels exemplars utilitzats.)

Confessions d'una màscara, de Yukio Mishima. Traducció del japonès d'Albert Nolla. Adesiara Editorial, 2021.

Dans ma chambre, de Guillaume Dustan. Traducció al castellà (*En mi cuarto*) d'Ahmed Haderbache. Reservoir Books, 2016.

Maurice, d'E. M. Forster. Traducció de Montserrat Abelló. Columna Edicions, 1987.

Antes que anochezca, de Reinaldo Arenas. Tusquets Editores, 2009.

Dancer from the Dance, d'Andrew Holleran. Traducció al castellà (*El danzarín y la danza*) d'Antonio Samons. Editorial Argos Vegara, 1978.

La habitación de Giovanni, de James Baldwin. Traducció al castellà d'Ezio Neyra. Tajamar Editores, 2015.

El llenguatge perdut de les grues, de David Leavitt. Traducció al català de Lluís Comes. Columna Edicions, 1987.

De profundis, d'Oscar Wilde. Traducció d'Eloi M. Busquets. Edicions de la Ela Geminada, 2019.

La bonica habitació és buida, d'Edmund White. Traductor desconegut. Editorial Destino, 1995.

Estrany al paradís. Memòries. El Pes de la Palla 3, de Terenci Moix. Traducció al català de Josep Pelfort. Planeta, 2006.